CLOCK DANCE

时间之舞

Anne Tyler

［美］安·泰勒 著

徐阳 译

北京联合出版公司
Beijing United Publishing Co.,Ltd.
· 新经典

图书在版编目（CIP）数据

时间之舞 / (美) 安· 泰勒著 ; 徐阳译 . — 北京 :北京联合出版公司，2020.5
ISBN 978-7-5596-3586-0

Ⅰ. ①时… Ⅱ. ①安… ②徐… Ⅲ. ①长篇小说—美国—现代 Ⅳ. ①I712.45

中国版本图书馆CIP数据核字（2020）第035035号

时间之舞

作　　者：[美] 安 · 泰勒（Anne Tyler）
译　　者：徐　阳
出版监制：刘　凯　马春华
选题策划：联合低音
责任编辑：唐乃馨　周　杨
封面设计：周伟伟
内文排版：黄　婷

关注联合低音

北京联合出版公司出版
（北京市西城区德外大街83号楼9层　100088）
北京联合天畅文化传播公司发行
北京华联印刷有限公司印刷　新华书店经销
字数176千字　889毫米×1194毫米　1/32　9.25印张
2020年5月第1版　2020年5月第1次印刷
ISBN 978-7-5596-3586-0
定价：48.00元

1967

1967

薇拉·德雷克和索尼娅·贝利正准备挨家挨户推销巧克力棒。她们在为赫伯特·马龙小学的校管弦乐团筹款。要是卖得足够多，乐团就能去哈里斯堡参加地区比赛了。薇拉从没去过哈里斯堡，不过，她非常喜欢这个名字沙砾般粗糙的发音。索尼娅去过，但毫无印象，那时候她太小了。两人都斩钉截铁地说，要是这次去不了，一定会难过死。

薇拉吹单簧管。索尼娅是长笛手。她们都十一岁。两人住在宾夕法尼亚州的云雀城，只隔了两个街区，云雀城很难说是一座城，连小镇都算不上，在这里，只有商店门口的那条街铺了人行道。在薇拉心目中，人行道宽阔无比。她决心已定，长大后绝不在没有人行道的地方定居。

正因为人行道不多，天黑后孩子们不许出门。所以，她们决定下午去。薇拉拖着一纸箱巧克力棒，索尼娅拿着一个装钱用的马尼拉纸信封。她们得先在索尼娅家写完作业，再从那儿出发。索尼娅的妈妈要她们答应，太阳一落到伯特凯恩岭上的树梢后面就立刻往回赶——二月中旬，太阳看起来总是淡得像牛奶。索尼娅的妈妈特别容易担心——比薇拉妈妈更容易担心。

两个女孩打算从较远的哈珀路开始，最后回到自己家这片。乐团里没有人住在哈珀路上，她俩想先下手为强。才周一，糖果募款刚刚开始，大部分孩子可能都会等到周末再行动。

业绩前三名的小推销员将赢得与音乐老师巴德先生共进晚餐的机会，那可是在哈里斯堡市中心餐馆吃一顿三道菜的免费大餐呢。

哈珀路的房子很新。人称农场式住宅。这些房屋整整齐齐地排成一排，砖砌，住在那儿的人来的时间也不长——格拉特维尔几年前新开了个家具厂，哈珀路的住家多半是厂里的职工。这里的人家，薇拉和索尼娅一个也不认识，好事儿，这样跟他们推销的时候就会自然一点儿。

去第一家碰运气之前，她们先在一大丛常绿灌木后面停下好好准备。在索尼娅家的时候，两人已经把脸和手洗干净了，索尼娅那一头缎带般的秀发又黑又直，可以一梳到底，她已经用齿梳打理好了。薇拉一头黄色的大卷发，齿梳解决不了，得用卷发梳，可索尼娅家里没有，薇拉只好尽量用手掌抹平自己的一头卷发。她们穿得差不多，都是羊毛夹克，上面有连衣帽，帽子边缘镶着人造皮草，蓝色牛仔裤，裤脚翻边，露出格子法兰绒打底裤。索尼娅换了一双球鞋，薇拉穿着系棕色鞋带的牛津浅帮鞋——还是白天在学校穿的，她可不想回家换鞋，要是被小妹妹缠住，一定要吵着跟去的。

“他们开门后，你把整个箱子都举起来。”索尼娅吩咐薇拉。“别只拿一根巧克力棒，问‘您要买一些巧克力棒吗？’，说‘一些’。”

“我来问？”薇拉说。“我以为你来呢。”

“我感觉那好傻。”

“我就不觉得傻了？”

“但你和大人打交道更在行。”

“你做什么呢？”

“我管钱啊。”索尼娅边说，边挥挥信封。

薇拉说：“好吧，但第二家你来。”

“行啊。”索尼娅答应道。

当然行，第二家就简单多了。但薇拉还是紧紧抱住纸箱，跟在索尼娅后面，朝石板路走去。

这家门口立着一座高大的金属雕塑，一道俯冲而下的曲线，很现代。门铃上有灯，白天也发光。索尼娅戳了一下。屋里传来两声清脆的门铃，接着便是一片死寂，她们暗暗希望没人在家。但脚步声越来越近，门开了，一位女士站在门口，冲她们微笑。她看起来比女孩们的妈妈年轻，也更时髦一些，一头棕色短发，抹着亮色口红，身着短裙。“小姑娘，你们好啊。”她说。在她身后，一个蹒跚学步的小男孩跟了过来，手里拖着玩具，不停问：“妈妈，那是谁啊？妈妈，那是谁啊？”

薇拉看看索尼娅。索尼娅看看薇拉。索尼娅的神情满怀信任和期待，她润润嘴唇，微微张开，好像准备帮薇拉一起说——这表情薇拉觉得特别好笑，她感到胸腔里酿出一股笑声，像打嗝那样，咕噜咕噜地上升到喉咙里。她突然觉得，这出乎意料、尖尖细细的小声音似乎也挺好笑的——实际上她感觉快要捧腹大笑了——于是，咕噜咕噜的笑声升级成一阵狂笑，瀑布似的倾泻出来，身边的索尼娅也忍俊不禁，两人的笑声你唱我和，那位女士看着她们，依然保持不解的微笑。薇拉问：“您要不要——？您要不要——？”话未说完，她已经控制不住自己了，笑得上气不接下气。

“你们两个想卖东西给我吗？”那位女士和气地提示道。可见，她那么大的时候或许也这样咯咯笑过，不过——天哪——绝不是她们这种歇斯底里式的咯咯狂笑吧，无可救药，势不可当，彻底失控。咯咯的笑声像一股液体流遍薇拉全身，她笑出了眼泪，不得不趴到箱子上面，夹住两条腿，不然尿都要憋不住了。她万分窘迫，索尼娅则一脸绝望，眼睛瞪得老大，也显然很尴尬，但不得不说，这实在是最怡然自得的感觉。薇拉笑得腮帮子生疼，肚子上的肌肉像丝绸一般松软。她差点儿就在门廊上化成一汪水了。

索尼娅决定放弃。她冲那位女士随意地挥挥手，然后转身回到石板路上，薇拉也跟在她后面离开了，一言不发。片刻后，女孩们听到身后那扇门轻轻关上了。

这会儿两人不笑了。薇拉筋疲力尽，脑子一片空白，又有点儿难过。索尼娅或许也有同感吧——太阳还像薄薄的十美分一样高悬在伯特凯恩岭上，可她却说："我们还是等周末吧，现在作业那么多，卖东西真难。"薇拉也没反对。

开门的是爸爸，愁眉苦脸的。他无框眼镜后面那双蓝眼睛似乎暗淡了些，没了平日闪烁的光点，他的手掌缓缓抚过光秃秃的头顶，显然有什么事让他失望了。薇拉立刻想到，爸爸是不是已经知道了自己咯咯傻笑的那一出。不过显然不太可能——话又说回来，爸爸不是那种会为孩子笑场发火的人——可还有什么事儿能让他露出这个表情呢？"嗨，宝贝。"他说，听起来情绪低落。

"嗨，老爸。"

爸爸转过身，心不在焉地走向客厅，留薇拉在后面关门。他还穿着工作时的白衬衫和灰裤子，但已经换上了灯芯绒拖鞋——他到家应该有一会儿了。（他在格拉特维尔的高中教手作活动课，下班时间比别人家的爸爸早一点儿。）

薇拉的妹妹坐在地毯上，面前摊着一张报纸，翻开到连环画那一页。她六岁了，一夜间从可爱小女孩变成了丑八怪——还爱啃指甲，门牙也掉了，细细的棕色小辫儿惹人嫌。“你们卖了多少？”她问薇拉，“全卖啦？”薇拉把一箱巧克力棒都留在索尼娅家了，自己只背了斜挎书包回来。她把书包扔到沙发上，脱掉夹克衫。她盯着爸爸，但爸爸没在客厅停留，而是径直走向厨房。薇拉跟了上去。爸爸伸手去够厨房灶台边搁板上的平底煎锅。“今晚吃煎芝士三明治！”他强颜欢笑。

“妈妈呢？”

“她不和我们一起吃。”

薇拉以为爸爸会再说点儿什么，他却已经开始忙着调整煎锅火候，随后丢进一块黄油，等黄油发出嘶嘶声，又重新调整火候。他压低嗓子吹起口哨，却不成调调。

薇拉回到客厅，伊莱恩已经看完连环画了，正在叠报纸——不是个好兆头：她从来没这么小心翼翼的，还装乖巧。“妈妈在楼上吗？”薇拉小声问道。

伊莱恩轻轻摇摇头。

“她出去了？”

“嗯嗯。”

“怎么了？”

伊莱恩耸耸肩。

“她生气了？”

“嗯嗯。”

“为什么？”

伊莱恩又耸耸肩。

好吧，这到底是为什么？姐妹俩的妈妈是学校里最漂亮、最活跃、最聪明的妈妈，可她也会眨眼间暴跳如雷。一般是爸爸惹的。有时是薇拉或伊莱恩，不过主要还是爸爸。按理说，他应该学着点儿了，薇拉想。可是，要他学什么呢？在薇拉眼里，爸爸似乎完美无缺，是她在这世上最爱的人。他很有意思，为人和善，说话温和，不像索尼娅的爸爸那样爱乱发脾气，也不像玛德琳的爸爸那样在餐桌上打嗝。可妈妈却总是说他：“哦，我太了解你了！我已经把你看穿了！成天说‘好，亲爱的；不，亲爱的’，但黄油在你嘴里就是化不了[1]。”

黄油在他嘴里就是化不了。薇拉不太明白这是什么意思。不过，爸爸肯定做错了什么。薇拉瘫倒在沙发上，看着伊莱恩把折好的报纸整齐地叠放在一堆杂志上。“她说她受够了。”过了一分钟，伊莱恩对薇拉说。她想方设法压低声音，嘴唇不动，好像不想让人发现她在说话。“她说如果爸爸觉得自己更能干，可以自己动手打理这个家。她说爸爸‘装圣人’，说他是‘圣人梅尔文’。”

---

[1] 编注：Butter wouldn't melt in one's mouth，美国谚语，多见于美国南部，常用来描述一个人看似娴静无辜，但其实狡猾虚伪，他们十分冷静，冷静到黄油都不会在他们嘴里融化。

“圣人梅尔文？”薇拉皱起眉头问道，这听起来是好话呀。“爸爸怎么说？”她问。

“刚开始他什么都不说。后来说，妈妈感觉这样，他很难过。”

伊莱恩在薇拉身边坐下，但只是屁股沾边儿，坐在沙发边缘。

客厅最近才装修过，比原来要洋气得多。妈妈从格拉特维尔图书馆借了室内装饰的书，她一位小剧院的朋友还带来了各种织物的布样，在沙发和两把配套的扶手椅上堆得到处都是。妈妈说，搭配家居用品是打发时间的好办法。现在，一把椅子覆有蓝色粗花呢，另一把则是蓝绿相间的条纹。原先铺满这片地板的地毯换掉了，取而代之的是饰有流苏的灰白色小块地毯，边缘露出深色的木地板。薇拉还是怀念铺满整个地面的地毯。他们家是一栋白色木隔板老别墅，风一吹过就会吱吱呀呀地响，有了那块地毯，房子给人感觉更结实、更暖和。薇拉还怀念以前挂在壁炉上方那幅画，上面是一艘鼓起风帆消失在海洋里的大船。（现在挂着的那幅好像一团模糊的圆圈。）但其他的新变化都令她无比自豪。索尼娅说她希望薇拉的妈妈能去她家，帮忙装扮他们家狭小的旧客厅。

爸爸走进门廊，手里拿着铲子。“豌豆还是青豆？”他问两个孩子。

伊莱恩说：“老爸，我们可以去宾家汽车餐厅吃吗？求你了！”

“说什么呢！”爸爸假装生气。“你居然要拒绝我拿手的煎芝士三明治，去吃汽车快餐？”

他只会做煎芝士三明治。大火煎炸后，芝士散发出刺鼻的咸味，妈妈不在家时，薇拉不得不将就——一般都是在妈妈头疼脑热、戏剧排练或者摔门离家的时候。

伊莱恩说：“塔米·丹顿她们家每个星期五晚上都会去宾家吃饭。”

爸爸翻了个白眼。“塔米·丹顿最近赛马赌赢了？”他问道。

“啊？”

“还是她哪个有钱的阿姨去世，给她留了一大笔财产？要不就是在后院挖到一箱宝藏？”

他朝伊莱恩走过去，不拿铲子的那只手滑稽地扭动着手指，威胁着要挠痒，伊莱恩尖叫着躲开，一边大笑一边藏到薇拉身后。薇拉避开她，僵硬地坐着，抱起胳膊。“妈妈什么时候回来？”她问道。

爸爸直起腰，说道：“哦，很快就回来了。”

“她说她去哪儿了吗？”

“没有，她没讲，不过你们猜怎么着？我在想，我们仨晚餐该来点儿可乐。”

“太好啦！”伊莱恩说着，从薇拉后面跳出来。

薇拉说：“她开车了吗？”

爸爸手掌抚过头顶。“嗯，没错。”他说道。

糟了。她不是沿街去朋友米米·普林蒂斯家了，而是去了某个他们想不到的地方。

“那，就不能去宾家吃啦。”伊莱恩难过地说。

“闭嘴！别说宾家了！”薇拉转向妹妹吼道。

伊莱恩嘴张得老大。爸爸说：“天哪。”

但这时，厨房开始冒烟，他“啊呀”一声就匆匆跑回去了，接下来厨房里传来一阵锅碗瓢盆的响声。

他们家的车很旧，上次妈妈开着它撞上东西林荫大道的护栏，换了一块颜色不一样的挡板，车里面总是堆满爸爸的垃圾——纸杯、边角起皱的杂志、糖纸，还有各种沾着咖啡渍的邮件。妈妈早就想买一辆自己的车了，但他们太穷。妈妈说他们家太穷。爸爸却说挺好的。“我们能填饱肚子，对不对？”他问女儿们。薇拉想，没错，我们还翻新了客厅呢，这个念头浮现在脑海时，她觉得像是在自嘲，似乎不经意之间成熟了许多。

铲去烧焦的黑色部分后，煎芝士三明治表面斑斑驳驳，但尝起来还不错。搭着可乐就更棒了。今晚的蔬菜是青豆——冷冻的，煮的时间不够长，感觉湿漉漉的，薇拉嚼的时候感觉豆子在牙齿上磨得咯咯响。她差不多把所有豆子都藏到三明治的残渣下面了。

这次爸爸掌勺有点儿心不在焉：上菜前没整理好桌上的东西；没把餐巾折成三角形放在叉子下面；夜幕降临，窗口凉意袭来，他也没放下窗帘。见这情形，薇拉觉得心里空落落的。爸爸好像聊着聊着就没劲儿了，晚餐时他沉默寡言，吃得也很少。

饭后，他走进客厅，照常打开电视看新闻。平时伊莱恩会和他一起看，但今晚她跟薇拉一起待在厨房里，看薇拉清理桌子。薇拉把脏盘子堆在水池边的台子上，然后从灶台上拿起平底锅，接着走进客厅问爸爸："豆子怎么办？"

"嗯？"爸爸回答。他正在看越南战争的报道。

"留着吗？"

"什么？不，我不知道。"

薇拉继续等。她发觉伊莱恩像小狗一样在后面跟着。她终于开口了："妈妈晚一点儿会不会回来吃，要不要留给她？"

"扔了吧。"片刻后，爸爸说道。

她转身回厨房，猛然撞上伊莱恩；伊莱恩的确就跟得那么近。

薇拉回到厨房，把青豆倒进垃圾桶，将平底锅摆回台子上。然后她用湿抹布把桌子擦干净，接着把抹布挂到水龙头上，关了厨房的灯，和伊莱恩回到客厅看无聊的电视，新闻还没放完。她们一人一边，紧紧挨着爸爸坐，爸爸一边搂一个，不时捏捏她们的脸，却依然沉默不语。

不过，一看完新闻，爸爸似乎又振作起来了。“谁想玩巴棋戏？”他摩拳擦掌地问道。薇拉对巴棋戏的热情差不多已经过去了，但她还是学着爸爸激动的语调，说了声：“我要！”伊莱恩立刻跑去拿棋盘。

他们在咖啡桌上下棋，她俩坐在地板上，爸爸坐在沙发上——他总是说自己老了不灵活，不能坐地板上。伊莱恩做加法的时候还要掰手指头，据说，玩巴棋戏有助于她学算术。可今晚，伊莱恩好像心不在焉。掷出二和四时，她喊道：“一，二，三，四；一，二。”边说边拿着她的棋子重重跳过每一格，震得满盘棋子都在晃。“是六，”爸爸纠正她，“宝贝儿，把数字加起来。”伊莱恩又跪坐下来，再轮到她时，她先数到五，然后又数到三。这回，爸爸什么也没说。

按规定，伊莱恩八点上床睡觉，薇拉是九点，但今晚爸爸让伊莱恩上楼换睡衣时，薇拉也去换睡衣了。她们睡一间屋子，两张配套的单人床，各靠一面墙。伊莱恩爬上床问：“谁给我讲故事呢？”一般是妈妈讲。薇拉说了声“我来”，便溜进被窝，坐在伊莱恩身边，从床头柜拿下《大森林里的小木屋》。

薇拉总是觉得书里的“爸”很像她们的爸爸。其实这说不通——封面的插画上，“爸”有着浓密的胡子和头发。但书中的爸爸和她们爸爸一样，温和，有耐心，读到“爸”的话时，薇拉总会学自己爸爸的深沉低音来念，还会像爸爸那样轻轻带出末尾的“g”。

一章读完后，伊莱恩说：“再念一章吧。”但薇拉猛地合上书，说：“不行，明天再念。”

“明天妈妈会回来吗？”

“当然啦，”薇拉说，“你在想什么呢？我猜她今晚可能就会回来。”

接着她从伊莱恩的床上爬下来，走到门口，打算下楼去叫爸爸上来帮她们掖被角，但爸爸正在打电话；他提高了嗓门，停一会儿才说下一句——这说明是在打电话。“好！”他积极地说道，片刻沉默后又说，“七点十五可以的，我也得早点儿到。”他肯定在跟那个高中的代数老师劳先生打电话，也可能是副校长贝洛斯太太。这两位老师都住在云雀城，妈妈要用车的时候，他们就会载爸爸一程。

这样说来，妈妈明天之前可能回不来。这是她第一次彻夜不归。

薇拉关上灯，摸回自己的床，钻进被窝。她躺在床上，眼睛睁得大大的，毫无睡意。

要是妈妈不回来怎么办？

妈妈也不是一直都气鼓鼓的。她也有很多心情大好的时候。她开心的时候，会想出最有意思的事情带女儿们一起做——画画、装饰屋子、准备假日滑稽短剧。她还有一副好嗓子，美得像潺潺流水。有时，要是薇拉和伊莱恩苦苦哀求，她还会坐在房间里唱歌哄她们入睡，等孩子们在歌声中入眠，再起身离开。她出门时还在唱，只是放轻声音，一路唱到下楼，歌声最后消失在寂静之中。薇拉喜欢听妈妈唱《在山谷中》——尤其是唱到请人写信，寄到伯明翰监狱转交给自己[1]那段。这首歌溢出孤独，想起来都会让薇拉心痛。但这种心痛有着甜蜜的分量，令人陶醉。

第二天早上，爸爸照常在门口吹起特别的口哨，像是在吹起床号。"啾啾！"他吹道——薇拉总是觉得这很像歌曲《迪克西》的前两个音符。她早就醒了，但还是装模作样地睁开眼，伸了伸懒腰，打个哈欠。她能看出妈妈还没回来。口哨声在屋里回响，窗口透进来一片白光，似乎有些刺眼。

"嘿，宝贝们，"爸爸说道，"我已经让你们多睡一会儿了，但你们的校车来之前我就得走。你带妹妹一起准备好去上学，行吗？"

薇拉说："好的。"她坐起来，看着对面侧躺着的伊莱恩。伊莱恩才睁开眼睛，又眨了两下。薇拉感觉妹妹也没怎么睡。

"钥匙我放厨房桌上了。"爸爸说，"挂在脖子上，知道了吗？如果下午回来你们要自己进屋，就得拿它开门了。"

---

[1] 编注：*Down in the Valley*，20世纪20年代的美国民谣歌曲，歌词由当时的知名音乐人吉米·塔尔顿在他因酒类非法买卖被关进伯明翰监狱时所作。

“好的。”薇拉又说道。

看到薇拉起床了，爸爸便向两人挥挥手，转身下楼。过了一会儿，有辆车在外面鸣笛，薇拉听见前门打开又关上的声音。

姐妹俩穿的衣服和昨天一样，薇拉没心情挑挑拣拣。然后，她用卷发梳猛扯自己的头发。伊莱恩的头发还是两条细细的小辫子，她坚持说不要重梳，可薇拉说：“你开玩笑吧？辫子都散了。”她散开伊莱恩的头发帮她梳头，伊莱恩扭来扭去，龇牙咧嘴地躲她。薇拉帮妹妹重新编好辫子，扎第二根皮筋的时候，她自认为动作娴熟，伊莱恩却说：“不太对劲。”

“哪儿不对劲呢？”

“太松了。”

“妈妈就这样编的。”薇拉说。

妈妈的确是这样编的，但伊莱恩跑到柜门上的镜子一照，就泪汪汪地转过脸来。“不是这样的！”她说，“好松啊！”

“好吧，可我只能编成这样了！哎！”

伊莱恩泪如泉涌，滚下面颊，但她没多说什么。

两人早餐吃了麦圈，喝了盒装橙汁，又嚼了维生素片。然后薇拉把桌子整理好，擦干净。台子上脏盘子已经堆得满满的——晚餐加上早餐的，看起来十分压抑。

爸爸自己煮了咖啡，但没用碗或餐盘，他一定什么都没吃。

薇拉担心错过校车——她不太习惯自己把握时间——所以她让妹妹跟她一起迅速披上外套、戴好毛线手套，匆匆赶到屋外路边的车站去等，结果去得太早了。车站是单坡屋顶式，上面的鼻烟广告已经老旧剥落，里面有条长凳，姐妹俩紧紧挨在一起，她们坐在长凳上，抱着书包取暖，可怜巴巴地哈着白气。其他学生渐渐也来了——欧拉·普拉特和她弟弟，还有特恩斯蒂尔三兄弟，这下好多了。大家挤在小车站里上蹿下跳，不停打着寒战，这让薇拉感到一丝暖意。

在校车上，伊莱恩一般会和娜塔莉·迪恩坐在一起，但今天早上她却跟着薇拉走到后排，索尼娅给薇拉留了位置，伊莱恩在两人过道对面找了个空位坐下。她的小辫儿的确有点儿乱，末梢皮筋扎得太高了。妈妈一般只留一英寸的尾巴。

索尼娅说她思考了一下，如果只向家人卖巧克力棒，就不需要去按陌生人家的门铃了。“我妈妈那边有四个舅舅呢，”她说，“我爸那边有一个叔叔、两个姑姑，不过我姑姑住得都很远。但没关系，她们把钱汇给我，我把巧克力棒留着，等她们下次来给她们就行。”

“你亲戚比我多多了。”薇拉说。

“还有我奶奶，啊呀，她肯定愿意的。但我家爷爷奶奶辈其他人都死了。”

薇拉的爷爷奶奶、外公外婆全都健在，可她很少见到。好吧，爷爷奶奶根本见不到，因为妈妈说自己和他们毫无共同语言。况且，他们住在乡下，需要照料牲口。外公外婆有时会从费城过来度假，但通常只是小住，不会久留，薇拉的妈妈不喜欢自己的哥哥和妹妹，所以也很少往来。她说全家都最宠她哥哥，因为他是个男孩；而妹妹是家里最小、最可爱的，所以也是家人的掌上明珠；妹妹被宠坏了，她这么说。薇拉心里很清楚，要是提出向舅舅或小姨卖巧克力棒，妈妈一定会嗤之以鼻。话又说回来，如果他们的确像妈妈描述的那么糟，向他们推销巧克力棒肯定也要吃闭门羹。

"也许我会去我们街区那片看看，"薇拉对索尼娅说，"这至少比陌生人容易点儿。"

"可以试试，不过比利·特恩斯蒂尔也住你们那片。你最好快点儿，不然他就要下手了。"

薇拉瞟了一眼比利。他正和弟弟扭打在一起——他弟弟试着抢他手里那袋包着玻璃纸的零食。"比利·特恩斯蒂尔不喜欢跟人争，"她说道，"你想抢的东西他倒是满不在乎。"

"哦，我还有个教母。"索尼娅说道。

"你运气真是太好了。"薇拉告诉她。

等薇拉长大了，她要嫁一个在大家庭里长大的男人，他的大家庭和和美美的。他跟全家人都能友好相处——像薇拉爸爸那样友善随和，他们全家都喜欢薇拉，视她如家人。她想要六个孩子，八个也行，一半男孩，一半女孩，跟许多堂亲、表亲一起长大。

“你妹妹哭了。”索尼娅说道。

薇拉望去，只见伊莱恩正在用一只戴着毛线手套的手背擦着鼻子。“怎么了？”她隔着过道喊道。

“没事。”伊莱恩低声道。毛线手套背面留下一道亮闪闪的痕迹，像胶水似的。

“她没事。”薇拉告诉索尼娅。

不料薇拉中午刚吃完饭，护士就来教室了，问老师能不能让薇拉·德雷克出来一下。“你妹妹肚子痛，”向办公室走去时，她对薇拉说，“我看没什么大问题，但目前好像联系不到你妈妈，所以你妹妹问能不能让你来陪她。”

刚开始，薇拉觉得自己很重要。“可能都是她自己想出来的。”薇拉十拿九稳地说道。她们靠近办公室时，小床上的伊莱恩坐起来了，见到薇拉，她好像很开心，护士给薇拉搬了把椅子。但伊莱恩又躺下去了，用一条胳膊遮住眼睛，薇拉无事可做。护士开始在办公室那头伏案填写表格。薇拉便细细研究起那张五颜六色的海报，上面讲的是洗手的重要性。有人敲门——是六年级的老师波特太太——护士出去和她说话，半掩着门，薇拉看见七年级的学生正成群结队地去吃午饭。一个七年级男孩用胳膊肘撞了另一个男孩，让他差点儿摔倒，波特太太说：“我都看到了，迪基·邦德！”她的声音响彻门厅，好像在贝壳里说话一样，还有个七年级女孩的声音也回荡着：

“……奇怪的粉橙色口红，让我的牙齿看起来发黄……”

这些孩子是不是都有着幸福美满的家庭？他们中有没有人也在担心家丑不可外扬？好像没有。他们看起来的确无忧无虑，心里只有午餐、朋友和口红。

护士又回来了，她关上门，过道的声响消失了。不过，薇拉还是能听到些什么——管弦乐团开始排练了。倒霉。她喜欢乐团排练。他们在学习鲍罗丁的《少女们轻快的舞蹈》[1]。前几个音符那么柔和，那么犹疑不决——在薇拉眼中是弱音符——想听辨出来还是挺费劲的，但这些音符在主旋律中会渐渐变强。这旋律来自《天堂里的陌生人》[2]，后排男生喜欢恶搞歌词，低声哼唱：“握住我的手，我是相貌奇怪的寄生虫……”[3]这时，巴德先生就会用手里的小棒敲敲指挥台。巴德先生英俊潇洒，长长的金色卷发，肌肉发达。他一不小心就会被人误认作摇滚明星。如果薇拉能卖掉大部分巧克力棒，就能与他共进晚餐，她绝对会激动得说不出话来。这么一想，薇拉反而不想和他共进晚餐了。

乐声戛然而止，重新开始。又是开头的弱音符，又是“握住我的手……”，但这次声音越来越大，更加响亮。

---

[1] 编注：*The Gliding Dance of the Maidens*。

[2] 编注：*Stranger in Paradise*。

[3] 译注：歌词原文是“Take my hand，I'm a stranger in paradise”，男孩的谐音恶搞版本是“Take my hand，I'm a strange-looking parasite”。

“我们今天回家，妈妈会在吗？”伊莱恩问道。

薇拉瞥了她一眼，见她放下胳膊，担心地皱起眉头。

“当然会。”薇拉说道。

妈妈当然会在家，可即便如此，薇拉还是告诉索尼娅，今晚不能去她家了。“我得照看我妹妹。”她说。她放低声音，生怕妹妹听见。伊莱恩又自己一个人坐在过道对面了。

在外面，很难看出房子里有没有人在家。窗户的确是黑的，可现在毕竟还是白天。平整的草丛垂头丧气，门廊边的杜鹃花丛紧紧卷起，像雪茄似的，天就是这么冷。薇拉顺着绳子从外套里掏出钥匙。她本可以先按门铃试试，但要是没人开门，妹妹又要干等着。

门厅一片沉寂，只能听见时钟嘀嗒作响。暖气片上方飘动的窗帘褶边，是客厅里唯一有动静的东西。“她不在。”伊莱恩又那样小声说话了。

薇拉把斜挎包扔到沙发上。“给她一点儿时间。”她说道。

“但我们给过她时间了！我们给了她昨晚一晚上呢！”

爸爸把这叫作“思考时间”。妈妈会冲他大吼、跺脚，或给薇拉一记耳光（多么耻辱的心痛经历，被打耳光——在旁人看来还是挺吓人的），她还会抓着伊莱恩拼命摇晃，当她像破布娃娃一样，然后妈妈用双手扯自己的头发，松开后，脑袋两侧都乱蓬蓬的。还没等你反应过来，她就已经离开颤震的屋子，扬长而去，爸爸会说：“没事，她只是需要一点儿思考时间。”

至少他看起来毫不担心。“她只是累了。”爸爸会这么说。

“别人也会累的。”有次薇拉告诉他，“但他们不会像妈妈那样。”

“好吧，但你们知道她很容易激动的。”

薇拉很好奇，爸爸从不发火，可他为什么就能忍受妈妈这样——爸爸从来没有提高嗓门说话，打薇拉记事起就没有过。

她希望爸爸现在就回来。他一般四点下班，但今天他是搭顺风车回来，说不准。

“想吃点儿什么吗？”她问伊莱恩，“牛奶和小饼干？”

“小饼干吧。”

“吃小饼干，不能没有牛奶！”

妈妈喜欢这么说，薇拉是学着妈妈唱歌般欢快的调子说的。不过，她好不容易才憋出来。

她去厨房倒了杯牛奶，再拿两块奥利奥，一起放在桌上给妹妹。她感觉怪怪的，嗓子眼儿里好像堵了什么，所以自己没拿小点心。她从沙发上拿起书包带进餐厅——平时她就在这儿写作业。还没动笔，伊莱恩就带着饼干来了，在她对面坐下，不过牛奶她没拿来。一年级孩子没作业，薇拉便问她：“想拿填色书来涂色吗？”

伊莱恩摇摇头。

薇拉决定不去搭理她。她抽出数学作业准备开工，但她感到妹妹目不转睛地盯着自己。伊莱恩小口小口地啃着奥利奥，不时发出一阵阵窸窸窣窣的声音。

薇拉开始写历史作业问答题时，伊莱恩已经把两块饼干吃完了，坐在那里不时地叹气，薇拉假装没注意到。电话响了。“我来接！”伊莱恩说，但薇拉抢在她前面跑到厨房抓起听筒。“喂？”她说。

“嗨宝贝。”爸爸说。

“嗨老爸。”

“一切正常？”

她知道爸爸想问什么，但她只是说：“没错，我在写作业，伊莱恩刚吃完点心。”

爸爸顿了一下，然后说：“明白了，我应该很快就回来了。等道格·劳跟学生谈完话。”

那他就是搭劳先生的顺风车了。这比搭贝洛斯太太的车好些，贝洛斯太太有时要在办公室忙到六七点。薇拉说：“好的，爸爸。”

“准备迎接世界上最棒的煎芝士三明治吧！”

“好。”

她挂了电话，转向伊莱恩。伊莱恩在她身旁，看着她。

“爸爸说他很快就回来了。”薇拉告诉伊莱恩。

伊莱恩又叹了口气。

薇拉看着柜台上的脏盘子，一片狼藉，水池边还有一堆，伊莱恩那杯没喝的牛奶也放在桌上，边上是昨天没有清理的一团糟。

“我们得打扫干净，”她说，“想帮我洗碗吗？我来洗，你来擦？”

“好！”伊莱恩兴奋地说。平常是妈妈洗盘子，薇拉负责擦干。“我要穿围裙吗？”她问道。

“可以啊，当然可以。”

薇拉把妈妈的围裙系在伊莱恩胳肢窝下面，以免拖到地上。然后在两边水槽中都放满热水，伊莱恩拖来一张垫脚凳，她还够不着台面。薇拉洗完第一个盘子，然后放进清水里涮洗，接着放到餐盘架上，伊莱恩小心翼翼地拿起来用抹布擦干，连每条裂缝都不放过。她擦一个盘子要花很长时间，不过薇拉觉得，这样也许更保险。她也开始尽可能慢慢来，刷完盘子，她把各种灶台等表面都擦了一遍，还把桌上的一堆杂物清理干净了，最后将伊莱恩的牛奶放回冰箱。

“我干得很不错呢，对吧？”伊莱恩边擦最后一个盘子边问。

“没错，很棒，莱妮[1]。”薇拉说道。

自己来，真没那么难。她开始幻想，要是一直这样下去会怎样——永远只有他们三个，应付一切。她和爸爸可以把这个家打理得很好！他俩都讲究系统和方法。要是妈妈突然回来，一定会“哦”的一声，环顾四周然后说：“嗯，我发现你们比我强多了呢。”

“猜我在想什么？”薇拉问伊莱恩，“我觉得我们可以做

[1] 译注：“伊莱恩”的昵称。

些甜点。”

“甜点！”伊莱恩说。她笑了起来，露出牙齿缝儿。她抚平胸前的围裙问：“哪种甜点？”

“蛋糕吧，或布丁，巧克力布丁。”

“好啊！你会吗？”

“肯定有菜谱。”薇拉说。这个主意她越想越兴奋。平时，家里是不吃甜点的。她总是嫉妒索尼娅，索尼娅的妈妈每晚都会做甜点。巧克力布丁是爸爸的最爱——还有丝滑巧克力派，但做馅饼皮的难度也许太大了。

“我们偷偷做，晚饭后再告诉老爸，”她告诉伊莱恩，“拿出来让他大吃一惊。”她边说边搬垫脚凳，然后站上去，在妈妈的烹饪书架上找书。“《新娘的厨房》，”她念道，“里面肯定有最简单的菜谱。”她把书拿下来，摆在柜台上摊开。伊莱恩撑着胳膊，顺着薇拉的手指在目录里一栏一栏地看下去。“巧克力蛋糕，巧克力牛奶……”薇拉读道，“巧克力布丁，261。”她迅速翻到第261页。“糖、可可粉、盐。奶油和牛奶混合液，香草……啊呀，玉米淀粉。”她连玉米淀粉长什么样儿都不知道，但还是打开橱柜看看有没有，妈妈把面粉什么的都放在那儿了，里面有玉米淀粉。她把盒子放在柜台上，伊莱恩说：“薇拉，能让我来搅拌吗？”

“当然啦！”薇拉告诉她。

爸妈还不允许伊莱恩在灶台上做事情，所以薇拉在厨房桌子上放了个平底锅，让她在那儿搅拌各种原料。伊莱恩自然搅得一团糟，她很激动，平底锅里的东西不时溅出来，而玉米淀粉和可可粉还是没混合在一起，依然是一团一团的，薇拉却说："莱妮，真棒。"然后她把平底锅移到灶台上，自己边加热边轻轻搅拌。

她也不比伊莱恩好到哪儿去。混合物边缘已经开始冒泡，淀粉和可可粉仍旧是一团一团的。好像牛奶里掺进了棕色和白色的砾石。"怎么样了？要变成布丁了吗？"伊莱恩问，她个子还不够高，看不见。薇拉没有回答。她将温度调高，平底锅里的东西差点儿沸腾溢出来，幸好她动作快，迅速端到了没开的灶上，但砾石一样的东西还在。"我不明白。"她对伊莱恩说。右边的灶台闪着暗红色的光，她啪的一声关上，然后向平底锅里望去。

"怎么了？怎么了？"伊莱恩问道。

"我没——"

客厅里传来爸爸的喊声："有人在家吗？"

薇拉和伊莱恩面面相觑。

"有人吗？"

"把它藏起来！"伊莱恩小声说，"放冰箱里。"

"不能放！现在还不是布丁呢！"

"那是什么？"

"女士们，你们在做什么呢？"爸爸的声音从厨房走道飘来。

薇拉转向爸爸，同时尽量挡住平底锅，遮住爸爸的视线，可他越走越近，向薇拉肩后望去。爸爸还穿着羊毛外套，身上散发着冬日空气的味道。“可可？”他问薇拉。

“是巧克力布丁。”薇拉盯着自己的鞋说。

“是什么？”

“爸爸！是巧克力布丁！”伊莱恩开心地喊道，“我们给你做了甜点！本来想让你大吃一惊的！”

“天哪，我的确大吃一惊，”他说，“我都不知道你俩会做吃的呢。哇，真是了不起的成就！”

“我们做砸了。”薇拉说。

“怎么了？”

“都是一团一团的！”她爆发了，“拌不开，我们一直在搅啊搅。”

“哦，这样，我们来看看。”他说。

她不情愿地让到一边，爸爸走到灶台边，拿起斜靠在平底锅里的勺子。他试着搅拌了一下。“嗯，”他说道，“这样啊。”

“一团糟！”薇拉说。

“好吧，其实算不上，只是有点儿……你的菜谱呢？”

她冲柜台上打开的烘焙书努了努下巴，爸爸走过去看。“所以说，”他说，“你们混合了糖、可可粉还有盐。然后留下四分之一杯的奶油牛奶混合液，其他都放进去小火搅拌了？”

“哦……”

“然后在另一个碗里面，用玉米淀粉和剩下的四分之一杯奶油牛奶混合液——”

“啊？没有。我们把所有的都一起搅拌了。”

“啊……”他说。

“所以成了这样？”

“是呢，我想应该是这样，宝贝儿。”

“早知道就好了！”

“试新菜谱的时候，最好读完所有步骤再动工。”

薇拉又盯着鞋子，这样爸爸就看不到她眼里的泪水在打转了。

“首先要看看配料表，确保材料齐全——”

“我看了。”

“很好，宝贝儿。然后都放在柜台上——”

“我放了！我一直很小心的！”

“那你应该读完整个过程，现在知道了吧。学生做木工活的时候我就会跟他们说，你要先决定哪些事情立刻就要做、哪些事情可以待会儿再说，哪些步骤先来、哪些——”

她受不了爸爸练兵似的步步紧逼，无论怎么回答，爸爸都不依不饶。她说：“我知道了！哎呀。我又不是傻子。”

“你当然不是傻子，宝贝儿。学习就是这样一个过程。下次你就更清楚了。”

“但我这次就清楚啊！我把所有原料都准备好了……结果

成这样。我只是想给你一个惊喜！”

“宝贝儿。不要紧的。相信我。”

“不要紧？”

她抬起眼睛盯着爸爸。要是爸爸看见她在哭也没关系。她想让爸爸看见。“你怎么能说不要紧？”她问爸爸，“我费了那么大劲呢。”

“不，我只是说——”

“哦算了吧。”薇拉说着转身离开厨房。她回到餐厅，又坐回了椅子上，拿起铅笔。

爸爸跟进来，伊莱恩像影子一样跟在后面。“薇拉，宝贝儿。”他说道。

“我在学习。”

“薇拉，别这样。”

“让我做会儿作业行吗？”她问爸爸。

爸爸等了一会儿，但她还是低着头，皱眉盯着笔记本，最后，爸爸只好回到厨房。伊莱恩也在那里停留了片刻，看着她，随后也转身离开。

薇拉在最后一道历史题目上狠狠画了一条黑线。

晚餐是煎芝士三明治和豌豆。吃饭的时候薇拉不吭声，只是盯着盘子，而伊莱恩和爸爸一直在聊天，声音听起来欢快得让人无法忍受。伊莱恩告诉爸爸，多米·马尔科尼为了做课堂展示带了只小兔子去，爸爸说："说到兔子……小兔子，快吃你的豌豆。"伊莱恩往嘴里塞了一颗豌豆，边嚼边学兔子扇鼻翼，逗得爸爸大笑起来。恶心死了。

薇拉说："你们慢吃。"

"宝贝儿，三明治不合你口味吗？"看到薇拉的盘子里剩了一半，爸爸问道。

薇拉说"我不饿"，便起身把椅子推进去。

桌子是爸爸和伊莱恩清理的。薇拉坐在餐厅里，先是叮叮当当，接着是哗哗的水声。他们一定也是在合作刷盘子。

她把昨天的盘子洗了，可爸爸连一句谢谢都没说。

这时她的作业已经做完了，还坐在那里继续看书，这样一来，就可以不去厨房帮忙了。随后爸爸走过来说："玩巴棋戏吗？"

"今晚我要洗澡。"她生硬地说。

"那么早？"

薇拉没有作声。看也不看爸爸一眼，起身离开餐厅，上楼回自己屋里去了。

在衣柜镜中，薇拉看到自己脸上一道道泪痕，蓬头垢面。睫毛浸润在泪水之中，竖了起来。

拉开衣柜门，镜中的自己消失了。她从挂钩上取下睡衣，走进浴室放水洗澡。

薇拉把胳肢窝以下都浸在热水里，看着手指泡得渐渐起皱，开始想象妈妈会不会遭遇了什么可怕的事情。也许她刚走就打算返回，但出车祸了，会有人打电话来告诉家里吗？妈妈现在可能神志不清地躺在医院里呢。

或者死了。

为什么爸爸就想不到这些呢？哦，这个家就是有问题！薇拉是唯一正常的。

洗完澡，她就直接去睡了，还不到八点，毫无倦意。薇拉躺在黑暗中，胳膊直直地放在两侧，仰望天花板。楼下传来爸爸的说话声和妹妹咯咯的笑声。过了一小会儿，她听见妹妹上楼来了，便合上眼睛。伊莱恩在过道里犹豫片刻，然后爬到自己床上，借过道的灯光脱下衣服。薇拉眯着眼睛，差不多能分辨出妹妹的形体，伊莱恩先伸进一只脚，再伸进另一只，然后跳啊跳，穿上睡裤。穿好后她从床头柜上拿起《大森林里的小木屋》，又下楼了。随后，薇拉隐隐约约地听到了爸爸低沉的朗读声。

读完一章后，爸爸陪伊莱恩上楼。薇拉刚来得及翻身侧向墙面，他就进来了，接着她听到爸爸帮伊莱恩掖好被角，和伊莱恩道晚安。随后他走到薇拉那一侧，压低声音说："薇莉？薇尔斯？[1]睡了吗？"但薇拉不吱声，最后爸爸只好离开。

[1] 译注：这两个词都是"薇拉"的昵称。

他下楼时步履沉重，听起来低声下气、大失所望，薇拉感到一阵撕心裂肺的痛。

醒来时，清晨的阳光斜照在薇拉的被子上，屋子里弥漫着培根和吐司的味道，楼梯间传来轻快的脚步声。“小鸭子，快起床，太阳闪闪亮！”妈妈边走进过道边说。

妈妈心情大好时就会喊她们“小鸭子”，在薇拉听来，她的声音也像鸭子一般——腻腻的，乐呵呵的，像广播里那些努力让别人听出自己在笑的女人。一听到这种声音，薇拉就会情不自禁地乐起来，但这天早上躺着听到时，她更是开心。

伊莱恩已经按捺不住，坐起来大喊：“妈咪！”

这有点儿惹人嫌，她平时喊的是“妈妈”。但伊莱恩又接着大喊：“妈咪，我好想你！”然后从小床上跳起来。薇拉坐起来时，伊莱恩已经搂住了妈妈的腰，绽放出灿烂的笑容，妈妈也面带微笑地抱住她。妈妈穿着玫瑰花蕾居家服，肯定是昨夜回来的。“妈咪，你去哪儿了？你去了哪里？”伊莱恩问道，可妈妈只是轻快地说了句：“哦，去了东西南北。”然后冲薇拉笑着说，“早安，小懒虫。”

“早安。”薇拉低声说。

“我可以做煎鸡蛋、炒鸡蛋或水煮蛋，公主殿下想吃哪种？”

暴风雨后她就会这样——假装什么都没发生过。好像在说，请别介意她眼都不眨就离家出走，她不是故意的。看在上帝的分上，让这件事过去吧！要是妈妈回来时发现全家人都死在床上，薇拉想，她可能也只会说一句："哦天哪！这都怎么了？"

不过，形势非常严峻的那几次（一次她把大菜勺砸到薇拉颧骨上，把她砸成了熊猫眼；还有一次她把伊莱恩可爱的娃娃丢进火里），她的确道歉了，活像电影里的女英雄，把她们揽在怀里，哭喊"亲爱的宝贝儿，可以原谅我吗？"，又把脸凑在姐妹俩脖颈之间，挥洒热泪。换作从前，薇拉也会跟着哭起来，紧紧揪住妈妈，喊自己是多么害怕，说当然会原谅她；而如今一想到那一出，她就觉得丢人。现在遇到那种情况，妈妈抱住她时，她总是无动于衷地把脸转开，最后妈妈不得不松开说："哦，薇拉·德雷克，你真冷血。"

不过，这个清晨，妈妈看起来格外清新，楚楚动人，玫瑰花蕾衬出她白里透红的肌肤，整栋房子都沉浸在温馨的气氛中，世界回归正常状态。所以薇拉最后还是说："炒蛋吧。"

"那就做炒蛋啦！莱妮？你呢？"

"妈咪，我也吃炒蛋。"伊莱恩用小宝宝那样傻乎乎的声音说，妈妈说话的调调像在唱歌："马上就好！"然后转身离开，伊莱恩睡衣还没换，但也跟了过去。

薇拉从床上爬下来，在梳洗换衣服上耗了很久，她用两只发卡夹住头发，盯着卫生间镜子里自己那张严肃的脸。

等她下楼，其他人早饭已经吃了一半——他们仨都在餐厅，感觉像周日一样。今天桌上摆着精美的陶瓷餐具，甚至还用上了吐司架，吐司站成一排，像梳齿一样。“早安，宝贝儿。”爸爸说。

“早安。”薇拉说，但没有正眼看爸爸。她溜进自己的座位。

“某个人不急不慌的。”妈妈说道。薇拉不禁瞥了她一眼，观察她的嘴。妈妈的嘴有没有扭曲？上下唇有没有因为咬牙切齿错开？都没有，她柔和的嘴唇弯成弧线。妈妈起身给爸爸加咖啡时，还轻轻拍了他的肩膀，然后再坐下。

炒蛋已经有点儿凉了，但吃起来还是很美味，里面还拌了一点儿奶酪，薇拉就喜欢这样吃，培根也香脆可口，上面看不到肥肉的白点。她自己切了三条。

“我觉得我可以告诉道格·劳今天不用搭车了。”爸爸说。妈妈却回应道：“哦，我正准备告诉你，我觉得这车有点儿小小的毛病。”

“什么样的小毛病？”爸爸问。

“这样的，每次启动，仪表板上都会亮一个小红点。”

爸爸扬起了眉毛。他说：“傻瓜警报灯[1]亮着，你就这么到处开？”

[1] 译注：即故障警报灯。

“傻瓜……？”妈妈说道。薇拉紧张起来，生怕妈妈误解。不过她说：“哦没错，是呢，我就这么开的。”

“你也没想到拿去检修？”

“我知道！我很差劲的，”她活泼地说，“跟机械的东西打交道，我是没救了。”她冲薇拉和伊莱恩扮了个自嘲的鬼脸。

“你们敢相信吗？”爸爸问她们，但他看起来更像是被逗乐了。他的神情好像在问：“不觉得她是个有意思的人吗？”

伊莱恩忙着在吐司上抹果酱没注意到。薇拉只是看着他，什么也没说。

妈妈探头看了看奶油罐，摇了摇，然后起身拿到厨房去。此时，伊莱恩又开始说多米·马尔科尼的兔子了，不过这次她说的是“小小兔”。“小小兔真的很安静，多米说还不用遛呢，”她说道，“老爸，我们也养一只吧？求你了。”

但此刻爸爸却在观察薇拉，他说：“薇拉，宝贝儿？你还在跟我生气吗？”

薇拉耸耸肩。

“我有点儿不明白昨晚是怎么了，”他说，“到底怎么了？我们可以聊聊吗？”

薇拉觉得，他听起来很温和，但有点儿咄咄逼人。她不想回答，但她明白，要是不说，爸爸就会一直问下去。所以她还是耸耸肩说：“可能是我太累了吧。”

“哦。”爸爸说。

听到这答案，他似乎满意了。至少，他没有再追问。

接下来一片静默，薇拉与妹妹四目相遇，久久对视，目瞪口呆。

1977

1977

重要节假日前，从薇拉的大学到机场之间有一班小巴士往返。她自己从来没有坐过飞机——机票太贵了，如果实在要回家，她就坐灰狗巴士——但大三那年春假，男友提议复活节周末跟她回去见父母，他觉得应该坐飞机。不仅如此，他还反问："通宵坐巴士回家，只是为了两天后再连夜坐巴士赶回来？"没错，要是薇拉自己回，就打算这样。但她没争辩什么。

德里克用自己每月的零花钱帮她买了机票，但薇拉告诉父母，男友买机票正好是买一送一。天晓得怎么会有这种优惠活动，但父母很少坐飞机，也就信以为真了。

机场大巴上，到处是他们的朋友——主要是德里克的朋友，所以两人也没有机会柔情蜜意。德里克是大四班长，也是网球队队长，别具亲和力，人见人爱。上车后一直有人拍他肩膀，说俏皮话，座位之间前呼后应。薇拉则双手拿着包，面带微笑。要坐飞机，她得稍作打扮，灰狗巴士就不至于。她穿了一件浅蓝色羊毛套装,头发整洁地束成发髻（每次梳这个发型，德里克都会说她是全校最美的姑娘）。德里克只是穿了牛仔裤和平日常穿的棕褐色灯芯绒短外套，他是加州人，坐飞机对他来说算不上什么大事。但薇拉觉得，他下巴方方的，整洁体面，还比其他人高一个头——比自己高两个头——再加上一头金色短发，想装邋遢都不太容易呢。

金尼学院坐落于伊利诺伊州北部，四周农田环绕，平坦得像台球桌面。这是四月下午，难得有几棵树在窗外飞驰而过，依然光秃秃的。老家那边已经是春天了。妈妈写信说，圣诞蔷薇来去匆匆，花期一般在复活节前结束。德里克终于见得些许绿意了，中西部漫长的冬日对他来说真是忍无可忍。

到机场后，大家各奔不同航班，薇拉和德里克终于有机会享受二人世界了。薇拉很高兴有德里克在，他能摆平一切。要是一个人走，她根本不知道该怎么应付金属检测器和安检。一切准备就绪，德里克领她去候机区，给她找了个塑料椅子坐下，自己再去买饮料。他离开后，薇拉觉得世上唯有自己最孤独。坐在周围的乘客似乎不太真实，她像旁观者一样感受到自己的存在——腰板挺得笔直，漆革鞋中规中矩地并在一起，眼睛睁大，充满警惕。德里克终于朝她走来，一手拿着一个纸杯，看到这一幕，她舒了一口气。

“你觉得我怎么称呼你家人比较合适？”德里克问道，他在薇拉身边坐下，递过纸杯。“德雷克先生、德雷克夫人？还是直接喊名字？”

“哦，先生太太吧，刚开始的时候。”她说。这想都不用想，要是有个小伙子跟她父母这么随便，一定会把他们吓坏的，至少妈妈会。“不过，等熟一点儿了，”她说，“他们可能会主动让你喊名字。”

“他们叫什么？”

不知为什么，薇拉犹豫了。也许她在担心德里克会无视她的建议直接喊名字。但她还是说了：“梅尔文，爱丽丝。”

“嗨，梅尔文、爱丽丝！”他喊道。他夸张地亮出嗓门，逗得薇拉大笑，“我可以娶你家闺女吗？”

这下薇拉不笑了，她听不出来这是不是玩笑。

“觉得太快了？”德里克问她。他用一条胳膊搂住薇拉肩膀，凝视她的脸。“太突兀了？我是不是吓到你了？”

“嗯……”

“薇拉，你一定也想到了。我爱上你了。我对你一见钟情，看第一眼就想娶你。”

他的脸凑得那么近，薇拉可以看清他鼻梁上的小雀斑，细小如沙砾。薇拉总是觉得，要是没有雀斑他应该更帅。但有雀斑让她更信任德里克。她毫不犹豫地拒绝了那些请喝鸡尾酒的足球运动员，还在自己的笔记本上写满“薇拉·麦金太尔”和“德里克·麦金太尔夫人”，梦想某天晚上德里克给她一个惊喜，捧上订婚钻戒。薇拉想，他们可以等她大四的时候订婚，毕业后的那个夏天就结婚。

但德里克说：“我受不了一工作就要跟你分开，我希望你跟我一起。”

薇拉说：“但……”然后又改口说，“可你六月份就要工作了。”

“没错。”

“你想两个月内结婚？”

“三个月也行，要是你觉得策划婚礼时间不够的话。”他说。

“我还没毕业就结婚？”

“你可以在加州读完大学。”

“但金尼学院我有全奖呀！”

“所以呢？你在加州也可以拿到奖学金的。凭你的成绩，哪儿都会抢着要你。”

薇拉懒得跟他理论申请奖学金没那么容易。她只是说：“还有布罗根博士呢。”

“他怎么了？”

“德里克，他给我制订了整套课程计划呢。秋天我就要跟他上语言人类学的优等生课程了。”

“你以为圣地亚哥就没有外语课上了？”他问道。

“不，我只是——”

“薇拉，”他说，“你不想嫁给我吗？”

“哦，我想，只是——”

他收回胳膊，瘫倒在椅子上。“我弄砸了是吧，”他说，“求婚，按理说我应该更正式一点儿。”

“不是这回事！我的确想嫁给你，德里克，这是真心话。但我们现在能不能只是，也许，只是订婚？”

“可以啊。”他说。

显然，这回答他并不满意。薇拉细细打量他的脸，却读不出来什么。“你在生我气吗？”她问德里克。

“没。”

“我不想你和我赌气。”

“一点儿都没啊，”他说，“因为我打算慢慢改变你的想法。”

“德里克——”

“那么！我喊你爸妈先生、太太，等他们跟我说了再喊名字。你妹妹呢？我喊‘德雷克小姐’可以吗？”

“别傻了，犯不着，”薇拉挤出微笑，“她叫伊莱恩。”

“也许最好喊伊莱恩‘小姐’，”德里克体贴地说，“伊莱恩小姐和薇拉小姐，大龄单身姐妹俩，来自宾州的云雀城。”

薇拉玩闹似的拍了下德里克的膝盖。但她不禁感到，两人之间还有什么悬而未决。

杂志上的航空公司广告上，空姐会穿修身短裙和套装上衣，帽子像部队配的那种。但踏上飞机时，迎接薇拉和德里克的年轻空姐却穿着方方正正的长裤套装——长裤套装！而且根本没戴帽子。座位不是两两排在一起的，而是三个一组，不如想象中那么奢华。薇拉和德里克的座位一个在中间，一个靠窗。德里克走在后面，要把靠窗座位留给她，她却说："哦，我坐中间好了。"她不需要太大空间。德里克系好自己的安全带，又帮她系好。安顿下来后，她试探性地摁下按钮，试着让靠背向后倾斜，德里克告诉她，应该等起飞后再调整。

尽管坐飞机不像她想象中那么激动人心，薇拉还是难掩兴奋之情。机舱里有一种不熟悉的塑料味，声音好像也略有不同。在其他乘客的声音之下，似乎有种封闭和堵塞的寂静。

一个形容枯瘦、胡子拉碴的男人在她右边坐下，身着红黑相间的短夹克衫，破旧的牛仔裤。她决定还是不要主动打招呼了。只是抿嘴笑笑，但那人正在系安全带，估计没注意到她。

阅读安全指南时，飞机即将起飞，薇拉立刻把安全指南折起来塞回座位的口袋里。幸亏她放回去了——跑道上这段路似乎漫长又颠簸（在移动的交通工具里看书，她很容易晕车）。片刻后，她不禁想：到底什么时候才能离地啊？是不是飞行员试着起飞，又没飞起来？她抬起眼睛，目光从外面的机场建筑物移到德里克身上，他正在读自己带来的《图说运动》。德里克看起来很放松，所以薇拉决定也不去担心了。正在此时，她感到一阵晃动，飞机仰起。窗外风景被他们远远甩在身后，但起飞不应该是这种感觉吧，是吗？感觉不像在飞啊。她觉得还停在地面上，被重力牢牢固定在椅垫上。从某种程度上来说，她本以为飘浮感会更强烈。离开地面后更令人失望，动感反而渐渐消失了。这感觉就像坐在地面上一样，引擎轰鸣，只是窗外的风景不见了。

一位空乘走到他们身边的过道上，演示安全设备，比如充气救生背心。救生衣？做什么的？除了薇拉和她身边那个胡子拉碴的男人，没人在看。薇拉尽可能露出专心致志的神情，好让空乘不至于感到被冷落。

随后，另一位空乘推着餐车来到过道，为乘客送上免费饮料。德里克点了可乐，薇拉却说“不用了，谢谢”——她不好意思中途麻烦别人让她出去上厕所。旁边的男人也没要饮料，只是摇摇头，然后继续直直地盯着前方，一脸阴郁。

薇拉告诉德里克：“我觉得，过会儿我们能在飞机上吃顿饭。”

“不会的，”德里克说，“我敢保证。”

“我想要我室友飞纽约时拿到的那种小盐瓶。”

德里克宠溺地笑笑，继续读杂志。

薇拉也带了书，却感觉很难集中注意力，所以书放在包里没拿出来。她继续看着窗外。薄薄的云朵飘过，像一缕缕烟雾。她尽力说服自己，这些就是儿时幻想中的云朵——像枕头那样蓬蓬松松的，她曾想象自己在上面蹦蹦跳跳，可现在看起来一点儿都不像。朱迪·柯林斯的歌声在她脑海中响起，是《云的另一面》[1]。突然之间，她好像更懂歌词的意义了。

薇拉又瞟了德里克一眼。他还在专心致志地阅读，放松的表情，充满宁静，有点儿孩子气，睫毛在光洁的面颊上投下影子。这就是她最终要嫁的男人！好奇了许多年，这个问题终于有了答案。她努力让自己去习惯这件事，就像做了新发型后忍不住一直盯着镜子、熟悉自己的新造型一样。每次来到镜前，她都会感到一阵新的悸动。然而……没人告诉过她，如果对一个男人的感情很复杂，是否还应该嫁给他。（比如，德里克总是一心扑在运动上，她不时会因此产生距离感。此外，据她了解，德里克还有点儿脾气，有两次在足球赛中与其他男孩推搡起来。）好吧，不过有这种想法很正常。生活毕竟不是一场好莱坞爱情大片。

有个硬硬的东西戳到了她右边的肋骨，她挪开了一点儿，但那个东西还跟着她。她抬头看看那个陌生人。“眼睛看前面。”他小声说。他的眼睛始终直直地盯着前面，嘴唇没怎么动。戳到她的东西还抵在她身上，不管她怎样躲闪。

她眨眨眼，紧盯前面的座位。

[1] 编注：*Both Sides, Now*，加拿大女歌手琼尼·米歇尔的原创歌曲，后由美国女歌手朱迪·柯林斯翻唱。歌词中将爱情比作云朵，令人捉摸不透。

“这是一把枪，”他安静地说，“有子弹的，别动，否则我就开枪。你不能离开座位，他也不可以。”

薇拉用细小的声音呜咽般地问道：“那我怎么跟他解释不能离开座位呢？”这声音几乎不像她自己的。

德里克说了声“嗯？”然后抬眼看她。

枪戳得更厉害了。薇拉说：“我没讲话。”德里克继续读杂志。

几分钟后，乘务员又来到过道。这次她带着一个大塑料袋。“垃圾？要扔垃圾吗？”她一排一排问过来，边问边抖袋子。乘务员过来时，薇拉看着她的脸，用眼神默默示意：拜托，拜托了。“有垃圾吗？”那位女士晃了晃袋子问道。德里克目不转睛地盯着杂志，递过空杯子。薇拉抬起一只手准备帮他送杯子，但那把枪又开始戳她。她大声倒吸了一口气，德里克只是把杯子递得更远，乘务员直接从他手里接过去，然后继续往后走。

薇拉看见，那个陌生人右胳膊抱在腹前，枪却藏在薇拉的扶手之下。她的大脑拼命运转。她常听人说“大脑拼命运转”，却从未感受过——这会儿，各种想法一溜烟儿地从她的脑海中疯跑过去。她应该尖叫吗？用胳膊肘戳他？从座位上跳起来？但那样子弹可能会打到德里克。

德里克头也不抬地问道：“我有点儿耳鸣，你呢？”

“什么？”

“耳鸣的话可以吞咽，你知道吧？”

“什么？”

枪戳得更厉害了，疼痛而持久，她冒出一声“哦！”

德里克瞥了她一眼。然后他合上书，把一根手指塞在杂志里做书签，解开自己的安全带站起来。“我们换座位。”他说。

薇拉恳求般地盯着他。

“来吧，换座位。”

她笨手笨脚地摸索自己的安全带。屏住呼吸解开搭扣，然后抓起手提包前倾，畏畏缩缩，准备好吃枪子。什么也没发生。德里克扶住她的胳膊，帮她站起来，让她越过自己走到窗边，然后又回到中间的位置坐下，继续读书。

刚开始她心神不宁，脊背都没敢靠到椅子上。她不知道德里克有没有感觉到有把枪戳在肋骨上。可他只是继续翻页，等她鼓足勇气瞟一眼德里克边上时，那个陌生人的双手已经放松地放在膝盖上了，中间什么也没有。

薇拉向后靠去。她浑身发抖。她把脸转向窗户，只感到德里克的大腿紧挨着她的大腿，每每翻页时，灯芯绒衣袖都会擦过她的衣袖。她对德里克的果断心怀感激——德里克坚信自己能够处理这世上各种危险状况。

薇拉一直担心着陆，这一刻终于来了，她又有事情要担心了——已经有一会儿没担心了，不过，着陆其实只是轻微的颠簸，接着是漫长的后退感。一个声音在广播中响起，欢迎他们到达，对他们旅途中的支持与配合表示感谢，希望今后有机会再次同行。窗外，是薰衣草色的淡淡远山。

那个胡子拉碴的男人最先站起来，第一个走到过道上，薇拉和德里克等着出去时，那人已经穿过前面的人群，挤到飞机前面去了。等他走到听不见的地方，薇拉拍了拍德里克的胳膊肘，问:“你知道他做了什么吗？”

“谁做了什么？”德里克微微转头，看着她问道。

“坐我们旁边的那个人。”她说着歪头望望那个人的方向。他已经默默从一位胖女士身边走过。那人只剩下瘦骨嶙峋、红黑相间的背影,接着便完全消失在视线中了。“他用枪指着我。”

德里克加入前进的人流，说了声:“什么？”

“他用枪戳我肋骨。”薇拉说，她紧随德里克身后，“他说不许动，不然就开枪。”

“什么样的枪？”德里克回头问道。

“什么样的枪？”她重复道，“我怎么知道什么样的？戳在我肋骨上！我看不见！”

德里克迅速扫了她一眼，但没做评论。

走到机舱门口，德里克对乘务员道谢。薇拉原本不知道还有这道程序，于是也赶紧说谢谢。随后两人便出去了，走上楼梯。这里很暖和，阳光明媚，微风拂面。刚才那个人又出现了——那个懒散、瘦骨嶙峋的人影，他正大步向航站楼走去，抢在其他人前面拉开玻璃门，头也不回地消失了。

下楼时，德里克没打算说话，但一到柏油马路上，他就说道:“我还是不明白。他用枪对着你，但你没看见枪？”

“他把枪藏在扶手下面。”她说。他们并排走着，薇拉紧赶慢赶才跟上德里克的步伐。“他用枪戳着我的肋骨说‘别动，否则我就开枪’，我不知道该怎么跟你说！你最后怎么猜到不对劲的？”

“我怎么……”

“你怎么反应过来说我们换个座位的？”

“哦，那个啊，我在看书，你没在看书，”德里克说，“你的座位地方太小了，我觉得你坐在窗边会舒服点儿。”

“你没觉得有什么奇怪吗？”

“让我理理头绪，”德里克停下步子转身看着她说，“那个坐在我们旁边的家伙用枪指着你？”

“没错。”

“一把真枪？”

“我觉得是。”

“嗯……薇拉，他想做什么？让你抢下操控台，把飞机开到古巴去？”

“德里克，我不知道！”

“亲爱的，我是说这不符合逻辑啊。我想不通这有什么意思。你觉得他会不会只是开个玩笑？”

“玩笑？！”

“呃，这个玩笑不怎么好笑，但是——”

“我快被他吓死了，德里克！我瑟瑟发抖，我觉得只有他和我知道，也不知道该怎么跟你说，所以你发现了不对劲的时候，我真是松了口气。应该说，我以为你明白了是怎么回事的时候。”

“哦好吧，有惊无险。”德里克说。他开始环顾四周。空气中花香阵阵，暖洋洋的午后阳光，航站楼外人群涌动，都是来接人的。“小地方挺不错的，”他说，“你看见家人了吗？”

“他们肯定在人群里面。”薇拉没多说什么。她的家人八成开着车在这片打转——不想交停车费，但她不想告诉德里克。

现在，她没有像在飞机上时那样对德里克感激万分了。

走进小小的航站楼，他们在取行李的标志下等待，最后一位工作人员推着行李车过来了。其他乘客也在等，但坐在他们边上的那个人却不在其中。也许那人会等他俩离开大楼再来取行李，或者根本就没带行李；后者可能性更大。

德里克拎起圆筒旅行包，薇拉也拿到了蓝色乙烯基塑料手提箱，两人向出口走去。刚迈出去，薇拉就看到了父母的车——爸爸几年前从自己的一个学生那儿买来的雪佛兰。爸爸亲手上漆的亚光紫色表面，绝不会错。薇拉说：“他们在这儿呢。”但她故意不去看德里克的反应。

两人走近时，薇拉父母都从车上下来迎接。“薇拉宝贝！”爸爸说，他穿着工作时的那套衣服。但妈妈刻意打扮了一番，她穿了一件薇拉从没见过的印花衬衫连衣裙，头发用蓬松的蝴蝶结向后束起。薇拉说：“妈妈、老爸，这是德里克。”德里克边说“很高兴认识您，德雷克夫人、德雷克先生”，边放下薇拉的箱子握手。他们没提议直接喊名字，却都面露微笑，薇拉明白这一定花了一番心思。她有点儿替他们难过，上大学后，这种感觉越来越明显。爸爸帮他们把行李塞进后备厢，妈妈给了她一个拥抱，说：“欢迎回家，亲爱的。”接着，爸爸也拥抱了她，还是像往常那样腼腆含蓄，问：“一路顺利吧？”

“还行。”她说。

她和德里克坐在后座，车从路边开出去，她又补了一句：“但有个乘客用枪对着我。”

“什么?！”妈妈说着转身盯着她，“枪？”

“他坐在我边上，我感觉有东西在戳我，他说‘别动，否则我就开枪了’。”

“你没开玩笑吧？”

“是啊，没开玩笑。”

“天哪！”爸爸说，这时妈妈转身幅度更大了，好看到德里克的脸。她说：“你怎么做的，德里克？”

“哦，我都不知道呢。”德里克轻快地说。

“你喊‘救命’了吗？”妈妈问薇拉。

“我不能！我不敢张嘴。后来德里克说我们换个座位，然后好像就没事儿了。”

“谢天谢地，”妈妈说，“你们后来报告了吧？”

“向谁报告呢？”薇拉问，“我是说，这事儿太奇怪了。

整件事最后好像就……就那么过去了。”

德里克清了清嗓子。“还有可能，”他说，“也许事情不是看起来那样的。”

薇拉妈妈又转向他。

“我猜这家伙是想开个玩笑而已。”他说。然后他又对薇拉说：“亲爱的，毕竟你只是听他说那是枪。那家伙可能只是坐着无聊，所以想‘这样吧，我来捉弄一下这个大学小女生’。”

薇拉妈妈满脸期待地望着薇拉。

“唉，也许吧。”薇拉迟疑了一下说道。不知道怎么的，她感到被冒犯了。话题终于转移开了，她问爸妈：“伊莱恩去哪儿了？我以为她会和你们一起来呢。”

“哦，伊莱恩啊。”妈妈说着又坐正了，“伊莱恩打死也不愿跟我们一起来。等你见了她再说，薇拉。她现在所有衣服都是从慈善店买的二手货，听的音乐我觉得都不是音乐，朋友也古古怪怪的。”

“好了好了，”薇拉爸爸说，“没那么糟。”

“昨天，”妈妈告诉薇拉，“我让她清理房间，你那半边都看不见了。我是说，堆了那么多衣服，连床都看不见。但后来我去检查，她动都没动。那时候她已经出去了，和她那个，我也不知道，男朋友？朋友？犯罪同伙？这男孩比她矮整整一英尺呢，叫马可斯，一身黑，戴只耳环，连个招呼都没跟我打过。所以不管怎样，看你屋里那样，你猜我怎么着？我打开窗户，把她衣服全扔后院了。”

德里克发出乐呵的嘶嘶声，薇拉妈妈向他抛去一个感激的眼神。“牛仔裤、短上衣、毛线衣，”她告诉德里克，“她喜欢的那种死人睡衣……全被我扔了。扔窗外了。后来我打扫院子，长长的黑色紧身裤挂在烧烤架上，到处都是。”

说到这儿，德里克已经笑出声了。

“我太太容易激动。”薇拉爸爸告诉德里克。

薇拉讨厌爸爸说这话。听起来总像赞美似的。每次说这话，爸爸就会自豪地带上抑扬顿挫，他从倒车镜里看德里克时，眼里闪动着笑意。

“唉，我不明白。”薇拉淡淡地对妈妈说，“你只是让她那堆东西更乱了，没用啊。”

“哦宝贝，等你女儿到了青春期你就明白了。”妈妈说道，“我真是活在水深火热中。”

薇拉陷入沉默。德里克把一只手搭在她手上。薇拉没挪开，却把脸转向窗外。

她觉得这里的乡间比伊利诺伊州的更有意思。她也希望德里克能注意到这一点。(德里克总是把加州夸得那么特别)。连绵起伏的青山像一把把新鲜的欧芹，薄暮将近，神秘的山谷暗了下来。高速路边点缀着小屋，周边围着荷叶边的栅栏和摇摇欲坠的棚屋，门廊里放着洗衣机，猎犬四肢伸展开来躺在满是尘土的院落中，后院停着生锈的拖拉机。从机场回家大概要开一个小时，薇拉看着风景不说话，坐在前面的妈妈倒是兴高采烈，尽显女主人的好客与好奇。德里克有没有兄弟姐妹？——有，两个弟弟。她听说德里克快毕业了，是吗？——没错，很快就要毕业开启新生活了。他接下来有何打算，有想法吗？——他已经在圣地亚哥找到工作了，他爸爸有个朋友是体育用品连锁公司的老板，让德里克去做总监。薇拉妈妈说："哦，真棒！是因为你网球打得好吧。"这有点儿尴尬——这下德里克肯定知道薇拉已经和家人讨论过自己了。"是的，夫人。"德里克说。薇拉从没听过他说"夫人"这个词，好像他改口说外语跟当地人对话一样。她看着窗外，一辆皮卡后面坐着三个穿工装的男孩，放松地靠在卡车驾驶室上，要是他们听到这种中规中矩的寒暄，该会觉得多么好笑啊！

为了迎接他们的到来，房子已经收拾过了，薇拉能看出来。门廊上有一盆三色堇，肯定是这两天才买的——妈妈是植物杀手，她自己主动承认的。走进门厅，薇拉闻到柠檬香型碧丽珠和清洁先生的混合气味，带德里克上楼去客房时，她看见地板上有吸尘器刚压过的痕迹。"你在这儿睡。"薇拉说着，带头走进去。窗户开着，微风拂动窗帘，梳妆台上摆着一盆水仙。不难看出，妈妈煞费苦心。

客房的床上摆着一排大枕头，毛茸茸的填充靠垫斜靠在床头板上。通常，薇拉看到这一幕时就会情不自禁地卷起脚趾，想象双脚抵在床尾板上的痛苦。德里克却说了声“真棒”，就把圆筒旅行包放在新添置的行李架上，这时薇拉发现，其实是挺棒的。

“你的房间在哪儿？”德里克问道。他抓住薇拉的手腕，把她拉向自己。

“哦，在下面。”她含糊地说。

德里克把她揽入怀中，小声道：“晚上可以来找你吗？”他的气息在薇拉头顶游荡。

“不行，别犯傻，我妹妹也住那儿。”她说道，但她没抽身。

“那只好你来找我了。”

“做梦吧！”她笑道。接着，她抬头看到了路过走廊的妹妹，妹妹往屋里瞟了一眼。伊莱恩穿着男式长外套，棕色粗花呢料子的，现在这么穿岂不是太热了。她剪了个直刘海儿，中分——其实几乎没怎么分，脸被遮住了。“哦，莱妮。”薇拉说着，匆匆与德里克分开，伊莱恩不情愿地停下脚步，“这是德里克，德里克，这是我妹妹伊莱恩。”

伊莱恩扬起左边眉毛——准确地说，是左边眉毛能看清的部分。她的黑色眼线很重，看起来像只北美黑啄木鸟。“不想打扰。”说罢，她继续沿着过道走下去。

德里克和薇拉对视一眼，哭笑不得。

“你看！”薇拉的声音终于又响起来了，“浴室就在对面，毛巾在浴缸上面的架子上……”

德里克伸手握她的手腕，她没躲闪，却说："我们下楼看看晚饭吃什么吧？"

楼下，薇拉妈妈正将一托盘的果汁杯往咖啡桌上摆。一瓶酒已经摆在上面了——奶油雪莉。薇拉看着妈妈斟酒。她很是惊讶，实际上应该说是震惊。她父母平日不喝酒的。爸爸总是说自己找不到合胃口的酒精饮料，妈妈则完全没这个习惯，只会在婚礼上喝杯香槟。可现在妈妈却问："喝雪莉酒行吗，德里克？"她轻巧地用指尖夹住一只斟满的玻璃杯举起来，德里克说："哦好的，谢谢您。"然后接过。

"你也喝雪莉酒吧，薇拉？"

"谢谢妈妈。"薇拉说。

要是德里克笑场，薇拉一定会受不了的：晚餐前，配着矮墩墩、黏糊糊的果汁杯，喝这种又甜又腻的雪莉酒。但他没有笑，而是郑重其事地把杯子端到面前，一口不动，等爸爸从厨房里拿了自己的饮料（冰茶）过来。接着德里克说"大家干杯"，每个人也都小声附和"干杯"，抿了一口。

"我们不叫莱妮吗？"薇拉爸爸问妈妈，但妈妈扮了个鬼脸说："除非你运气非常好才能叫得动她。"她告诉德里克，"薇拉妹妹现在宁死也不愿和家人在一起。"德里克咯咯笑了起来。

薇拉不明白父母为何要演这一出。一定是因为薇拉终于、终于找到了男朋友——父母真的很担心她吗？没错，她高中不算受欢迎。唯一约她的男孩是那种惹人嫌、戴眼镜的不合群小男生，她想都没想就拒绝了。她中意那种上课喜欢坐后排的男生——看起来像少年犯的那种，穿着皮夹克，对天花板打哈欠，在课桌上近乎平躺，但放学铃声一响，他们会立即冲向停车场，跳上自己改装提速的卡车。但这样的男孩，那时候看都不会看她一眼。

也许父母年复一年都在议论："她没事吧？没什么问题吧？会不会变成老姑娘？"

德里克跟薇拉妈妈说，自己从前跟伊莱恩一样，躲他父母就跟避瘟神似的——"我看不太像。"妈妈嘟哝道。德里克接着说，可现在呢，他非常喜欢与爸妈共进晚餐。

薇拉又喝了一口雪莉酒。她感觉喉咙被咳嗽糖浆黏住了一样。

飞机上遭遇那人的记忆还处于潜伏期，让一切蒙上阴影，让她颈后刺痛，在毫不相关的谈话中不时地、一阵又一阵地冒出来。但德里克和她父母都不再提。爸妈似乎听信了德里克的解释。

晚上淋浴时，她仔细查看肋骨附近有没有瘀青，但什么也没看见。睡前，她刻意去想其他事情，想逃过噩梦——想想明天陪德里克去哪儿玩、他能否给父母留下好印象——这一招多少管点儿用，但熟睡中她好像又感到有什么东西一直在硬邦邦地戳她肋骨，醒来时，她心跳加速，哪怕一片漆黑，都能看到被子在胸口颤动。她用手指摸索有触痛感的地方，确实有点儿酸痛，但这也许只是她查看的时候自己戳的。此后，她久久难眠，盯着天花板，听着妹妹的鼻息声在屋子里回荡。

那这样吧：考虑一下德里克的求婚。

他根本不明白，让薇拉放弃跟随布罗根博士学习的机会是要她放弃多少。在大学里，探索语言让她开辟了一片新天地。大学教的可不只是她在高中就已经在学的西班牙语和法语，还会探究人类语言的起源以及不同语言如何体现使用者的文化——最有趣的要数不同语言的众多共通之处。全世界那么多人一致认为有必要区分一般过去时和过去进行时，这难道不令人惊奇吗？还有习语，同样看似不符合逻辑、莫名其妙的习语，居然在许多不同的国家都存在，还是各自独立产生的，多么有趣啊。这种事情，她能听布罗根博士讲一整天呢。

但有那么一瞬间，放下一切嫁给德里克的确是非常诱人的选择。义无反顾、近乎武断地将自己同这个完全没有亲缘关系的人绑在一起。如此突兀，如此极端。

最后，她终于入眠，在她的印象中，美梦噩梦都没做。

次日清晨，早餐后，她带德里克去散步，穿过小镇时，她一路上叽叽喳喳说个不停。“皮尔森一家住在那儿。”她说。暑假她会为皮尔森一家打零工，一般是在夫妇俩带城里人去激流漂流时帮他们照看孩子。“这是卡罗尔小姐家，她是我的单簧管老师，不过有天我按门铃的时候没人开门了，后来发现她和汽车零件店的萨里先生私奔了，萨里先生结婚了，有五个孩子呢。”

德里克说：“我不知道你还会单簧管呢。”

她倒吸了一口气，打算说话却没开口，只是盯着德里克，这是怎么了？哦，男孩的思路真奇怪。她不止一次想过，自己要是有一两个兄弟该多好。换作女孩，一定迫不及待要细细打听卡罗尔小姐私奔的故事。“好吧，现在不会了。”她最后这样说道，“我没什么音乐天赋。”

薇拉打包了三明治，在保温杯中装了柠檬汽水，这些是两人的午餐，他们去伯特凯恩岭徒步。两人在山顶那堆凹凸不平的花岗岩堆上吃午餐——人们把它叫作“大象石”，上面刻满了名字、爱心和首字母，甚至有20年代就刻在上面的。这里不时有其他徒步者经过，所以并非理想的二人世界。不过，她和德里克坐在一起，挨得很近，不时含蓄地偷偷接吻。父母的住所在远处的街道上，教堂尖顶也正好在两人下方，薇拉指给德里克看。“在这儿办婚礼应该挺不错的。”德里克说，尽管他们坐的地方其实看不清教堂里面。

薇拉担心德里克又要把今年夏天结婚的事情拎出来了，赶紧说：“看啊，三叶天南星！我好久没看见三叶天南星了！”教堂的话题就这样岔开了。

那天晚餐，薇拉父母带他们去了当地最好的餐馆——位于东西林荫大道上的纽迪尔小馆。薇拉本希望伊莱恩可以同去，缓和他们聊天的气氛（至少她觉得可以），但他们连被拒的机会都没找到，所以只好不带她了。纽迪尔小馆做的是家常菜，所有人都坐在垂着长长亚麻桌布的餐桌边，自行从大盘子中取用炸鸡、烤肋排、火腿片，还有用芜菁叶和腌制背膘做的菜。一位女士自称是薇拉妈妈的超级粉丝，薇拉妈妈与她聊了起来,这位女士看过她在格拉特维尔小剧院版的《玻璃动物园》中扮演阿曼达。薇拉妈妈说:“哦，你还记得呢！那可是很久以前啦。”薇拉爸爸不得不向德里克解释妻子的表演爱好:“我觉得，要是我们住在大城市，她一定会崭露头角的。”他说道，“她光彩照人，我是说，她一上舞台，大家的目光就完全被她吸引过去了。比如那个《玻璃动物园》，明明主角不是她，是那个瘸腿女孩，但爱丽丝一上场，活力四射，她就是特别……放得开，你知道那种，特别有激情——”

“哦梅尔文，别说了。”薇拉妈妈笑道，含情脉脉地在丈夫的胳膊上重重拍了一下。

爸爸朝妈妈绽开笑容，一双眼睛在清澈的小镜片后闪着光芒。“总之就是，”他告诉德里克，“要是以后你有机会看她演戏，就懂我的意思了。”

这么说他是希望德里克成为常客吗？这么说爸爸认可他了？

至此，薇拉父母都没有对德里克发表过任何意见。那天有几次，薇拉故意趁德里克听不到的时候在父母近旁晃悠，但他们依然什么都没说。这不是他们的一贯作风——至少妈妈不会这样，她总是很挑剔地看薇拉的朋友们。爸爸往往不表态。不过现在，他却在跟德里克说：“夏天一般会演莎士比亚的，她肯定有戏份，夏天你真应该再来。”薇拉觉得这是个积极信号。她朝德里克那边望去——他可千万别说起自己多想今年夏天就结婚啊！还好，德里克说：“一定来，我肯定会喜欢的。”薇拉舒了口气。

另一个问题也不明朗：德里克对他们做何感想。薇拉有无数次张口问他的机会，但她没问。也许她觉得，不是在逼问时吐露的回答才更真实吧。

薇拉静静地给饼干抹黄油，突然感到自己非常重要。这三个人聚在一起坐在这儿，全都是因为她。她前所未有地成了自己世界的绝对中心，慢慢地享受着甜蜜的饼干时光，眉眼低垂，慢慢将黄油在饼干上面细细抹匀，一直抹到边缘，这个动作令她感到悠闲自得。

次日是周日，复活节，他们都去了教堂，只有伊莱恩没去，她说自己不是基督徒。“是不是基督徒和去不去有关系吗？”妈妈问，却也没有强求。但回家后——历经几段周折的社交小插曲后才回去的，在教堂遇见了几位好奇女士，薇拉和德里克不得不和她们聊天——薇拉妈妈直接走进客厅，向在沙发上读周日报刊的伊莱恩说：“小姐，我只想告诉你，午餐你得和我们一起吃，没有任何理由或条件拒绝。你姐姐下午就要走了，她回来后你还没跟我们一起吃过饭呢。”

“行啊，无条件。”伊莱恩头都不抬地说道。

说这话时德里克并不在场，他上楼收拾东西了。之后，走进餐厅看见五副餐具时,他扬起了眉毛。“哇哦！”他说道,“暗黑小姐要赏我们脸了？”

“谁知道呢。”薇拉冷冷地说道。她本以为两人有机会私下聊聊，像从前那样抱怨母亲的疯狂，或许还能谈谈德里克。但伊莱恩似乎已经把薇拉和爸妈归为一伙儿，把她也归为怨恨的对象了。

午餐时分，伊莱恩的确来了，坐到她的座位上。她依然穿着法兰绒条纹睡衣，上面套了件大大的羊毛开衫，衣服很老气，但她头发已经梳顺，重重的黑色眼影也是刚画的。“炖兔肉。”看到妈妈起身揭开面前的铸铁锅盖时，伊莱恩对德里克说。

德里克说：“啊？”

“你不喜欢兔肉？”薇拉妈妈问他。

“不，我……还行，挺喜欢。”他说道。

“这是我蕾切尔阿姨的做法。”妈妈说着，拿起菜勺。“Civet de lievre[1]。”她故意像漱口一般发出法语的小舌音“r”，薇拉都想钻桌子下面去了。“蕾切尔阿姨是我家大厨，其他人嘛……哦，你肯定不敢相信我的妈妈都给我们做些什么吃。”

关于这些糟糕的菜肴，薇拉和伊莱恩早有所耳闻。“一堆青豆泥糊在盘子上……”薇拉开始道，伊莱恩也附和起来：

[1] 译注：法语，炖兔肉。

“……上面是卷心莴苣沙拉，浇着瓶装的橙色调料……”

“特殊场合，沙拉上有罐头菠萝块。”薇拉说道。

“非特殊场合，晚餐是抹着罐头焗豆的神奇牌面包。”

她俩自娱自乐，就像在上演一场家常喜剧。妈妈虽然在笑，嘴里却说：“姑娘们，别拿你们可怜的外婆开玩笑了。”她把盘子递给德里克，又伸手拿薇拉的。

“我倒是一直都很喜欢她做的菜。”爸爸怀旧地说。

“哦，你只是喜欢她拿你小题大做。”妈妈告诉他。

“她拿爸爸小题大做？”薇拉问道，这她还不知道呢。她总是以为，外祖父母是费城人，一定看不起小地方出身的爸爸。

但妈妈却说：“是这样的呢，我当时在和这个他们无法接受的男孩约会，他对飞行很着迷，有次开他爸爸的派珀单翼小飞机载我，结果在新泽西收费高速公路紧急迫降了。”

这会儿，妈妈已经给每个人盛了满满一盘。她坐下，含笑扫视众人，随后打开餐巾。德里克眨了眨眼，其他人只是默默开吃。听到这种故事，薇拉和家里其他人常会尴尬到无言以对。准确来说，大家并不是不相信，只是妈妈活泼欢快的语调让他们感到不安——她无比狂热，叙述中饱含戏剧性的跳跃。用薇拉的话来说，她似乎随时可能逾矩。

“说起飞行，”片刻后，薇拉爸爸说道，“我在想，薇尔斯，我们送你们去机场的时候，你要不要去跟保安说一下。”

薇拉说：“保安？”

“举报那个人在飞机上做的事情。不管谁坐在那个位置上，机场肯定有记录，你说呢？”

伊莱恩说：“飞机上的什么人？”薇拉同时说道：“我们这儿的机场有安保部门吗？”

“你总不希望这人又这么对待其他乘客吧。”爸爸说。

“你们说谁呢？”伊莱恩问薇拉。薇拉正想着该怎么表达——怎样不用妈妈那种语气描述。爸爸说：“坐在薇拉旁边的人用什么东西戳她肋骨，他说是一把枪，还告诉她别动。”

“他做了什么？”

“可能只是个心理不正常的人。”德里克告诉她。

“你怎么做的？”伊莱恩问薇拉。

“唉……什么也没做。”薇拉说。

“你什么都没做？”

“那时候德里克说我们换个位子，所以就换了，然后什么也没发生。”

“你们谁也没告诉？你没按呼叫按钮？”

“呼叫按钮？”薇拉问道。

伊莱恩对此嗤之以鼻，放下叉子。“哎哟！然后呢？”她问道，“你就继续看杂志了？”

“好吧，我实际上不——”

“我真不敢相信，”伊莱恩对大家说，“这种事她怎么一声不吭呢？”

“哦，这也不难理解，”爸爸说，“关键是，飞机上人多，一声不吭可能才是最好的选择。引起骚动毫无意义。而且换了我们，谁也说不准自己当时会怎么做。”

“我知道我会怎么做。”伊莱恩说。

薇拉说：“但那样可能会让事情变得更糟。”

“我在费城上学的时候，”爸爸告诉他们，“有天晚上，我去倒垃圾，有个人冒出来用刀对着我。刀尖正对我胸骨下面，隔着T恤就能感觉到。他说‘把钱包交出来’，我说‘我没钱包’。我是说，我只是出来倒垃圾，不是吗？他说‘别骗我’，我说‘这是实话，我口袋里只有一包口香糖’，他先说‘到底什么——’，还没说完又来了一句‘你个懦弱的白人孬种’，我说‘你以为我不知道吗’，他说‘啊？’，我说‘我很白，很瘦，很懦弱，你以为我自己不知道？’，那家伙折起刀子说‘你这家伙快滚’——不过他原话用的不是‘快滚’。‘你就是个没用的家伙。’他说着，摇头走开了。”

薇拉大笑起来，但伊莱恩却说：“哦，看在老天的分儿上。”德里克也说：“等等，他那样说你，你怎么能忍得了！”

薇拉爸爸温和地看着他，也不辩解。爸爸的故事让薇拉感同身受，她也总是感觉自己太白了，正当她打算开口时，妈妈却说：“德里克，我也觉得。这个故事总让我火冒三丈。”

所以现在的情形似乎是薇拉和爸爸遭到众人反对。但爸爸看起来并不生气。他撑着椅子后面两条腿后仰着——这又让妈妈火冒三丈了——爸爸冲全桌人愉快地微笑，但只有薇拉一人报以笑容。

德里克肩上搭着圆筒旅行包过来时，薇拉正在往箱子里塞最后几样洗漱用品。“你房间是这样的啊。”他说着，环视了一周。

“嗯。”

德里克放下背包，走过来看那块留言板。这里以前贴满薇拉的东西，但现在就算还留下一些，也已经被伊莱恩令人费解的生活印记淹没了——一张写着“没人支持总统”的汽车保险杠贴纸；一堆票根，上面写着薇拉从没听过的乐队名字；还有不知道谁画的铅笔漫画，上面是白雪公主在抽大麻。

“我觉得走之前应该跟他们说说我俩订婚的事情。”德里克好像在对白雪公主说话。

“什么？为什么啊？”薇拉问道。

德里克转过来看着她。

“你说现在吗？”薇拉问德里克。

德里克说：“薇拉，你反悔了？”

“不，当然不是，”薇拉说道，“但我们从订婚到结婚要很久呢，有足够的时间跟他们说。”

“所以呢？”德里克说，“我觉得他们知道了一定会很开心，不是吗？”

“是啊，应该会吧。”薇拉说。

“应该会？”

“我是说……他们当然会，但是……你懂的，他们可能会说我才大三。”

“天哪，你都二十一了，我都二十三了。”

“是啊，可——”

就在这时，伊莱恩拿着一罐根汁汽水来到过道。看到他俩，她立刻停下来。“哎呀，”她说道，“不好意思。”看她一脸鄙夷的笑容，你还以为她看到两人光着身子呢。

薇拉说：“有什么不好意思的？”然后关上箱子。“我们走。”她对德里克说。薇拉侧着箱子，从伊莱恩身边经过，伊莱恩费劲地让到边上，德里克也拿起包跟薇拉出去了。片刻后，伊莱恩也下楼了。薇拉听见她在后面“啪”的一声打开了根汁汽水。

薇拉妈妈正在客厅整理散落四处的周日报纸，爸爸站在电视前盯着天气预报图。“看来你们正好要飞过雷雨带，”他对薇拉和德里克说，“哈！我就知道你们应该过完复活节周一再走。”

德里克放下背包说：“德雷克先生，德雷克夫人。”

话音刚落，一切活动暂停。薇拉妈妈折到体育版时停下了，一动不动。薇拉爸爸看了德里克一眼，关上电视。伊莱恩本来正往餐厅走，也突然停下，她回到客厅过道站住，似乎这是两人回来后她最感兴趣的时刻。

“薇拉和我订婚了。”德里克说。

无人回应。连薇拉都看不出来父母对此到底做何感想。她让箱子一寸一寸地着地，悄无声息。

“我们彼此相爱，”德里克说，“所以……我们决定，呃，我们决定共度余生。”他的话断断续续往外蹦，可以听得出来完全是即兴发挥，努力填补显而易见的沉默，“我问过她了，她——她也同意，她希望等到她毕业，不过我，我在想今年夏天结婚就不错。我是说，她可以像在金尼学院一样，去加州读完大学，所以我希望说服她，不过无论如何——”

薇拉妈妈说：“梅尔文？”

薇拉爸爸动了动，好像这才慢慢清醒过来。他清了清嗓子。“哦，这样呢，啊，德里克，”他说道，“这是好消息，当然，不过你得明白薇拉只是——”

“好消息？”薇拉妈妈重复道，“你觉得他要‘说服她’是好消息？”

薇拉说：“不——”

德里克说：“不，我只是说……我是说我们可以一起讨论下，但无论如何——”

“好，先不看薇拉的态度，”妈妈说，“她还没读完大学，刚刚过完二十一岁生日，咱们先不看这些，因为你，沃顿商学院大亨先生，你和你所谓的总监职位——”

“现在，唔，”薇拉爸爸说，“冷静一下。”按理说，他应该比谁都清楚，现在最不该说这句话，“现在，我们得信任薇拉，也许她对自己的选择看得很清楚。”

薇拉感到自己被一阵恐惧穿透。刚想开口说话，妈妈却对爸爸说：“哦，拜托。”接着又对薇拉说：“你想和你的朋友索尼娅、巴恩斯姑娘或麦迪·列侬克斯那样吗？像她们那样早早嫁出去，现在都一屋子小孩了？”

薇拉说：“我不是——”

“这个人说你是幼稚的大学小女生呢！”

“说她什么？”德里克问道，努力回忆后，他说道：“打断一下，德雷克夫人，我没那么说她。”他语调平稳，音量可能比平时更大。但至少看起来一点儿都不慌，此刻，就连薇拉爸爸都在使眼色了，好像希望这一切赶紧烟消云散。“这是飞机上那个人对她的印象，”德里克说，“或者说，那个人可能会这么说她，这么看她。”

“不是一码事吗？”薇拉妈妈说，“你直接打发了她的说法，她告诉你有人用枪指着她，你却敷衍她。”

薇拉看着德里克——她觉得在这个问题上妈妈其实说得没错。但德里克说：“哎呀，我只是不喜欢把事情戏剧化。不像你，德雷克夫人，我可没你那种抢走可怜残疾姑娘风头的演员气派，也不‘容易激动’。”

“你这个傻瓜，说到点子上了。”薇拉妈妈说道。实际上，她好像一副很享受的样子。微微一笑，这个笑容却可怕而苦涩，她突出的面颊上，两块红晕似乎太耀眼了。“阿曼达就应该抢风头，这才是那部剧的意义所在。”

薇拉从未见过母亲在外人面前表露自己真实的一面。她转向德里克，希望他能让步，但德里克也保持微笑。不过，德里克的笑容却是轻松愉快的。“阿曼达！”他说道，“您还是演麦克白夫人吧，还有谁会在复活节周日炖兔子呢？”

薇拉瞪着他。一直保持沉默的伊莱恩也突然哼了一声。薇拉爸爸说：“现在，各位，我们看看，能不能坐下好好商量？”

薇拉却说：“有什么好商量的？我要嫁给他，就这样。”

她拎起箱子，德里克也把背包甩到肩上，两人一起朝门口走去。

薇拉妈妈没有送他们去机场。但出乎意料的是，伊莱恩却跟去了；不过，她去不去没多大区别；她一路上都没说话，只是懒散地躺在副驾驶座位上，依然套着睡衣和宽大的毛衣，盯着她那一侧的街景。不过，他们在航站楼前停下时，伊莱恩却说了句“再见啦”，然后又哼哼道：“小心别被劫机。”

德里克咯咯笑了起来，薇拉却没有。

然而，登机手续办好后，她的确在想那个劫机者。她在想，那人说有枪是否当真、动机何在。这两个问题德里克都问过她，但当时她很烦躁，现在不了。德里克起身，弯腰抓住她的大臂，扶她起来解救她，现在回想起来，她感到的……不只是感激——还有一阵头晕目眩。

1997

薇拉和德里克在高速路上行驶，前往科罗纳多岛上的一个游泳聚会。运动无限公司的一位副总裁在那儿有栋房子，带有奥林匹克场馆大小的泳池。德里克说拒绝非明智之举，但周日下午薇拉本可以安排更有意思的事情做。她觉得德里克的商业同僚很难沟通。她跟德里克说过，这些人好像都是平坦光滑的攀岩壁，根本没有凸起的地方让她抓。听了这话，德里克说："呃？"在薇拉看来，游泳也算不上社交。参加这种活动，她需要绞尽脑汁准备衣服——修身版真丝裤、桃红色无袖宽松外衣、墨西哥式平底凉鞋，又要挤在别人家小小的海边更衣棚里拼命套泳装，还要把仔细拉直的童花头浸在消毒氯水中。

不过，最主要的是因为他们家出了点小状况，薇拉觉得自己应该在家。他们十六岁的儿子伊恩坚持认为自己应该离开高中休学一年。薇拉听过有学生高中毕业后、读大学之前休息一年的，但绝不是读高中期间。况且他连个计划都没有！他只是说自己想搭车环游全国，想去了解“普通人”。他还说要在沙漠露营，这样就能用有意义的方式欣赏海尔–波普彗星。不过，他常常把这颗彗星误称为“海尔–博格斯”彗星，听起来就不太靠谱。

“我们也许可以这样，”薇拉对德里克说，“联系一下学校那位高校申请辅导员。肖恩申请的时候她就帮了大忙。我知道这不是申请大学的问题，但她也许可以劝劝伊恩，让他明白，缺课太多的学生申请大学希望渺茫。”

“你真容易被说动。”德里克说。眼下他开车很不守规矩，他一烦躁起来就这样。他加大油门，好像SUV引擎把他激怒了似的。“这样做就是违法，”他说道，“明摆着的。高中必须得上。他要那样会被逃学检察员抓住的。”

“十六岁了都要抓？”薇拉问，“我以为十六岁以后就可以辍学了。”

“薇拉，跟他有什么好商量的呢？我们是他父母。我们要告诉他：‘该死的，不行，我们把你放在那所学校，你就得待着。’天晓得我们花了多少钱。”

“我只是觉得，他好像真的很不开心，”薇拉说，“真的，我觉得这所学校不适合他。也许对肖恩来说不错，但是伊恩更……我不知道怎么说——”

“更懒。”德里克帮她说完了。

伊恩其实不懒，但薇拉明白，最好还是别争了。伊恩的爸爸也不太适合他。两人就是无法相互理解。

“你找到下一个高速出口了吗？还有多远？”德里克问她。

“哦。”她说着，赶紧看摊在腿上的地图册。

“别告诉我已经过了。”

“没，没……”

德里克冲前面一辆跑车按喇叭，薇拉倒是没看出这辆车做错了什么。

她眯眼在地图上找了一会儿，然后又向挡风玻璃外望去，怕晕车。这是个五月的下午，晴朗暖和，南加州总是这种完美的好天气。但薇拉看腻了阳光。她怀念四季分明的感觉，她希望来一场暴风雨，或更极端的冬日暴风雪，这样大家就能都蜷缩在屋里，舒舒服服地抱本书读。但是这里没有，只有永恒不变的蓝天，舒适的体感温度，高速路反射着黄铜色的光点。

“那个该死的傻瓜肯定睡着了。”德里克说。

他说的是他们左侧那辆旅行轿车的司机。薇拉看不到那人的脸，但她也注意到，那辆车的确离他们太近了。德里克拍着喇叭，那司机若无其事地挪开了。

“伊恩需要人生目标，”德里克说，“他为什么就没有呢？他这个崽子就是……软绵绵的。要是他听我的出去运动运动……我一直都说——”

“伊恩不是运动型的孩子。”薇拉说。

“好吧，该死的，为什么不是呢？我像他那么大的时候，就是个运动狂人。肖恩也是。”

“伊恩不是你。”薇拉说，“伊恩也不是肖恩。”

伊恩长得跟德里克或肖恩都不像。他继承了薇拉的相貌特征，瘦瘦小小，戴着眼镜。要是他和方下巴、身材结实的德里克站在一起——你会感觉这是两个不同的物种。

“肯定有人会想，‘干吗不趁开车睡一会儿呢？’他们觉得这就是‘开车’。”

德里克猛踩油门，想超过那辆旅行轿车，可那辆车又漂移到了他们的车道上。“该死的。”德里克说着，靠在喇叭上。那辆车冲到他们前面时，德里克猛地刹车。薇拉系着安全带坐在副驾驶位置上，她把手伸向仪表板，以示抗议——别的她什么也做不了。

“你看到了吗？”德里克问她。

“没错，我是看见了。但德里克，别冲动。”

她太了解德里克了。他要是被激怒了，绝对会把这趟旅程当作碰碰车比赛。

“记下他的车牌号。”德里克命令道。

“那又能怎样？”

“这种人不该上路，我跟你说。记下来。”

薇拉叹了口气，俯身拿她的小包。低头时，她却又感觉到SUV开始加速。直起身子后，她发现他们的车飙到了左边，狂飙赶超那辆旅行轿车。不过没超成——那辆车也开始加速了。现在，他们和那个司机并排了，那是个瘦男人，长了张鹰脸，眼睛紧盯着前路。令她惊讶的是，她突然产生了一股竞争的冲动。她想告诉德里克“再快点儿”，但还是按捺住了这股冲动，这时候绝对不能怂恿德里克。所幸，他们的车道有一段前路比较清晰，没什么危险。但随后，德里克突然又闪起了右转信号灯。“别这样。”薇拉说。

德里克不理睬。他直接把SUV挤到了旅行轿车前面，仅一英寸之遥——可能连一英寸都没有。实际上，两辆车紧紧地靠在一起了。薇拉感觉到车身剐蹭，听见一阵可怕的金属尖啸。时间慢了下来，无休无止地延长，恍惚中，她在脑海深处好像看见了“延——长”这个词一个字母接着一个字母拼了出来。各种损失似乎都自顾自地发生了。他们的后挡泥板掉了。（好在还容易修。）他们的右后车门锁上了。（哦天哪，稍微严重点儿。）她自己那侧的门被撞得凹了进去。（要是出不来该怎么办？）接着，整辆车都被重重地甩了出去，最后悬在高速路上，一部分在紧急车道上，前端却深深陷入了参差不齐、反射着阳光的草丛里。

旋转中，薇拉的脖子猛然间抽筋了，但其他地方都没有受伤。她甚至都没感觉到害怕，好像被独自封在了一个泡泡里面。

只剩自己一个人了。她身边那个一动不动的人形，头垂在方向盘上，已经离开人世。

他才四十三岁——规划自己的葬礼还为时过早。一切都留待薇拉处理，而薇拉此时只想搂着两个儿子，蜷缩在黑暗之中。这种丧亲之痛，她觉得更像是一种身体疼痛。她心里空荡荡的，被挖空了。说实话，她也很愤怒。他到底在想什么呢？怎么能这样对她？为什么没有一个让他感觉到可耻、后悔的机会呢？

这种愤怒反而让薇拉精神抖擞。她坦率地向警察承认，事故是德里克造成的，超车时他离得太近了。她对儿子们说："要是他觉得别人在乱开车，你们知道他会怎样的。"孩子们点点头。无须多言。（肖恩也许还会力挺父亲的做法。）

此前，薇拉只经历过母亲的葬礼，那是十二年前，身边还有家人和邻居，有从小到大都去的教堂。在这里，她只有德里克的两个弟弟和两个弟媳，跟她都不太熟，她也不属于某个教会。薇拉不得不依靠自己的女性朋友们——她们同情薇拉，却也没多少操办葬礼的经验，她还得依靠一位名叫珀西瓦尔的丧葬承办人——一位苍白瘦弱的年轻人，他不会强烈推荐别人做这做那。如果薇拉听了他的不同选项后说"哦，我不知道，我就是不知道"，他便会试探性地提示其他人喜欢这样那样，薇拉则说"好的"。

"但您更倾向——"他总是试着追问。

"别管我，那样就行了。"

实际上，她的第一反应是，德里克最好火化，她在加州见过的那些墓园和老家的教堂墓园简直没法比。哦，她希望仪式过后只在殡仪馆接待室准备饮品和小食，别上大餐，更别安排客人结束后随她回家。等一切结束后，她要远离所有人。

学校还没放假，但肖恩已经不去了。问题不大，再过几天就是毕业典礼了。虽然伊恩总是喜欢抓住所有借口逃课，这些天来却坚持不缺勤，也许是为了逃离家中的气氛吧。他不提德里克，也躲着薇拉和哥哥，一到晚上就把自己关在房间里，不成调调地弹着吉他。肖恩则与他相反：他跟着薇拉，不停追问父亲事故的细节，问得薇拉心烦意乱。德里克是否来得及发现他们要撞车？有没有留下遗言？另一位司机怎么了，有没有受伤，后来有没有同薇拉交谈，有没有为自己的过错道歉？

“我不知道，”薇拉一直这么回答他，“我不知道，我不记得了。”

“事实摆在这里呢：这家伙也不是完全没错。”肖恩说。如果德里克还活着，一定也会这么说。

两天后，薇拉才联系上爸爸，尽管这是她第一个想到的人。爸爸退休了，大部分时间都待在地下室的工坊里，他没在那里装电话。他跟薇拉说过，电话往往是邻居或其他喊他去吃饭的人打来的，所以想躲开。他也不用电话答录机。但薇拉坚持早晚一直打，终于在某个周二晚上打通了。“喂？”爸爸问道，他的声音十分不情愿，充满恐惧，他接电话一直是这样，第二个音节弱下去，似乎随时准备要挂。

“老爸。”薇拉说道。

但那一刻，她一句话也说不出来。眼中闪着泪水，嘴唇颤抖着。

“薇尔斯？”

“爸，德里克走了。”她说。瞬间，整间屋子里到处都是德里克的身影——他脚下生风，大步流星，吻她前总是会捋好她颈上的一缕秀发，帮她穿上外套后总要扣好最上面那颗扣子。再也没有人会像德里克这样一心一意地关心她了；她走进屋时，再也没有人会目不转睛地欣赏她了。

“怎么会这样？”爸爸显得很惊讶。

薇拉也不明白怎么会这样，但她迫使自己对爸爸说：“他在高速上出车祸了。”

“哦，宝贝。”

“你可以来吗？”

“嗯，当然会。葬礼是什么时候？”

“周四，”她说，“现在订机票，时间是不是太紧张了？我之前给你打过，可——”

“我会来的。你给妹妹打电话了吗？”

“打过了。”她说。妹妹的电话也是刚刚才打通的，伊莱恩和爸爸一样难找，她在密歇根的一家实验室工作，时间不太固定。不过伊莱恩最终还是接了电话，尽管她对德里克的死讯反应不大，但还是爽快地答应会过来参加葬礼。姐妹俩这些日子没什么往来，可薇拉还是希望冷静理智的妹妹能够出现。

实际上，伊莱恩过于冷静理智了，她葬礼前夜赶来，结束后立刻飞走。薇拉不太乐意。不过，她的确也只是说请伊莱恩“来参加葬礼，句号”而已。哦，她们永远也不会像《小妇人》里面的姊妹那样亲密无间！

伊莱恩与父母越来越疏远，上大学后很少回家，薇拉曾为此感到很受伤。她连薇拉都不肯联系——不写信，不打电话，节假日也不会来拜访她和德里克。按理说，在这么多人中，薇拉难道不应该是最能理解她感受的人吗？但并非如此，她似乎与这个家脱离了关系。偶尔见面，听她说话，好像是一位自然灾害幸存者，在强迫性地重复。“我站在我的抽屉柜跟前，”有次她是这样说的，“大清早的，穿着连体睡衣。那年我三岁，从来没自己穿过衣服。但我想让妈妈大吃一惊，就想自己试试。所以我打开内衣抽屉，开始找我最喜欢的小短裤，屁股上有伦巴花边的那种。妈妈走进来说：‘你最好别弄乱我好不容易才叠好的东西。’我说：‘不会！’然后拼命把东西抚平，但她紧紧跟上来了。‘弄乱了！’她说，‘你已经把它们弄乱了！’她手里拿着梳子，估计是在梳头，用梳子打我的头，‘啪’地敲在脑袋一边，‘啪’地又敲另一边，我到处躲闪，护住我的脑袋——”

“是啊，好吧，”薇拉说，“她的确可能会——”

“你知道如果妈妈待孩子不好，最令人难过的一点是什么吗？是哪怕都这样了，孩子事后还是会扑进妈妈怀里求安慰。这难道不可悲吗？”

“伊莱恩，往前看吧。”薇拉说。

接着她就感到一阵内疚，觉得自己的话太尖刻。

不知为什么，对伊莱恩她总是感到内疚。但她当时又能怎样呢？她自己的童年不也一样充满困惑？

也许内疚是她的常态。她对德里克的死也心怀愧疚，德里克开车时，她要是没提及关于伊恩的敏感话题就好了。至于赶超旅行轿车时突发的竞争冲动，她也感到内疚。实际上，这是一种比竞争欲还强烈的感情，可谓狂怒。没错，狂怒像毒蛇一般在她胸腔里穿过。快一点儿！她这么想了。德里克也的确开得更快了。

她弓腰坐在椅子里，掌根深深压进眼窝。随后，儿子走进屋，把手搭在她肩上，然后又走出去。她以为是肖恩，不过抬头看孩子走出去时，发现是伊恩。

运动无限公司的老总来参加葬礼了，还有几位副总裁及其眷属。薇拉的朋友也携丈夫同来。儿子的几位同学也来了，这让她很感动。德里克的壁球伙伴、秘书以及他儿时的管家太太等人也来了。

薇拉坐前排，座椅是用金黄色木材打制的——整座教堂用的都是金黄色的木材。爸爸在右，伊恩在左。伊莱恩坐在爸爸另一侧，肖恩坐在靠过道处，便于进出，他要发表演讲。实际上，他是直系家属中唯一讲话的人。在葬礼上演讲，薇拉做不到。

儿子们都让她感到骄傲，两人都穿着深色西装、整洁的白衬衫。他们是怎样长成眼前这两位男士的？打着领带，鞋子擦得闪亮，像长长的甲壳虫。但让薇拉担心的是爸爸。他慢慢老去，他的衰老似乎是个慢慢消逝的过程，稀疏的一圈头发没有变白，只是渐渐退去，五官也将渐渐模糊，轮廓不再清晰。至于伊莱恩，薇拉觉得她和街头瞥见的任何一个陌生人都差不多：理性，干净利落的棕色波波头，素面朝天，宽松的棕色休闲裤，宽松起皱的上衣，朴实无华，她这一身似乎在刻意谴责薇拉的时髦黑西装。

客人们陆续到来，管风琴奏响不熟悉的乐曲，好像刻意选择了毫无生机的音乐。薇拉讨厌管风琴。早知道应该和珀西瓦尔先生打声招呼的。她向爸爸嘟哝道："听起来哭哭啼啼的，不是吗？"

爸爸动了动，说："怎么了宝贝？"

"管风琴。"

"啊。"

"这倒真让我想念伯特凯恩长老会教堂。"她说道。伯特凯恩长老会教堂里只有一架钢琴。

"好吧，我们本来也可以在那里办的。"爸爸满怀疑虑地说。

"不过很难跟加州人解释，为什么他们都要飞到宾州去。"

"没错，好吧。还有个问题，我不再属于伯特凯恩长老会了。"

“不在那里了？”薇拉转身看着他问道。

“有段时间了，”他说，“我给桑兹院长写信了，跟他说我不信教，所以要退出。”

“不信！为什么不信了？”薇拉问。

“唉，我实际上从来没信过。”

“你不信教？”

“桑兹院长来家里了，问我要不要再考虑下。他说，不是考虑信不信，而是考虑下到底要不要退出。他说：‘许多其他成员可能也不信，但在教会里，你至少能给自己留出信仰的余地，不然就一点儿余地都没有了。’”

“有道理。”薇拉若有所思地说。

“没错，是有道理。但我已经留出了六十多年的余地，发现以后再信也不太可能了。”

薇拉笑了，然后把自己的手搭在爸爸手上，但很快又拿开了。爸爸能来，她真的非常感激，她几乎觉得自己应该屏息凝神，尽量不把他吓跑。

肖恩的演讲恰到好处——饱含深情，缅怀追忆，一点儿也不矫揉造作。他欢迎各位来宾，感谢他们的到来，并回忆起无论儿子们何时要求玩接球游戏，德里克总是来者不拒。肖恩讲话时，伊恩盯着自己的膝盖。也许他在后悔没有答应演讲，被邀讲话时他平淡地拒绝了——不止一次地拒绝。薇拉认为，两个儿子的关系同她自己与妹妹的关系很像。她是这样想的：

“肖恩:伊恩v.s.我:伊莱恩。”但为什么这一刻，她与伊恩更有同感呢?

运动无限公司的老总也发表讲话了，怀念这个当年一毕业就被他直招进来的小伙子，称他“聪明、年轻、能干”。德里克的一个弟弟也说了几句，称赞他是好哥哥。然后是几位老朋友发言，分享德里克童年的淘气故事和恶作剧。薇拉特别欣赏这几位朋友的发言——这是唯一不把德里克说成已故圣人的讲话。最后，殡仪馆安排的牧师发表了简短的通用祈祷词，然后全体起立唱《与主同行》，仪式就此结束。

伊莱恩的飞机是晚上七点的，距离葬礼结束没多久，所以薇拉帮她叫了去机场的出租车。她又感到一阵愧疚，在老家，人们会亲自开车送宾客去机场，全家人都会跟着一起送。但无论如何，她安慰自己说，他们现在仅有的车就是她的小丰田，薇拉（她开车时会很紧张）只有迫不得已时才会开。最主要的问题是，这辆车没法塞进所有人。

妹妹去收拾行李时她舒了口气，有这种念头，她觉得很难过。她开始感觉到伊莱恩沉默式的批评带来一种紧张的氛围——有时也不沉默。她问薇拉，有没有法律条文规定，加州女人必须穿白色宽松长裤。她还会嘲讽般地提到薇拉的“克隆发型”。她与父亲也显得很生疏。最后，薇拉直接问她:“莱妮，你在跟老爸生气吗?”

“跟好好先生生气？我是这种人吗？”伊莱恩的反问像是一种讽刺，薇拉感到迷惑不解——爸爸的确是好人啊，有什么问题吗？

听到出租车在门前鸣笛，薇拉可以说是非常愉快的。她轻轻拥抱妹妹，说：“再见伊莱恩，谢谢你赶来。”

可就当门在身后关上的那一秒，薇拉又觉得自己错失了良机。

随后薇拉换上最旧最软的浴袍，爸爸也脱下外套，解开领带，换上拖鞋。薇拉热了下朋友拿来的炖菜，摆在厨房餐桌上。起初，伊恩和肖恩出来了，他们已经换上了牛仔裤，说他们不在家吃，但薇拉并没有往常那么介意。她累到无力说话，无力回应，无力再装出一副活泼、充满感激的样子。她和爸爸一起吃饭，一言不发，最后爸爸问：“我来做热巧克力？”她说了声“好呢”，却没有动手帮忙，只是无动于衷地坐在那里，任由爸爸自己寻找原料和平底锅。

爸爸说会在这里待几天，她想问到底是几天，却还是莫名其妙地克制了这股冲动。她让自己尽量沉浸在爸爸永远住下来的白日梦中。薇拉懂得爸爸需要安静，也会让爸爸按自己想要的宁静方式过日子。况且，他和两个孩子相处得也很好。

儿时，薇拉曾想象妈妈也许某天会毫无痛苦地死去，爸爸再娶一位性情平和的可爱继母回来，做噩梦时，继母会坐在她床边，温和地把手搭在她额头上，抚平她的心绪。不知为什么，薇拉幻想的这位女士，穿着层层叠叠的白色雪纺裙，看起来很飘逸。她的名字是克拉拉或克莱尔什么的，听起来就让人感到安宁。

不过，好吧，这并没有实现。但现在，另一种可能性出现了。

爸爸将一杯热可可放到她面前，然后自己也端着马克杯在她对面坐下。“要熬一阵子呢。”他告诉薇拉。

“怎么能受得了啊。”她说。言外之意就是：你就不能留下来陪我渡过难关吗？

“你妈妈走的时候，我都不知道自己早上怎么才能起来。一个又一个早上：我不知道自己是怎么熬过去的。”

薇拉看着他。她知道妈妈离世对爸爸打击很大——妈妈是突发中风过世的，毫无征兆。薇拉飞回家时，爸爸沉默不语，面如土色，几乎动弹不得。但几个月后再见他，他似乎已经恢复了。薇拉当时并没有很惊讶，爸爸一直非常独立。

但现在爸爸说：“我拿起牙刷时会想：唉，有什么意思呢？打开冰箱时又会想：何苦呢？”

薇拉明白这种感觉。今天葬礼开始前涂口红时，她不再盯着自己镜中的脸，发觉形象如何已经不再重要。但她又忍不住想，爸爸经历的那些算不上痛苦。天哪，毕竟妈妈是那么棘手的人！可爸爸对她一往情深。就连此时，他眼中都噙满泪水，低头盯着马克杯，好一阵子后才继续。

“我只能告诉你什么对我有帮助。”他说，“想听吗？”

“想，告诉我吧。”她僵硬地说道。

“我把日子分成独立的时刻。”他说，“你知道，我的确没什么盼头了。但依然有可以享受的独立时刻。比如每天早上喝第一杯咖啡的时候，在我工作坊里精雕细琢的时候，在电视上看棒球赛的时候。”

薇拉细细思量。

“可……”她说。

爸爸等着。

“可……这样就够了吗？”她问爸爸。

“是的，结果我发现，这样是可以的。”他说。

爸爸终究还是没有永远地留下来陪她。他第二个周三就回去了。薇拉和儿子们送他去机场——开车的是肖恩——但爸爸不让他们跟进去。薇拉在航站楼门前的人行道上和他拥抱道别，两个儿子同他握手，然后他拎起箱子，独自走进机场。

现在，悲伤已成每日必修课——不再是当初那种刺痛感，而是慢性疼痛，因为空缺，所以存在。肖恩高中毕业，德里克却无法为他鼓掌欢呼了。伊恩再也不提休学一年的事了，德里克也永远都没有机会知道了。

一天下午散步时，她遇到一位年轻女士，正在草地上陪三个儿子踢足球。薇拉走近时，一辆车驶入车道，那位女士转身朝向它，脸立刻就亮起来了，兴奋地喊道：“孩子们，快看谁来了！”一位男士从车里走出来，男孩们都向他冲了过去。

薇拉回忆起这种感觉——那种看见丈夫下班回来的兴奋之情。

朋友邀她共进午餐、看电影、参加晚宴，她尽可能撑到谈话结束。有些朋友一听到“死”这个字就受不了，假装若无其事，这让薇拉乖戾地想抓住任何一个机会提德里克的名字：“德里克总是说……”“以前德里克喜欢说……”还有一些朋友过于热心，打电话慰问太频繁了，把她当成行动不便、需要尽职尽责照料的残疾人。但她深知，维持社交关系非常重要。至少别人都这么跟她说。

夏天来了，肖恩在当地游泳馆当救生员，伊恩去餐馆当勤杂工，薇拉在他们家附近的大学上两门课。她在想，也许可以把因为第一胎耽搁的学历读完。然后或许就能在当地学校找到法语或西班牙语教职了。这倒不是为了赚钱谋生——德里克的祖父曾给他们留下一笔信托基金，够用了，她只是担心伊恩毕业搬出去后，她该怎样填满自己的生活。

她在想，孩子们离家后是否还会同她保持联系。他们会深情地回忆起童年，还是默默地记她仇？她一直努力做一个好妈妈——在她眼中，好妈妈就是“可以预测”的妈妈。她向自己保证过，自己的孩子绝不用看妈妈的脸色行事，绝不需要在早上探头看她的卧室、据此猜测一天会怎样度过。据她所知，将“被他人视为理所当然”作为第一要务的女人，仅她一人而已。

肖恩暑假认认真真地谈了一个女朋友，伊恩加入了业余摇滚乐队，晚上很少在家。她早早休息，楼下留一盏灯，夜里醒来若是发现整栋房子一片漆黑，就明白孩子们都回来了。此后再想入眠，就没那么容易了。她觉得，“失眠”并不能准确解释她的症状，在接下来的时间里，她会一直醒着。曾几何时，她醒来时发现才四点，起床为时过早，就会感到绝望——在她眼里，五点才是开启一天的最早时刻，而如今她两点钟就会醒来，然后是一点钟，不时也会午夜时分醒来。那时，儿子们还没回来。或许，这是因为此前她从未独自入眠过。先是姐妹共处一室，再和大学室友住一起，到后来与丈夫共同生活。有丈夫在的时候，翻身把胳膊搭在他身上，面颊贴在他背上，又能安然入睡。如今，孑然一身，只有思考、担心的分儿——因为记起昨天说过某些话而感到不快，或担心明天会不会再说出什么不该说的。

她常常回忆起与德里克相识的瞬间。那是在一个叫“非法博彩”的聚会上。每年，大二男生都会举办这个聚会，欢迎大一女生。男孩从玻璃鱼缸里抽数字，数字与之匹配的女孩就会成为他当晚的约会对象。薇拉的数字是45，德里克念出来的时候，她心慌了，德里克英俊潇洒、帅气自信，薇拉确信他一定会对自己大失所望。但当她羞怯地拿起号码时，德里克却立刻穿过屋子走上来。“是你啊！”他说。

后来薇拉才明白，德里克言下之意是指曾在图书馆见过自己，他问别人这个女孩是谁，被问者耸耸肩说："完全不清楚。"而第二天晚上，这女孩就拿着45号出现了。当然，薇拉当时还不知道这一切。对她来说，这听起来就像："是你啊，你就是我这辈子要找的那个人！"也许的确如此，此后他们一直是一对儿。

这种事可遇而不可求。她明白的。一位好心的朋友曾告诉她，日后一定会有人像德里克这样爱她，她也同样会爱那个人——尽管现在她可能还不愿相信。薇拉只是两眼无光地望着她。就连听懂这些话，她都费了一番工夫。

爸爸将生活切分成小时刻的建议对她来说无济于事。虽然她一直都在努力尝试。但另一个方法反而更有效：不时地走上拥挤的人行道，穿过热闹的购物中心，想想迎面而来的每个路人都经历过可怕的损失。有人失去的亲人可能还不止一位。许多人都曾痛失所爱，但是看看吧：他们都挺过去了，他们不但迈步前行，有的还面带微笑。

可以熬过去的。

一天，薇拉正在为小测验复习，门铃响了，她过去开门，看到一位五十出头的陌生人站在门口，高高的，黑头发，骨骼突出。"麦金太尔夫人？"他说道。

"您是？"

这人服装过于休闲，所以薇拉觉得应该不是推销员。他穿着裁剪入时的卡其裤和Polo衫，和她邻居们穿的那种差不多。

他一脸期待，似有所求，薇拉心生怀疑。

“我叫卡尔·德克斯特。”他说道。

“有事吗？”

“我是……我是那辆车的司机……”

他搜索枯肠，找词描述自己，不过不需要了，薇拉已经认出他了。小小的空间里发生的场景全都涌现出来，他扶住薇拉的肩膀说：“你没事吧？你受伤了吗？你得从车里出来。”他站在长满草的路堤上同两位警察谈话，一侧面颊流下一道鲜亮的血。

“哦。”她说道。

“我从您丈夫公司要的地址。希望您不要介意。”

“不会，”她说，“我不介意。”

“希望没打扰到您。”

“您没打扰到我。”她说，“您不进来吗？”

这人踏进门槛的模样，让薇拉以为他手里拿着帽子，但显然没有，他只是犹疑不决。薇拉正想领他去客厅，但转念又问：“您喝点儿什么？咖啡还是茶？”

“水吧。”他急促地说道。这让薇拉有些吃惊，但她看到这人嘴唇的确很干，好像连说话都很困难。一定是紧张的。“麻烦您了，”他补充道，然后清了清嗓子道，“要是不麻烦的话。”

“一点儿都不麻烦。”薇拉说着领他去了厨房。“您不坐下吗？”她问道——她突然想到，也许在厨房坐，这人反而会更自在些，“需要加冰吗？”

“不用了。”

他抽出一把椅子在桌边坐下。他局促不安，甚至没有靠在椅背上。

她从冰箱里取出一瓶水，给那人倒了一杯递过去，然后自己也抽出椅子在他对面坐下。他几乎是一口气喝完了一杯水，随即放下杯子。

“我一直都没问您的伤情。”薇拉说，“我记得我没问，我不记得多少事情了。”

他只是抬起一只手，请薇拉先别说了。“我需要告诉您，我很难过。”他说道，“我是说，为您失去亲人表示哀悼。”

“谢谢。”薇拉说。

早些时候，她要费好大一番力气，才能克制自己说“哦，没关系”的冲动。但现在，她已经变得老练了。

“有件事我会忍不住地想。”那人告诉薇拉，“那场车祸，也许一定程度上是因我而起？我是不是也有责任？他的确超我车，但我是不是也有责任？”

他好像并不想等薇拉回答，也没正眼看薇拉，似乎正自顾自地在脑海中回放那些场景。

“我知道自己现在成了一个糟糕的司机，”他说，“或者说开车没那么好了，容易分神。我自己也发现了。有时候开在路上，会突然想：哦，当时那辆车离得那么近！倒车进库的时候，我真心要感谢上帝让我安全到家，没让我出事。”

“我每次开车都会那样的。”薇拉说。她不是开玩笑，但这人肯定认为她是——他扬起嘴角，淡淡一笑。

“以前我一直是个好司机。”他说，“我不是每次开车都分神的，但那会儿我……我知道这本不应有任何理由，我也不想找借口，不过年初冬天，我妻子离开我了。”

“哦天哪！”薇拉说。

“我不是希望您同情我或怎么样。”

“当然，我知道。”薇拉说。

“我们结婚二十八年了。本以为我们感情挺好。虽然没孩子，但是……我觉得我们的婚姻还是挺完美的。然后有一天她突然说：‘我得告诉你，我爱上了别人。’”

薇拉侧了侧脑袋，同情地看着他。

“刚开始，我想跟她讲道理的。‘你看啊，’我想说，‘看在上帝的分儿上，我们都会突然爱上某人的。’但我没说，因为，我不知道，我怕这样一说就把自己也绕进去了，对吧？但我的确说了‘也许会过去的’，可她说：‘不会，我要嫁给他。我都跟律师谈过了。’”

“这样啊，这真的太痛苦了。”薇拉说。

“哦天哪。”他说，“我本来是过来告诉您，我一想到您丈夫出事就感到很难过，结果却喋喋不休地说起了自己的小麻烦。”

“我可不觉得离婚是小麻烦。”薇拉说。

他举起玻璃杯喝完最后一点儿水，然后把杯子放回桌上，直直盯着它。

“再来一点儿？”薇拉问道。

“我想说的是，我以为自己没问题，但仍然还是很情绪化。现在也是。我一日三餐大部分是冷麦片。”

“啊，那可不好。”薇拉说道。

“我会忘了寄东西，把东西碰倒或泼出来，有时候，开车走过无数次的路线都会迷路。”

“这和亲人过世的感觉差不多吧。”薇拉对他说，“我丈夫走了以后，我也这样。有时候我觉得自己得了阿尔茨海默病！我觉得离婚也是夺走亲人的一种方式吧。”

“但朋友们都不知道该说什么好。”那人说。

“要是有亲人走了，他们也不知道该跟你说什么。”

他说：“人们离婚时，他们常常会说‘哦，只是渐行渐远吧’或者‘我们只是决定各奔前程’，这让我觉得很烦，我想告诉他们，‘得了吧！干吗不说她太霸道了，忍不了了，或她跟别人睡了？’”

“哦，我知道！”薇拉说，“谁会相信一对夫妻会因为爱好不同或别的小事而闹离婚呢？”

“所以朋友们问我，我会直接告诉他们：‘她爱上了另一个男人。’我是说，他们迟早会知道真相的，对吧？”

“没错，真相总会被发现的。”薇拉说。

“但他们看起来那么不自在，会试着转移话题。或者有人会说：‘天哪，真是荡妇。’可米利亚姆不是荡妇。”

“当然不是。”薇拉说。

他直视着薇拉的眼睛，也许这是头一次。“他看到我在那儿了吗？”他问薇拉。

“什么……”

“他看见我了吗？我是说，看见我的车了吗？还是没看见我在后面，就紧紧超到前面去了？”

“哦。”薇拉说，“是啊，他的确看到你了。但我觉得他……被你激怒了。”

“激怒了！天哪，所以他超车的确是因为我。”

薇拉觉得，还是聊他离婚的事儿更自在一些。很久以来，她与别人的谈话都没能跳出德里克之死的话题——多么令人震惊，到底怎么一回事——可她早已厌倦了这个话题。她说：“唉，他是个暴脾气司机，就这样的。他开车的时候喜欢数落别的车主。‘你倒是决定好啊，到底右车道还是左车道，’他喜欢这么说，‘你总不能同时在两个道开吧。’或者还会说：‘好好想想吧：绿灯啊。你觉得绿灯到底是什么意思呢？’”

卡尔·德克斯特的嘴角又动了动，但心情好像并未好转。

“有一次，他教我们小儿子开车，他让孩子停车走回家。那时他们离家很远，几英里。他说这是因为有好几辆车全都超了伊恩。”

“您真是一位和气的女士。”卡尔·德克斯特莫名其妙地来了一句。

薇拉说：“唉，可能太和气了，我儿子经常这么说我。”

“不，我说的是真心话。如果您说不想见我，我都能理解。‘要是你注意一点儿，这一切都不会发生。’你可能会这么说。”

“唉，这种话在任何情况下都可以说。”薇拉告诉他。

然后她站起来，卡尔·德克斯特也站了起来，伸出了手。“谢谢您见我。”他说。

“谢谢来访。”薇拉说。

九月，她和伊恩送肖恩去加州大学圣芭芭拉分校——去的路上是肖恩开的车，回来路上是伊恩，小丰田突然空荡荡了。伊恩在读高三，薇拉注册了全日制大学课程。她将德里克的衣物打包装进纸盒，捐给一家慈善机构。她把以前德里克用来看电视的书房改成了伊恩和朋友休闲娱乐的空间，伊恩得知她不介意他们乐队在这里排练后，在家的时间反而更多了。

夜里，薇拉依然会醒来，依然会困惑、担心、反思、后悔，但一个小时左右之后，她就能继续睡了，早上醒来，会觉得体力已经恢复。实际上，她觉得自己或多或少正常了。

她回忆起童年，雨天她会给自己放假，在家读书或看电视，等下午意想不到的某个时候，阳光冲破云层，她就会想：哦，我又可以出去了。这难道不是……一件好事吗？

十月，她和伊恩飞到东部探望父亲——他总是找借口不来拜访他们。爸爸不动声色，但可以看出,他见到他们似乎很开心。薇拉觉得自己终于派上了用场，也很开心——她让爸爸的房子大变身，还在冰柜里塞满了分装的美餐。他们是哥伦布日之前的那个周末去的，仅三天时间，来去匆匆。星期二回到家里，薇拉时差倒不过来，下午不早不晚的时候，她在沙发上睡着了。

她梦见德里克了。她希望梦里相见，平日却很少实现。她梦到德里克没死，之前的事故都是一场误会。门铃响了，他像往日一样站在门口——那张长着雀斑的熟悉面孔，眼睛周围是太阳晒出来的皱纹。但他看起来很恼火。这个表情薇拉懂的。他说:“薇拉，当真?你把我的衣服都扔了?”

“哦，德里克!”她说,“对不起!我以为——”

“我转身一分钟，你就把我东西全扔了?”

此刻，门铃响个不停。这可不好解释了。

薇拉醒了，门铃的确在响。她睡眼惺忪地坐起来，捋了捋头发。她挣扎着从沙发上爬起来走到门厅打开门。卡尔·德克斯特站在小门廊里。“哦。”她说道。

“你好。”他说。

“你好。”

“希望现在来没打扰到你。”

“没。”

按理说应该请他进屋，但她依然沉浸在梦中无法自拔。她只是冲他眨眨眼。

“我在想，”他说，“你愿不愿意跟我一起吃个晚饭？我是说，今晚或改天都可以，看你时间。”

薇拉说：“哦。”

她思考了片刻。

“谢谢。”她说，“但我觉得还是不要了。”

“好。”

“抱歉。”

“不，可以理解。”

他尴尬地冲薇拉挥挥手，转身离开。

薇拉关上门回到客厅。她先在沙发上坐下，然后舒展身体，闭上眼睛，试着找回她的梦——或者该说是把梦倒回去。她唤回了德里克按门铃的叮咚声，重复起身走出去开门的动作。然而，大脑却依然倔强地停留在清醒状态，像是喝了一壶咖啡那样精神。

尽管如此，她还是继续努力。她穿过门厅。打开门，看见德里克站在门廊里，怒发冲冠。“这都是什么破事儿啊，薇拉。”他说道。

“是你啊。”她说着，走向前搂住他，把头靠在他胸前。

2017

2017

1

薇拉是七月中旬的一个周二下午接到那个电话的。那时，她正好在整理束发带。她将束发带摆在床上，按不同颜色分成一堆一堆的，然后用手指压平，装进她特意买来的塑料储物盒的小格子里。就在这时，“丁零零！”

她走到电话跟前看了下来电地址：巴尔的摩的区号。肖恩有巴尔的摩号码，但这不是肖恩的号码，所以，她觉得有一只紧张的小爪子攫住了她的胸口。她拿起听筒说：“喂？”

“麦金太尔夫人？”一位女士问道。

已经十多年没人喊她麦金太尔夫人了，不过她还是回答：“您是？”

“你不认识我。”那位女士说——这开场真是令人忐忑。她的语调平直，有点儿沉重——简直是“超重”，薇拉想道。那人用巴尔的摩口音说“认识我”,很像在说人名“娜奥米”。“我是考利·蒙哥马利，”对方说道，“我是丹尼丝的邻居。”

“丹尼丝？”

“丹尼丝，你儿媳。”

说起来也挺让人难过的，薇拉并没有儿媳。不过，她想起肖恩以前和一个叫丹尼丝的女孩同居过，也就顺着听下去了。“哦，是呢。”她说道。

“昨天她中枪了。”

“她怎么了？”

“腿上中枪了。”

“谁干的？”

“现在还不知道。”考利说着，呼出一口气，薇拉刚开始以为是笑声，后来发觉考利应该是在抽烟。薇拉已经忘了，和吸烟者通话时，他们可能会吐气暂停。“估计是没有针对性的吧，我猜是这样，”考利说，“你懂的。”

“啊。”

“所以她就这么进了救护车，出于好心，我把她女儿带到了我家，虽然讲真的，我根本不认识这孩子。我跟丹尼丝都不太熟呢！我上个感恩节才搬来的，找了个借口离开前夫，急匆匆租了房子。啊呀，这部分你肯定不感兴趣。不过，我本以为只需要陪谢莉儿一两个小时的，对吧？腿上中枪听起来不算太严重。但问题是，后来我发现丹尼丝要做手术，所以一两个小时变成了过夜，然后今天早上，她打电话说医院让她住院，天晓得要多久。”

“哦天哪……”

“我可是有工作的！我在PNC银行上班呢！她打电话来的时候，我已经穿好外套要出去了。还有啊，我不擅长带孩子。这真是我这辈子里最漫长的一天了，跟你说吧。”

尽管薇拉已经不记得丹尼丝的孩子到底多大，但她早就知道丹尼丝是单身妈妈，孩子只迷迷糊糊记得爸爸“早就消失了”，谁知道这到底是怎么一回事。她无助地说：“唉……听起来的确成问题。”

“还有，我觉得我好像对飞机过敏。”

“什么？”

“所以我去了丹尼丝家，在她电话机上的号码列表里找啊找——医生、兽医，等等等等——我在想，要是实在没办法，就打给肖恩吧，但谁都知道，即便他要回来收拾东西，丹尼丝都不肯，但我看上面有‘肖恩妈妈’，所以我就自言自语地说：‘这样吧，我给肖恩妈妈打电话，让她来领走孙女。’”

薇拉实在不明白为什么自己的号码会在丹尼丝的电话簿上。她说：“实际上——”

“这是哪个州啊？”

“抱歉，你说什么？”

“520是哪里的区号？”

“亚利桑那州。”薇拉说。

“你觉得你能订到今晚过来的机票吗？我是说，你那边现在还是下午，对吧？我快疯了，跟你说。我真等不及想见你了。我、谢莉儿还有飞机，我们三个，都要鼻子贴在窗户上候着你了。”

薇拉说：“实际上，我不……”

但这次，她不由自主地停住了，沉默了片刻。然后考利又喷了口烟，说：“我和丹尼丝隔两栋，多尔卡丝路314号。”

“314。”薇拉有气无力地说。

“你电话上有我号码了，对吧？确定过来的时间后告诉我一声啊。”

“等等！”薇拉说。

但考利已经挂了电话。

薇拉当然不会去。这是疯了吧。她完全可以打回去告诉考利自己不是孩子的祖母。但她愉快地幻想了一会儿，要是去了会怎样。

实际上，最近她感觉生活过于平淡无奇。去年秋天，她和丈夫搬到了图森郊外的这个高尔夫社区——彼得对高尔夫非常狂热，薇拉连怎么打高尔夫都不会。为此，她放弃了自己喜爱的英语第二语言教职，本想着在这里重新找一个，但还没开始找。其实，她似乎有些无力动弹。彼得每天和高尔夫球友出去几小时，儿子们住得又远——肖恩管理运动无限公司的马里兰州陶森分公司，伊恩在内华达山脉从事环境工作——薇拉的父母均已过世，她也很少见到妹妹。在这里，她甚至连女性朋友都没有，至少没有闺密。

她在想，要是去巴尔的摩，收拾打包应该带哪些东西呢？当然，这应该算不上正式场合。她拼命回想，旅途中最喜欢穿的A字裙有没有从洗衣店取回来。随后她便去衣柜查看。

丈夫打完球回来的时候，薇拉已经订好了次日清晨的第一班飞机。

“我不懂。”彼得说道。

薇拉收拾摊在床上的箱子时，他在卧室门口看。

“我从没听你说过丹尼丝。”他说。

“哦，我说过几百万次呢！肖恩和她同居了几年，记得吗？”

“啊呀，问题是她跟你有什么关系？为什么她要你去？”

“刚才我不是说了吗？”薇拉说道，“她邻居考利给我打的电话。丹尼丝在医院，她女儿——”

“但这不是肖恩的女儿。”

“嗯，不是。”

“孩子到底多大了？”

“我不知道。”薇拉说。

彼得闭嘴了，默默看着她，耐心地等她自己反应过来这到底多么不合逻辑。

他长薇拉十一岁，皮肤黝黑，整洁严肃，有着一张饱经风霜的脸和一头短短的银发，有时，薇拉在他面前会感觉自己幼稚、不谙世事。比如，他总是喊薇拉“小家伙儿”。这会儿又来了。“小家伙儿，”他说道，“我知道搬家后你一直心神不定的，我知道你希望和儿子们多联系联系。但这事没道理啊，你都没见过这个女人！”

“嗯……我跟她说过话。”她说道。

“是吗？”

“我跟肖恩打电话的时候跟她聊过。”

彼得又耐心地望着她。

“哦彼得，”她说道，“你就不明白我的感受吗？我感觉自己很没用……一直都是！现在有人说需要我，考利、谢莉儿和飞机，他们都把鼻子贴在窗户上候着我呢！这你肯定能理解！”

“飞机？”彼得问。

“飞机是她家小狗。”薇拉猜道。

片刻停顿。

“好，”他终于又说话了，“我也去。”

“去巴尔的摩？”

“你自己一个人旅行，那是多久以前了？你到底有没有自己旅行过？而且，你需要有人帮你看看，这些人是不是在利用你。”

这时候她其实可以告诉彼得：看在老天的分上，她都六十一了，腿脚也还灵活。况且，她的确一个人旅行过，这辈子就有好几次呢。不过不得不承认，最近是没有。想到有彼得守在身边，那是莫大的慰藉。所以她只是有气无力地说道："不过，你不一定能买到票。"

"我当然可以，"他说，"这种事情能摆平的。"

然后，他就去摆平了。

薇拉等到彼得看晚间新闻的时候，才给肖恩打电话。她在卧室拨通电话，然后穿过法式落地窗，走到能够俯视高尔夫草坪的露台上。谢天谢地，终于凉快一点了。在这里，她就是适应不了一点：永远离不开空调。这地方的人对空调的依赖，好比宇航员对氧气瓶的依赖。要是没有供电，他们真的会热死。这么想下去，薇拉就会惊恐万分。

第三遍铃声后，肖恩接了电话。"妈妈？"

"嘿宝贝，希望你还没睡。"

"没呢，我现在可以说话。"他说。他用了他爸那种轻松随意的语调。薇拉一听这种语调就会有点儿难过。

"我就是想跟你说，我明天去巴尔的摩。"她说道。

"真的吗？做什么呢？"

"是这样，你记得丹尼丝吗？"她问道。

"丹尼丝，丹尼丝……我那个丹尼丝吗？"

“没错。她……我觉得应该还没人跟你说，她腿上中枪了，我同意了会去——”

“中枪了?! ”

“听起来不是针对她的。具体我不清楚。但不管怎样，我答应了要去照顾她女儿，直到她出院为止。”

“啊? ”

“她女儿，谢莉儿，还有啊……飞机是条狗吗? ”

“啊? 谁是飞机? ”

“我问你呢。”

“妈，”他说，“你为什么要答应呢? ”

薇拉叹了口气。“我知道你很难理解。”她说道。

“她怎么会联系你呢? ”

“她邻居联系我的。考利。”

“哪个考利? 那个胖的? ”

“她打的电话。”薇拉说。

她从露台走向后院——所谓的后院是一条形态精致的砾石小路，在一堆堆多肉植物之间蜿蜒盘旋。她有点儿紧张，握紧了听筒，因为肖恩在问:“为什么找你? 她怎么会有你号码的? ”

“在丹尼丝的电话簿上。”

“她怎么会有呢? ”

“哦，我也不清楚。”她说。

“这就有点儿荒唐了。”他说。薇拉可以想象，他现在一定像德里克以前那样，在用手指捋头发。

“所以不管怎样，”她匆匆说道，“我在巴尔的摩的时候，我们可以聚一聚！”

“好呢。”肖恩说道。

“我们明天下午的飞机。”

“彼得也来吗？”

“没错，我一安顿好就给你打电话，然后我们可以约去哪儿吃晚饭。”

“好呢，”他又说道，“当然啦，你可以见见爱丽莎。”

“谁是爱丽莎？”

“我现在的女朋友。”

“哦，当然啦，”她说道，“我很期待。”

记住儿子换来换去的女朋友，真是一件累人的事儿。但他迟早会找到那个可以厮守终生的人。然后，薇拉就可以等着抱孙子了。她急着抱孙子呢。

与肖恩通话结束后，她没有立刻回屋。她走到一棵挺立的巨人柱[1]边上，这棵植物大约有她三倍高，两侧对称的“手臂”指向渐渐暗下来的天空。薇拉喜欢巨人柱。她爱这种植物的尊严和耐力。在亚利桑那州，她只对巨人柱有感情。第一次见到这种植物，是去年夏天和彼得看房子的时候，当时有一大丛呢，

[1] 编注：世界上最高的仙人掌品种之一，植株高大，呈柱状。

赫然出现在机场外面，她觉得像遇见了神秘族裔。她当场就告诉彼得，无论买哪栋房子，都要找院子里有巨人柱的。彼得觉得很好笑。他觉得这就是女人的爱好——女人和她们的园艺热情啊！但薇拉向来对园艺不感兴趣，她只是单纯喜欢巨人柱，仅此而已。她把一只手掌搭在巨人柱的主干上，一块没有刺的地方。摸起来手感像黄瓜一样，清凉润滑又结实。这棵植物好像也察觉到了她的存在。薇拉几乎确信，巨人柱感到了来自她手掌的压力，在努力支撑自己。

彼得出来了，走上露台喊："小家伙儿？"

"来了。"她说道，最后又拍了拍巨人柱，转身回屋。

2

"我第一次坐飞机的时候，有个男的用枪戳我肋骨。"薇拉说。

彼得很吃惊："你说什么？"

他们隔着过道，但彼得应该是可以听清她说话的，所以她只是报以微笑。

"用枪？"他问道。

"至少他自己那么说，我没看到。"

"你怎么办的呢？"

哦天哪，她终于想起来自己为什么对这件事只字不提了——这让她显得很被动。“呃……什么都没做？”她说道。

“什么都没做？”

“情况比较复杂。”

彼得瞪着她。一位乘务员路过两人中间，将饮料车推回厨房，彼得从视线里消失了片刻，但当他再次出现的时候，依然瞪着眼。

“他说，我要是动，他就开枪，所以我没动，他也没开枪。”薇拉说。

“但他到底想做什么？”

“我也不知道他想做什么。”

“那最后呢？”

“哦，我当时和德里克一起呢——那时候还在谈恋爱。德里克突然说我们应该换个座位，就这样了。”

彼得靠回座位，沉思片刻。

薇拉想起这件事，是因为彼得一直在抱怨安检队伍太长。他经常和运输安全管理局的工作人员发生争执。“这下你明白了吧，”薇拉告诉他，“我觉得安检挺好的。要是那会儿有安检，那人可能就不会用枪顶着我了。”

“但你说了，你都不确定那到底是不是枪。”

“是呀，不知道呢。”

“要是他只是假装自己有枪，运输安全管理局也拦不住啊。”

“确实拦不住，但是……唉，要是有安检，我就知道他是在装了。”

“我不懂你怎么会这样讲，”彼得说道，“大家都知道运输安全管理局的人全是傻子，你干吗还要相信他们？”

随后他侧向过道，冲乘务员举起空杯子。

他是律师，所以爱争辩。

他今天之所以抱怨的另一个原因，是他想与别人换座位，好同薇拉坐到一起，可没人愿意换。似乎大家都很介意。坐在彼得身边的男孩——看起来是个少年——说他想看看窗外。彼得冲薇拉扮了个鬼脸。但薇拉不想问自己身边那位——那也是个少年。她不想为难别人。

“话又说回来，孩子坐头等舱干什么？”彼得低声问道。

“哦，头等舱有年龄限制吗？”薇拉故作天真地问道。

彼得并不觉得好笑。

结果他们发现，彼得和薇拉身边的两个孩子居然互相认识，因为起飞后，彼得身旁的男孩侧身向对面喊：“哥们儿，你要点儿喝的吗？”而薇拉身边的则侧身喊道：“要，为什么不喝啊？”

彼得冲薇拉扬起了眉毛。这两人是朋友？却不肯换座位坐到一起？

“带酒精的那种，对吧？”彼得身边那位问。

“没错。”

此前，薇拉一直尽量不去看身边的人，想避开谈话，直到这一刻，薇拉才看见旁边的男孩同另一个年纪相仿，已经长出了柔软的金色小胡子，穿了件野猫队T恤。看起来，这孩子无论如何都不会同一位颈上系着鲜艳的印花雪纺丝巾的女士搭讪。

“飞机上没人查证件的吗？”彼得略提高声音问她。

薇拉矜持地笑了笑，从手提包里抽出一本平装书。

昨天一夜，还有今天一上午，她都感觉像过圣诞节似的。这趟旅程完全是未知数。激动、恐惧与希望同时袭来——此刻，她心中五味杂陈。接着，她不时会想，自己到底是在做什么。彼得提出同往，她心存感激，却也担心彼得也许不会享受这段旅程——这就会破坏她带孙女的好心情——唉，虽说那不是她亲孙女。

“哥们儿！”彼得身边那位又喊了起来，再次身体前倾，手里拿了本飞机上的杂志，“座位口袋里有本免费杂志！”

“哦，是吗？”薇拉边上的男孩回道。

“里面有填字游戏！”

“是吗？”

这时，彼得在笔记本电脑上忙活起来，他仍然随时关注律所动态。他略微后仰，方便孩子们聊天，不过并没有停下打字的动作。此时，薇拉身边的男孩已经找到了自己的杂志开始浏览。在填字游戏那页停下来摊开，弯腰在脚边的背包里翻来翻去。再次坐起身来时，他的脸涨得通红。“能跟您借支笔吗？麻烦了。”他问薇拉。

“可以啊。”她说着,从手提包里掏出一支圆珠笔递给孩子。

“谢谢。”

男孩开始思考字谜。他先写了一个词，又改了主意，继续研究。片刻之后，他写下了些什么，然后继续写。薇拉瞥了一眼，却没看到字母。男孩的几根手指上有小块的疣，伊恩这么大的时候也有。

薇拉随意翻开书中一页——这是一本侦探故事，她不是很感兴趣。

“我做出来一个！”彼得身边的男孩喊道。

“底特律棒球队。”

“哦，那个我也做出来了。”

“你也做出来了？真气人。”

实际上，薇拉身边的男孩似乎有了重大突破。他认真思考时会屏息凝神，想出答案后才会小小地激动一下。“好嘞！”有一次，他低声道。

“哥们儿？”彼得身边的男孩喊道。

彼得又向后仰去。他下颌微收，显然很僵硬。

“‘在巴黎’，”彼得身边的男孩喊道，“下去五个。”

“哦，没错，这我没想出来。”

“我意思是，哪一类呀？‘天堂’还是‘浪漫’？你觉得会是哪首歌的歌词吗？”

“Être。”薇拉喊道。

“请再说一遍？”

“Être。如果你在巴黎，法语‘在’就这么说。”

“哦，没错。”

对面的男孩又弯腰看自己的杂志。薇拉边上的孩子也开始写。彼得歪了歪脑袋看着薇拉:我没看错吧？薇拉冲他微笑。

“还有，女士？‘针托’怎么说？”彼得身边的男孩喊道，“e开头的词: 四个字母。”

“Etui。”薇拉喊道。这个字谜一定旧得发霉了。

“Et什么？”

“Etui。E — T — U — I。”

“谢谢。”

彼得说道:“薇拉，看在老天的分上啊。”

“你要耳塞吗？”薇拉问他，“我包里有。”

他只是叹了口气，继续打字。

这时，薇拉发现自己快乐起来了。

飞机落地时，夕阳西下，到达航站楼打车时，空气已经冷却到了宜人的温度。戴穆斯林头巾的司机全程都在打免提电话，他的语言富于乐感，卷舌音很多，可薇拉一个同源词也听不出来。不过，司机好像对巴尔的摩很熟。司机向市郊加速驶去，那里的仓库屋顶和厂房烟囱弥漫着淡黄色的余晕，流露出诡异的美感。司机绕过海港，在身着艳丽服装、正朝着棒球场走去的人群中穿梭，有的人带着宝宝、尿片包、坐垫还有自制海报。出租车离开市中心，向北驶出很远之后，终于来到一片暗淡的白房子社区，这里的房子都比较小，门廊低矮，有一些贴着“保险代理处”或“足部医疗诊所”的标志。彼得凝视着窗外，不置可否。薇拉试探性地举起一只手捋头发。她有些担心，也许谢莉儿的年龄已经足以明白薇拉和彼得不是她祖父母。“你说这两个人是谁？”也许她会这么问考利，“我从来没见过这两个人！”

出租车在一栋平淡无奇的房子跟前停了下来。“这里吗？”司机问道。

“应该是吧。”薇拉说。门廊柱子上，“314”的门牌歪斜着。

彼得付了钱，司机下来帮他们从后备厢里取出行李。薇拉的箱子达到了随身行李尺寸的上限——旅途中，她喜欢穿得精致一点儿。把箱子推到过道上时，薇拉感觉箱子似乎大得别扭。她觉得自己看起来像难民似的，带着全部家当来到陌生人门前。此时已是薄暮，但门廊的灯还没亮起，彼得按响门铃后，她紧张了片刻，随后听到里面传来脚步声。

考利和薇拉想象的一模一样——五十出头的金发女士，很胖，身着紧身弹力裤，精致的小脚上穿着芭蕾鞋。“终于来了！”她说着，充满感激地仰起白里透粉的脸蛋，“可把你盼来啦！”

她这么说，当然是因为自己已经照看孩子太久了，但薇拉更愿意相信，考利见到他们时满心欢喜，是真心欢迎他们来。“很高兴来这儿。”说着，薇拉走进屋子。一条棕白相间的小狗从考利的小腿后面冒了出来，大耳朵很滑稽，嗯，像机翼一样扇着，还摇着尾巴。此刻薇拉注意到一个孩子，约莫八九岁，太妃糖色短发刚及下巴。她脸胖嘟嘟的，肚子像小圆筒似的绷着T恤，腿也胖墩墩的，短裤的缝线处都快撑开了。说实话，在薇拉想象中，这孩子应该更瘦、更可爱一点。她内疚地把这个念头压了下去。真正的奶奶绝不会这样想。她说：“你好，谢莉儿。”

“你好。”

“我是薇拉。”

“我知道。”

“这是彼得，我丈夫。”

“你好。”谢莉儿重复道。

“你好啊。”彼得说。他的箱子更小，用一根带子套在肩上。他看起来没有薇拉那般有求于人的感觉——更像无意间路过的普通游客。

“听着，我觉得自己傻透了，”考利说，“我昨晚给丹尼丝打电话，告诉她你要来了，她说‘谁？’‘怎么会这样！’‘哦我的天哪，我真不敢相信你干了这事！肖恩的妈妈和谢莉儿没有血缘关系！’好吧，我怎么能想到呢？我是说，我完完全全只知道她电话簿上写了‘肖恩妈妈’。”

“嗯，那肯定的。”薇拉安慰她。

“丹尼丝让我赶紧给你打电话叫你别来了，但是你知道的，那时候太晚了……”

考利可不想和唯一的救命稻草告别，她就是这意思。“我已经筋疲力尽了！”她补充道——这也证实了薇拉的想法，“我已经请过一天假了，没去上班，今天是我的第二天病假！还有啊，我在想，要是你不愿意来，肯定会直接拒绝，对吧？”

“没错，”薇拉说，“我们很高兴来这儿。丹尼丝怎么样？”

“唉，她说还是很疼。我只跟她通了电话，但今天我们的邻居本带谢莉儿去看她了，他说按丹尼丝的情况，恢复得算是不错。”

“她怎么中枪的？”彼得问。

“哦，这是最让人想不通的事情！谢莉儿，把你的东西拿来。”她说道。谢莉儿之前一直在目不转睛地打量薇拉和彼得，这会儿不情愿地转身爬上身后的楼梯。小狗也转身跟她去了。

“她是个好孩子，我觉得，”考利有把握地小声道，“但她是孩子，懂我意思吧？天哪，不管怎样，我真要累趴下了！”她又用正常音量说道：“这个星期二，我们都到门口去了，差不多这片街道的所有人都去了，因为对面传来了一阵吵得出奇的声音。特别吵，像是机器噪音，几乎能把耳膜震破呢。刚开始我们不知道是什么，但出去后，大伙儿看到了一辆破破烂烂的生锈大卡车，门上印着‘高压强力冲洗’。住对面街道的人家里有自己安装的甲板平台，那简直是最蠢的东西了——和他们的整栋房子差不多大的甲板，我从没见他们用过，他们要在晚上六点给甲板做强力冲洗。唉！我们当时恍然大悟：‘原来如此啊！’跟旁边的人开玩笑说：‘你难道不想有块要洗澡的甲板吗？’突然，砰的一声，特别响，就像卡车回火那样。丹尼丝坐在了地上，就像中枪了一样。我们都笑了起来。‘丹尼丝真有意思。’我们都在说。但后来，我们看见她小腿那里流血了，大家又开始说：‘不对劲！她真的被枪打到了！她中枪了！’谢莉儿尖叫着冲上去喊：‘妈妈！’看丹尼丝的表情好像在说：‘怎么了？等等，发生什么了？’我们都慌作一团。”

“是谁开的枪呢？”薇拉问。

答话的是谢莉儿。她刚从楼梯下来，两只手里各握了一只绿色的塑料垃圾袋，每走一步，垃圾袋都会撞在她腿上，小狗紧跟在脚后，她没被绊倒真是奇迹。“我敢打赌是个罪犯，”她告诉薇拉，“因为这里有个私家侦探，戴夫，就在我们这片，还在窗户上贴了标志，好让所有人都知道他是侦探。他根本就不打算隐瞒身份。肯定是他要抓的哪个罪犯开的枪，没打准，打到了妈妈。”

“我们还不知道怎么回事呢，”考利说，“孩子什么都不懂。”她对薇拉说，“戴夫当时都不在家。”

“可罪犯以为他在。”谢莉儿说道。

“没错，他当然可能会这么想！”薇拉赞同道，“我也觉得是这样。”

哦天哪，这件事薇拉之前本是下过决心的：绝不用跟孩子说话的那种欢快假声，她讨厌这种声音。这次是因为谢莉儿主动跟她说话，她太激动了，所以还是用了。谢莉儿并没放过这个细节。她眯眼盯了薇拉一小会儿，然后又开始凝视彼得。彼得说："他一定是个二流罪犯，我觉得，连枪都玩不好。"

他没用欢快的假声。谢莉儿赞许地看了他一眼，说："就是，所以戴夫才想抓他，我敢打包票，戴夫可不太像什么神探。"

"有道理。"彼得说。

两人相视一笑。

孩子们都喜欢彼得。这有点儿讽刺，有孩子的是薇拉，彼得和前妻选择不要孩子。

"哎呀，我才不信那一套。"考利说，"我觉得更像乔爵士干的。"

"乔爵士才不会呢！"谢莉儿抗议道。

薇拉问："乔爵士是谁？"

"我隔壁的。"考利告诉她，"有辆很吵人的小哈雷，香烟盒卷在T恤袖管里，整个儿一小混混样儿。"

"肯定不是他。"谢莉儿坚定地说。

"二头肌上还有看起来像倒钩铁丝一样的文身。谢莉儿，别忘了小狗的东西。"

谢莉儿把垃圾袋放在楼梯口的地板上，不开心地望了望考利，随后向屋后走去。

“真想赶紧清静清静。”考利对薇拉说，随后又放低声音问：“到底是怎么了？肖恩和丹尼丝还没结婚？我都不知道！不过不得不说，照这样看，肖恩离开她倒好像也不算那么过分。我倒不是说肖恩怎么离开她的啊，我不是那个意思，但是你明白的……”

薇拉完全不清楚考利说的是怎么离开的。她很想问——当初肖恩只是宣布自己要搬家了，说别再打丹尼丝家电话找他。不过，这时候彼得清了清嗓子，显然是在警告薇拉别问。男人总是自命清高，远离闲话——彼得自己会说，这是理性。所以薇拉只好说：“哦，嗯，情侣嘛。光从表面哪能看出来两人到底什么情况？”谢莉儿回来了，拿着一大包狗粮和两个塑料狗盆，彼得走上前接过来，接着，众人向考利道晚安。不过她忙着点烟，咂第一口烟时只是冲他们抖了抖手指道别。

小狗在前面带路，领他们去丹尼丝家，它目标明确地沿着人行道匆匆走着。谢莉儿拿着垃圾袋跟在后面，薇拉紧随其后，推着箱子，彼得压阵走在最后。

“飞机不牵绳子吗？”薇拉问。谢莉儿说：“不用，在这片儿没关系的。”

“不会往街上跑？”

“不会。妈妈说他以前肯定有主人，是那种训练过的狗，叫他做什么，他就会做什么。他是我们从流浪动物收容所领养的。妈妈让我随便挑，她觉得这会让我在肖恩走后感觉好过些。”

薇拉还没想过，谢莉儿会那么在意肖恩离开。自己突然为肖恩感到一阵羞愧，虽然她还不知道到底发生了什么。

夏夜，天黑只是意思一下，哪怕丹尼丝家没开灯，薇拉也能看出房子十分破旧——门廊立柱油漆剥落，正门边上的黑色金属门牌锈迹斑斑。入口的门垫破破烂烂，丝丝缕缕地散落在门廊的地面上。

谢莉儿从挂在T恤里面的链子上取出钥匙开门，又啪的一声打开顶灯。门厅出现在眼前，右侧是楼梯，左侧是通往客厅的拱门。不知怎的，这里让人感觉既拥挤，又简陋。一沓信件塞在正门口的地毯下面。门厅里有张折叠桌，上面放着一台老式黑绳电话机，还有一盒乐之饼干。

彼得放下行李箱问："小狗的东西该放哪儿？"

"厨房里面。"谢莉儿说着，领他们向房子里面的厨房走去。厨房地面铺了块印有蒙德里安图案的50年代油毡，上面放置着巨大的旧家电。薇拉回忆起来，从前家里的厨房就是这个样子的。她带着欣赏的目光凝视这一切，然后朝壁挂电话上方透明胶带固定的那叠纸走过去。

在姓名栏中，她并没找到"肖恩妈妈"的字样，她又去右侧的页边空白找——这几个字向上歪斜着，好像是后来才加上去的，潦草地添在"比萨王子"的号码上面。

彼得把宠物用品放在桌上，飞机自己爬进后门边一个法兰绒格子的小窝里，心满意足地直哼哼。

“你吃晚饭了吗？” 薇拉问谢莉儿。

“差不多吧。”谢莉儿说。

“差不多？”

“我在考利的冰箱里找到了中餐外卖。”

“要不要我给你做点儿什么吃？”

“不用了。”

“彼得，你呢？”

“哦，飞机上那顿大餐已经把我喂饱了。”他说。

他说的是降落前送来的小零食——奶酪和饼干之类的。薇拉说：“你逗我呢。”然后她又问谢莉儿：“你家有客房吗？”

“有啊，我带你们去。”

谢莉儿又带他们回了门厅，薇拉和彼得拿起行李，上了二楼。客房设在过道最里面，旁边是浴室。两张床已经占用了大部分空间，其间还摆着矮抽屉柜，塞不进别的家具了。粉色的墙纸上点缀着白色小雏菊。

彼得冲薇拉扮了个哀怨的鬼脸。“不错，床是分开的。”他说。

薇拉拍了他一下以示安慰，然后问谢莉儿：“我们要去买床单被罩吗？”

“已经铺上了，”谢莉儿说着，掀起一层被子做证，“妈妈说客房应该随时做好准备，以防邻居家半夜着火需要借宿。”

“这种事经常发生吗？”彼得问。

“暂时还没有过。”谢莉儿说。

谢莉儿总是引用妈妈的话，薇拉很喜欢这一点——这说明丹尼丝会主动照顾孩子，很上心，不是那种对孩子态度冷淡、不闻不问的家长。

谢莉儿打开小衣柜的门。“衣架。”她边说边用夸张的手势比画，“装鞋子的袋子。”

“太棒了。”薇拉说。她拎起箱子放在床上，打开摊平。

彼得问谢莉儿：“你们家有电视吗？”

“当然有啊，在楼下客厅。”

“有CNN吗？”

“不知道。”

“我来看看。”他说着，离开了房间。

薇拉和谢莉儿互相打量对方。

近看，谢莉儿柔软的皮肤是黄褐色的，眼睛泛着珍珠般灰白的光泽，遗憾的是，她有点儿双下巴。她一定也在观察薇拉——她突然问道：“你画了唇线吗？”

“嗯，没错。”薇拉说。

“我猜也是。”

薇拉很想问她能否接受，不过还是按捺住了这股冲动。

像谢莉儿这么大时，薇拉总是觉得年长的女性很有威慑力。吓人，差不多可以这么说。每次遇到年长女性，她都会退缩，转移目光。但有一次在超市，她没有退缩——她勇敢地直面一位指责她“偷梨子”的女士。后来才发现，因为那位女士戴了大墨镜，所以没看清楚。现在薇拉也老了，她担心自己是不是也会吓到孩子。谢莉儿细细看着薇拉箱子里都有什么，毫不掩饰好奇之情，薇拉觉得这真是个奇迹。“你为什么要用舒洁包衣服呢？”她问。

谢莉儿说的是舒洁纸巾。薇拉说：“哦，要是一个女人手里有大把的时间，她就会这样做。”

谢莉儿说：“啊？”薇拉笑了起来。

来这儿绝对没错。薇拉也说不清楚，但是她坚信如此。

“巴尔的摩东北部，一名女子中枪，攻击者不明。”薇拉念道。这是她从门垫下面捡到的头版头条剪报，一起塞进来的还有超市传单、电费缴费单。实际上有三张剪报，但内容一样。肯定是不同的邻居从邮件槽里塞进来的。

巴尔的摩又发生一起枪击案。警方称，周二晚5:45左右，一位三十一岁的女子站在多尔卡丝路300街区前院时被击中腿部。伤者已住院，但有望彻底恢复。暂无嫌疑人被拘捕。

“居然乱成这样了，我们连站在门口看看强力冲洗都不行呢。”一位居民表示，“这样的日子什么时候能到头？”若您有任何可能相关的线索，请联系警方。

薇拉把剪报和信件一起放在门厅的桌子上，她和谢莉儿在收拾第二天上午要带给丹尼丝的东西。这会儿，她们已经收好了一双毛巾布拖鞋、一本字谜书，还有谢莉儿竭力写下的电话留言：“米腾太太打电话问你怎么样了。”“牙医早上打电话说我们该检查了。”“嚎尔打电话来了。”

嚎尔？

谢莉儿穿着人字拖踢踏着猛冲下楼梯，突然在楼梯口停下，问道：“我们可以看《太空垃圾》吗？”

“《太空垃圾》是什么？”

“你不知道《太空垃圾》是什么？”

“肯定是错过了，我没看到。”

“哦，你一定会喜欢的，薇拉。这真是世界上最棒的电视节目。坐下来陪我看嘛！好吗？”

“几点开始放？”

“啊！”谢莉儿说，“是录像呢，别傻了。”

按理说，听到这种话，薇拉也许会感到被冒犯，但看到谢莉儿进入翻白眼的阶段如此之早，她却甚感欣慰。她说：“我们看看彼得有没有看完新闻。”两人便一起走进客厅。

电视停在CNN台，不过彼得没在看。他正冲着手机皱眉，双脚搭在咖啡桌上。她们进来时，他抬头看了一眼问谢莉儿：“这里有Wi-Fi吗？”

“有啊。”

“你不知道密码吧？”

“谢莉儿2008。”她说，“想和我们一起看《太空垃圾》吗？”

“不用了，谢谢。”他站起来，依然盯着手机，挪向角落处的扶手椅。谢莉儿跳上沙发，拍了拍自己身边的坐垫。“坐下！坐下！”她对薇拉说。

沙发面料是棕色的灯芯绒，上面有面包屑和污渍。彼得坐的印花棕色扶手椅和沙发算是般配吧，屋里还有一把摇椅，地上铺着棕绿相间、饰有流苏穗的椭圆形地毯，看起来一切都褪色了，好像全是从上一位主人那里继承来的。电视倒是很新——至少已经用平板电视了——电视放在滑轮推车上，下面的架子上放着各种电子设备。谢莉儿从咖啡桌上一盆发黄的喜林芋[1]旁拿起遥控器，娴熟地按起来。深蓝色的背景下，一个银色飞碟出现了，还伴随着太空时代的诡异音乐：哦——吼，哦——吼。飞机好像听到了召唤一般，一路小跑进来跳上沙发，坐在谢莉儿和薇拉中间。“这是他最喜欢的节目了。”谢莉儿说道。的确，飞机紧盯屏幕，竖直耳朵。不过，他的耳朵本来就那样。

“鲍勃·格雷厄姆的太太中风了。”彼得说着，视线离开手机，抬起了头。

“呀，真糟糕。”薇拉努力回忆鲍勃·格雷厄姆是哪一位。

“我来跟你说一下现在放到哪里了。”谢莉儿对她说，“有

[1] 编注：原产于南非热带地区的一种观叶植物，俗称“绿宝石”。

一群互相不认识的人在这家汉堡店里吃午饭，他们都是午休时候出来吃饭、彼此间没有任何关系的陌生人。这些太空外星人来了，把他们绑架走，带回去研究，因为他们以为这些人是一家子。明白了？他们想研究家庭是怎样运作的，他们以为这些人真的是一家人。明白了？”

“明白了。”薇拉说道。

屏幕上有个外星人，除了额头上有凸起的天线，看起来和地球人差不多。一位身穿西装的中年黑人妇女和一位身穿条纹工装连衫裤的橄榄色皮肤的男士同时在说话，外星人正在听他们说话。那位工装男士说的是西班牙语。

门厅里的电话响了起来。“去你的。”谢莉儿说道。眼睛依然盯着屏幕。

电话又响了。薇拉问：“我们要接吗？”

谢莉儿叹了口气，按下“暂停”站起来。飞机没有跟过去，聚精会神地盯着一动不动的屏幕，好像希望他赶紧动起来。

“罗恩说，他们要我八月回圣地亚哥参加客户会议。”彼得抬起头看着薇拉说。

门厅里，谢莉儿说着些什么：“卡莱尔家。”接着是“嗨妈妈。”接着是“是啊，她在这儿，他也在……啊？……她丈夫。彼得。我爷爷。”

丹尼丝一定纠正她了，因为她接着说：“是啊我知道，但是他的确像爷爷啊……啊？……是呢，我带她看了床单还有其他的。”

薇拉等着被叫过去——丹尼丝难道不想和她商量点儿什么吗？不过谢莉儿接下来说的是“好，我跟她讲，再见。”薇拉听到，话筒又“当”的一声被挂回去了。

“妈妈说她的车钥匙在厨房门边的挂钩上。”谢莉儿边说，边回到客厅，“她说我们明早十点以后可以去看她。”

“她现在怎么样了？”薇拉问。

“她没说。”谢莉儿在沙发上扭回刚才的姿势，按下播放键，“这节目很不错吧？”

“是啊，是挺好的。”薇拉说。

尽管屏幕上是一个穿白色围裙的少年，说的多半是四个字母的单词。但谢莉儿的眼睛眨也不眨，飞机也是。

谢莉儿说她没有固定的睡觉时间，但薇拉说也许可以九点上楼，谢莉儿也没争辩。“不过飞机要尿尿。”她说，“他来跟我睡之前，妈妈会带他出去尿尿。”

“哦，没问题，我带他去，你换睡衣。”薇拉说。

彼得正在电脑上工作，随即抬起头瞟了一眼。“你疯了吗？”他问薇拉。

“怎么了？”

“刚有人中枪，你就敢晚上一个人出去遛狗？”

谢莉儿正往外走，转过身来说道：“开枪的那个人不可能还在的。”

“我和你一起去。”彼得告诉薇拉，随即放下电脑站了起来。

薇拉不知道他打算怎样保护自己免受非针对性枪击，但他说要一起去，薇拉还是心怀感激。

外面的空气温暖而厚重，远处有蝗虫“唰唰”飞过。“这么潮湿，这里的人怎么受得了。”彼得说。

“我刚注意到，我们卧室窗户那边有空调。”薇拉告诉他，“要是你想开，我们就打开。”

“肯定要开。”

薇拉带着谢莉儿给她的拾粪塑料袋。不过她可不想用到。遛狗不用绳子，这也让她觉得不自在。要是飞机不听她话怎么办？要是跑走了怎么办？

但飞机温顺地在他们前面几英尺处走着，偶尔停下来探索看不见的东西。他在路边遇上了一只猫——只是暮色中一闪而过的影子而已，但他几乎都没朝那个方向看，猫咪也无视他的存在。他在考利家门口停下了，抬起一条腿，然后转身看着薇拉。显然这就好了，薇拉说了句“乖孩子”，就回身往丹尼丝家走了。

“你觉得丹尼丝要多久才能出院？”彼得问道。

“也许明天去看她的时候她会说。”

“我在这儿没什么事情可做，你知道的。”

“嗯，彼得？”薇拉说。

她想说，自己并没有求他来。但这听起来显得不知感恩，所以，她还是挽住他的胳膊说：“我敢肯定不会太久。”

随后他们便回屋了，彼得又坐到了电脑前，薇拉和飞机上楼去谢莉儿屋里。她的房间，在儿童房里算整洁的了，唯一混乱之处，是抽屉柜上的一排马匹雕塑——如果这也叫乱的话。谢莉儿靠在床头坐着，玩着掌上设备游戏。她穿着粉色盖袖睡衣，露出大臂，和成年女性的胳膊一样丰满松软。注意到这一点，薇拉又感到一阵内疚。

“薇拉，”谢莉儿说，“你是肖恩的妈妈，你明白的。”

“嗯？”

“现在你来巴尔的摩了，你觉得他会来看你吗？”

“哦，宝贝，我还不知道呢。”薇拉嘴上说着，内心深处却迫切地渴望着。

飞机轻巧地跳到床脚，薇拉向他俩道晚安，之后便下楼去了。

3

丹尼丝说：“这真是尴尬。考利到底怎么想的，居然给你打电话？”

她坐在医院的病床上，看起来很健康，只是一条腿膝盖以下的部分打着白色石膏。见到她，薇拉开始用全新的眼光看谢莉儿——也许谢莉儿长大后就是这样的，不再胖墩墩，而是恰到好处地丰满迷人，多一磅则嫌多，少一磅则嫌少。丹尼丝有一头浓密的金发，长度刚好到病号服衣领线之上，略带卷曲的头发让人感觉很自然——素颜也显得很自然。

“她打给我，我还挺高兴的。”薇拉说。她坐在一张塑料椅上，故意弄出声响，以掩饰彼得没有附和。彼得站在门口，好像随时打算离开，谢莉儿则坐在妈妈的床脚。旁边还有一张床，但是没有病号入住。房间里的一切看起来都舒适惬意——地方不大，但通风良好，充足的阳光透过长长的窗玻璃照进来，窗口可以俯瞰整个停车场。

“不过我很好奇，”薇拉说，“你怎么会有我的号码？”

“我不知道我有的！考利告诉我的时候，我刚准备说‘到底——？’，然后想起来你搬到图森后，给肖恩打过电话，告诉他你的新号码。当时只有我在家，只好写下来了。”

“她写在了应急电话簿上。”谢莉儿解释道，“外科医生、牙医、中毒监控中心……好像我会吞妈妈的过敏药片一样。”

妈妈在场时，谢莉儿似乎有点儿不一样。她看起来很放松，也更健谈，放松地抓着一只脚腕，下巴枕在光着的膝盖上。母女俩坐在一起，看起来像极了——她们的皮肤都是金褐色的，眼睛都是珍珠灰，不过谢莉儿的嘴更柔和弯曲，不知道她的爸爸是谁，这一定是继承了爸爸。

“我不知道为什么考利会觉得照看一个小孩那么麻烦。”

丹尼丝说，“谢莉儿一点儿都不让人操心！她经常自己在家呢。考利完全可以白天打电话问问她情况，晚上接她过去就行。”

“我也可以去乔爵士家！”谢莉儿抬头说道。

“现实点儿吧。”丹尼丝对她说。

谢莉儿便不再搭茬儿了。

“哦，不管怎样，”薇拉说，“我们来了。彼得，我们带的东西呢？”

彼得走上前，递给她一个午餐纸袋。“字谜，”薇拉说着，拖出那本书，“拖鞋……”

“一只就够了。”丹尼丝说。她扭了扭脚趾，那是她左脚唯一没打石膏的部位。

“嗯，我想到了，”薇拉说，“但谢莉儿记不得是哪条腿中枪了。”她又把手伸进袋子，“还有信，就这些了……”

“你觉得会是谁干的？”彼得问丹尼丝。

“不好意思，你刚说什么？”

“你觉得是谁开的枪？”

“哦，我不知道，我过了好一会儿才发现自己居然中枪了。刚开始我还想：‘逗我呢，我的腿怎么撑不住了。’所以坐了下来，一点儿都不疼，你相信吗？刚开始不疼。但过了一会儿，哎呀，骨头疼：没什么比这更疼了。”她突然转身，对谢莉儿说道：“当歌名是不是很合适？《骨头疼》，某某新歌，单曲榜首。”

谢莉儿咯咯笑起来。

"但讲真的。"彼得追问道，"你觉得会是你认识的人吗？"

"你问我什么都可以，"丹尼丝跟他说，"但我什么都不知道。在这座城市，你不可能把所有枪支走火的人都找到。"

彼得陷入沉默。

丹尼丝开始翻信件。"大部分用不着打开。"她说。然后她开始看电话留言，"哈尔打电话了？"她问谢莉儿。

"嗯嗯。"

"哦，哈尔！"薇拉说道。

大家都看着她。

"原来'嚎尔'是这个意思啊。"她解释道。谢莉儿的误拼一下子就讲得通了，难怪巴尔的摩人说"毛巾"（towel）这个词听起来像"塔尔"（tal）。

"他想干吗？"丹尼丝问谢莉儿。

"他没说。"

"啊，我现在还不想管他。"丹尼丝说着，啪地把留言放回信堆。

"哈尔算是邻居。"谢莉儿告诉薇拉，"他老是闷闷不乐的，还很看不开。"

"他看不开什么呢？"薇拉问。

"他怎么能看得开呢？"丹尼丝说，"是这样，哈尔他老婆和我原来是好朋友。至少我试着跟她交朋友，因为这片街区以前没有跟我差不多大的，她和哈尔搬来的时候，我真是激动得要死。哈尔倒不怎么样……但总之有几次，下班后我请他老婆来喝霞多丽酒，肖恩回来了，我就会对他说：‘看啊，谁来了！’但他只是说‘看到啦’，然后问我晚餐吃什么。所以不管怎样——哎？你还不知道这回事吧？”

“啊？不知道啊。”薇拉说。

“好吧，是这样。所以有一天我对肖恩说：‘你看啊，我不知道你为什么对我闺密那么不友好，她怎么你了？’我问，‘我们连一对小两口朋友都没有。’我跟他说，‘所以我打算周六请她和她老公来吃晚饭，你对她友好一点儿，听见没？’他说：‘行啊，随你。’周六晚上他们来了，肖恩整晚都非常有礼貌。可星期天早上他就走了，和她搬一起住了。”

“啊？”薇拉说，彼得似乎也来兴趣了，“不好意思，打断一下，他和谁搬一起了？”薇拉问。

“爱丽莎。”

“等等，你是说爱丽莎是哈尔的太太？”

“哦，你认识她啊。”

“不不，我是不久前才听说有个爱丽莎。让我好好想想……”

“他好像是说：‘友好一点？我让你看看怎么算友好！’然后他就和她私奔了。唉，当然也不完全是那样。现在我明白了，他们肯定交往有段时间了，他假装冷漠，只是为了掩饰。但你不觉得他应该更直白一些吗？男人真的不擅长这些。现在我失去了他们两个，我身边谁也没有了。”

“你还有我呢，妈妈。”谢莉儿说。

“这就是哈尔想不开的地方。”丹尼丝语调平平地对薇拉说。

“我的天哪！”薇拉说。

“我去买份《纽约时报》。”彼得说着，突然就走出去了。没错，男人真的不擅长这些。薇拉坐在那里，转身目送他离开，等她回过头时，丹尼丝正在偷偷揪着被单一角擦眼睛。

薇拉从手提包里掏出纸巾，默默递过去。

“真傻，真傻，真傻。”丹尼丝说。她擤了下鼻子。“我倒不是因为难过哭的，”她说，“是气哭的，就这样。”她好像是对谢莉儿说的，谢莉儿正在轻拍妈妈脚腕上的石膏。

“唉。”薇拉说，“我真的被吓到了。”

这真是尴尬，尽管无权代替肖恩道歉，她却很想这么做。她无助地看着谢莉儿，谢莉儿却说：“好了好了，妈妈，他会回来的，你等着吧。”

“哦，看在老天的分儿上，我可不想他回来！”丹尼丝说，“你开玩笑吗？我才不会让他轻轻巧巧地跑回来！对不起。”她对薇拉补充道。

“不，没事。肖恩不是很……直率，我不得不这么说……”

“怎么了？”推着仪器进来的护士问道。她身材高大，迈着重重的步子，黑色的面庞很宽，工作服像是印满泰迪熊的睡衣。“想到伤心事儿了？”

“我就是有点儿精神崩溃，就这样。”丹尼丝捂着纸巾说。

“她在回忆难过的事情。”谢莉儿告诉护士。

“难过的事情，啊？那个可不能想。”护士说。她把数字体温计插进丹尼丝嘴里。“你应该感谢老天爷！也许会更严重呢。要是打中脊椎可就瘫了。你知道我见过多少四肢瘫痪的年轻人吗？”

丹尼丝嘴里含着体温计，摇了摇头。

“年轻人在街上中枪，”护士说，“是见怪不怪的事。他们被带到急诊室里的时候，会直接告诉你，他们记得自家堂亲表亲、兄弟或好朋友用的是哪个牌子的高科技辅助设备或轮椅。”

薇拉发出紧张的声音，护士又凝视着她。“我们这里很少有高加索人中枪的。”她说。说“高加索人”这个词时，她小心翼翼地，就像薇拉说……嗯，像薇拉说“非裔美籍”那样谨慎。

温度计响了，护士把它从丹尼丝嘴里拿出来，她几乎看都没看就把盖帽扔进垃圾筒，然后又把温度计插回一盒温度计里。“你的疼痛指数是多少？”她问丹尼丝，“按1到10算。”

“11。”丹尼丝说。

“不，不可能的。”护士说，“我能看出来，我不会给你加药的，我跟你说。”

“我没要你给我加。这药不但不管用，还让我想吐。”

护士摇摇头，忙着摆弄机器，调整几次转盘，再按下按键。

“我都不知道这要花多少钱。”丹尼丝告诉薇拉。

“你有保险吗？”

“嗯，算是有吧。”

至于“算是有”是什么意思，薇拉想想，还是决定不问了。

“现在的确是暑假，但暑假我也经常要去上班的。”

之前她怎么就没想到丹尼丝要工作呢？她当然要工作，她是单亲妈妈。“你在哪儿工作呢？”薇拉问道。

“我在中心小学当办公室助理。谢莉儿就在那里上学。”

“哦，那很方便。”

“是啊，他们很好，允许谢莉儿在学校等我下班。安德森太太，那个校长，她早上打电话了，告诉我如果要休息就别急着过去。但我本应该回去帮他们准备秋季学期的！”

“至少你还有工作啊。”护士边卷电缆线边告诉她。

“你能别那么瞎乐观吗？”丹尼丝说。护士发出啧啧声，推着机器走出房间。

“有个警察一直在附近转悠，妈妈。”谢莉儿说，“他敲门问大家有没有看见你中枪。”

“是啊，他也来这儿了。”丹尼丝说，“那个大块头，闲得没事干。”她告诉薇拉。“问我有没有欠钱。‘你开玩笑吧？’我说，‘你觉得是我的毒贩子在收我的可卡因或别的债呢？’‘夫人，’那个警察说，‘我只是问上面交代的问题，您别误会。’”

“哦天哪。”薇拉说。

“我讨厌他们喊‘夫人’。”

房间里沉默了片刻，薇拉听到过道里有人说：“唉，我没被冲昏头脑，说实话。但也没有太冷漠。我只是……感觉过头了，也许可以这么说吧。”

“还有更糟的。”薇拉告诉丹尼丝说，“喊‘女士’。”

“真要吐了！”丹尼丝说。

但这似乎让她精神一振，她问谢莉儿：“小姐，你表现还好吧？”

“没错。”

“她非常乐意帮忙。”薇拉插嘴道。

“哦，你知道吗，妈妈！早餐的时候薇拉还给我做了泡泡蛋。”

“真的啊。”丹尼丝说。

“她在平底煎锅里煮沸一大块黄油，然后打一只鸡蛋进去，煎的时候一直往上面淋热黄油，然后鸡蛋就冒泡了……像气球一样！这是我吃过的最棒的东西了。”

“啊呀，你运气真好，看起来你过得挺好的。”丹尼丝说，“我应该多中几次枪。”

薇拉动了动，打算说点儿什么——对这种事，似乎真该说点儿什么。但谢莉儿只是大笑起来。“傻妈妈。”她说道，然后爱抚地拍了拍妈妈的石膏。

这孩子情商真高，薇拉想。

彼得走进来，拿着报纸和一个小塑料盆。“看我在礼品店找到了什么。”他对薇拉说着，端出了那个盆，里面是棵巨人柱，不足三英寸高，又粗又短的枝干还没一根拇指大。

“哦！”薇拉说着，从他手中接过。显然，这么小的巨人柱倒刺更密集，这棵的毛刺粗而浓密，像白胡子小老头似的。她举起来给丹尼丝看：“你见过巨人柱吗？”

“没亲眼见过。”

“大棵的，得有二三十英尺高呢。”

说这话时，她充满保护欲，几近在为巨人柱辩护。她心生怜悯，好像面对笼中之虎一般。巨人柱不应该是“可爱”的！没什么可爱的！巨人柱生性沉静，随遇而安，从印第安阿帕切族的箭头到购物中心，坚韧地承受各种环境。但彼得好像觉得自己这样东西买得好，薇拉只好说：“谢谢亲爱的。”

“不客气。”他说。随后，他把报纸重重地拍在大腿上说：“那么，丹尼丝，他们什么时候能让你回去？”

“再过几天吧，我觉得。”

“再过几天！今天之后还要再过几天？”

“应该是。”

彼得向薇拉望去。“听说这里的人总是抱怨医院赶病人出院太快了。”他说道，“所以我问问。”

“嗯，不过我是做手术。”丹尼丝问他，“你以为要几天？”

“谢莉儿真正的外公外婆在吗？”彼得问她。

薇拉真想杀了他。他会把事情搞砸的！可丹尼丝只是说：“在啊，我妈。不过她得了帕金森，跟我哥哥和他太太住在罗德岛。”

连彼得也不至于鲁莽到询问谢莉儿的爷爷奶奶是谁。他只是给薇拉使了个眼色。薇拉知道他在想什么：都是你的错。他们不得脱身了。薇拉冲他绽放出一个最温和、最灿烂的笑容，然后问丹尼丝，下次来的时候还要再带些什么。

4

飞机的脸十分迷人。深邃的棕色眼睛，沉思状，上面有一丛黑色的眉毛，看起来充满关切。他的口鼻处是天鹅绒般的焦糖色，龇须恰好从一个个小点上伸展开来，让薇拉想起她小时候有个头皮上画着点点的“真人头发”娃娃。

他的耳朵很特别，平平地伸展开，好像有脚手架撑着一般。不过，这对耳朵一点儿都不僵硬，薇拉在指间抚弄其中一只，摩挲在皮肤上真是太柔软了。

为了对称，薇拉又摸了摸他另一只耳朵，然后又把自己的鼻子凑上前问道：“飞机，你有什么要说的吗？”

飞机激动地喷出一股肉味儿作为回答，这让薇拉瞬间又坐回沙发上。

薇拉左手拿着手机。其实她很少打电话，不过她现在得从联系人里面找出肖恩，给他打电话。她把耳朵贴在手机上，听着里面一声声响。那是下午，已近傍晚——她发现这时候比夜晚更容易找到肖恩，晚上他似乎总是没空。不过也许她猜错了，肖恩没接电话。

但随后还是接通了。“妈妈。”他说。

“嗨，宝贝，抱歉上班的时候给你打电话，但我在想，我们应该联系一下，约个时间吃晚饭。”

“你在巴尔的摩了？”

“是啊。”

“丹尼丝怎么样？”

“她好像还行。”薇拉说。她很高兴肖恩能问问——这种事肖恩不见得会想到。“不过她还在医院，所以我们在这儿陪谢莉儿。”

他没问谢莉儿怎么样。“对了，晚饭。”他利索地说道，“我们周末活动排得满，周一可以吗？”

“哦。”薇拉说。距离周一还有五天，她都不确定到那时还在不在这里呢。“再早一点儿你有空吗？”她问。

“你可没提前告诉我呢，你知道的。”

“的确没有，嗯……好吧。周一。”她说道。

“我打电话预订。”他说道，“我们四个对吧？彼得来吗？”

“他当然会来，还有……嗯，我们可能还得带上谢莉儿，如果丹尼丝那时候还没出院的话。”

“谢莉儿！”肖恩说道，“她就不能自己待几个小时吗？”

这话让薇拉很不好受。“我觉得她很想见你呢。”她对肖恩说。

“那会很尴尬的，妈妈。”

“哦。”

“我敢保证，丹尼丝也不会允许她来的。”

她明白了肖恩的意思。于是说：“对不起。我没怎么动脑子。”

“她自己在家为什么不行？她经常自己待着呢。”

“晚上？她只是个孩子！”薇拉说道。

“所以呢？我们早点儿吃，你天黑前回去。”

薇拉说：“好的肖恩，我们应该会有办法的。那我等你电话。”

“回聊。”他说着，挂了电话。

薇拉也按键挂断，把手机放在身边的沙发上，又把鼻子靠在小狗的鼻子上。“哦，飞机。”她说。

飞机轻轻发出呜咽声，薇拉把面颊贴在他柔软光洁又温暖的脑袋上，把他抱得更紧了些。

一天下来，她对这一带熟悉些了，对这里的居民也更熟悉了。她发现谢莉儿是个爱整洁的孩子，很沉稳，有着老式淑女的习惯。她说她自己的衣服自己洗，因为妈妈总是让衣服在烘干机里放太久，会起皱的。相反，丹尼丝则杂乱无章——被子不叠，衣服、《人物》杂志和无糖百事可乐的罐子扔得满屋子都是。厨房设备只能满足基本烹饪需求——几个简单的小锅，一些不配套的盘子和玻璃器皿，但里面居然有一个电动搅拌机和一大堆蛋糕烤盘、馅饼烤盘还有烤饼干纸——喜欢烘焙的是谢莉儿。她告诉薇拉，等她长大了，想开一家生日蛋糕店。

实际上，这栋房子很简陋，一间间小屋里零散地放着旧物，看起来像是早已在别的家庭里饱经风霜。客厅里只有两幅画，一幅是凡·高的《向日葵》，另一幅是莱蒙斯乐队的海报。书架上只有童书，有些是低幼读物，还有更大的孩子读的（主要与马有关）。薇拉理应对这种贫寒的家境感到同情，然而，她最强烈的感情却是嫉妒。她在房间里信步穿梭，品味脚跟踏在磨损木地板上的空洞声响。她向一扇后窗外望去，那里是灌木丛生的后院，彼得坐在锈迹斑斑的锻铁桌子边摆弄电脑。薇拉偷听谢莉儿在门厅打电话——她妈妈来电话了，今天下午已经打了三次。“是呢妈妈，我们很好。我和彼得还有薇拉去巨人超市买了所有要用的东西。晚餐我们做猪排吃。”丹尼丝告诉他们今天不用再来了，但薇拉觉得也许应该去一趟，丹尼丝一直躺在医院里，很是烦躁。

前院灌木丛生，不到十二英尺高，薇拉见一名少年正在修剪人行道与街道相交处的低矮黄杨树篱。哪怕隔这么远，都能看出他不是专业园丁。他像个小精灵，瘦得跟青豆似的，他穿着直筒牛仔裤，蓝白相间的运动衫，戴了一顶红白条纹的尖顶编织帽，一缕金色卷发几乎爆了出来，要是他头发没有这种抵抗重力的超能力，一定会及肩长。他好像也不太懂行。他笨拙地挥舞着一把大树篱剪子，剪剪这个小树枝，修修那个小树枝，其间还会暂停许久。剪一剪，想一想;剪一剪，再想一想。他一直都在朝房子那边望，好像希望被人注意到。

薇拉打开纱门走进门廊。“你好啊？”她说。

“哦,嗨！”他回应道。他欢快的语气听起来有点儿不自然。

“你是……你在修枝吗？”薇拉问道。

“是啊，夫人。”他说。他的下巴和帽子一样尖尖的，整个脑袋看起来像一颗钻石。依薇拉看，他最多不会超过十五岁。“我就是想帮丹尼丝忙。”他说，“我住隔壁。”他冲薇拉的右手边竖起大拇指。

“你真是太好了。”薇拉说道。

没错，她也发现树篱的确需要修剪了——乱七八糟的树枝向四面八方伸出来。不过，她对这男孩的园艺技术实在没什么信心。“我可得告诉丹尼丝。”她说,“她一定会非常感谢你的。”

“她很快就能回来了吧？”

“也许要过一两天。”

“刚开始我想着帮她修草坪，不过看起来好像没草坪。至少看不到什么草坪。”

“没有呢，我想不——”

“厄兰德？”谢莉儿喊道。她从房子里冲出来，纱门重重捽在身后。“你在干什么？”

“我在帮你家剪树篱，你觉得我是在干吗呢？”

“你不需要的。”

“我就是想帮忙。”

谢莉儿猛冲下门廊台阶，从薇拉身边走过，来到厄兰德身边，手背在身后。“你俩在说什么呢？”她追问道。

“没什么！我就是告诉她，我想帮你妈妈。”

“谁说她需要帮忙呢？”

薇拉说：“我觉得她会很开心的。”

“那可不一定！也许她想让树篱长高一点儿呢。”谢莉儿说道。

她听起来像个嫉妒的小妹妹，薇拉想道，但她还没来得及替那个男孩辩解，便听见有人喊道：“大家好啊！”

他们全都转向薇拉左手边的院子，一位老妇人穿着家居服站在那里，靠着助行器。一条短腿长耳猎犬站在她身边，绳子缠绕在助行器的横梁上。“厄兰德·埃里克森，你真是太贴心了。”她说，“丹尼丝一定会很感动的！”

“我只是觉得应该帮帮忙。”厄兰德说道。

“谁说青少年都以自我为中心的！”那位女士对薇拉说，“对了，我是露辛达·明顿。”

“我是薇拉·布兰登。”薇拉说，“谢莉儿妈妈住院，我在这儿陪她。”

“我就说嘛，大家都是好心人。”明顿太太告诉谢莉儿，“你真是有福气！要是我能到处走，我就来陪你了。”

“我们挺好的。”谢莉儿说。然后她又对厄兰德道：“我们挺好的。真的。”

“好吧，如果你真不需要帮忙。”他说，然后放下剪子，看起来很失望。

“丹尼丝什么时候能出院啊？”明顿太太问薇拉。

“还不确定，也许几天后吧。”

“我当时就站在这儿，和我家狗一起。我看见了整件事情的经过。不过不是那个意思——我是说，我们都没看见开枪的人。但我就站在这个院子里，看见那个可怜的姑娘倒在地上。她说：‘我中枪了！’”

“她没说‘我中枪了’。”谢莉儿告诉她。

“她没说？”

“她什么都没说，她都不知道自己中枪了，刚开始的时候。”

“我敢发誓她说了‘我中枪了’。”

“哎呀，她没说。”

“无论如何，”薇拉说，“谢莉儿，我觉得我们该去做晚饭了。”

“哦，好呢。”谢莉儿说。“我们吃猪排。”她告诉明顿太太。

“真幸福！”明顿太太说。

“我打算烤饼干。彼得在他的电脑上找了菜谱，薇拉写给我了。”

“看见没？大家是不是都很好心？”明顿太太问厄兰德。

随后众人都转身各回各家。

是彼得提议做猪排的，那天早上他在后院发现了燃气烧烤架，他对自己的烤猪排手艺特别自信。“这个主意真棒！”薇拉几乎是带着调子唱出来的。彼得找到事情做了，她煞是欣慰。谢莉儿居然从来没吃过猪排，也可能是吃过但不记得了。薇拉把这一条和她收集的其他线索一起记下了，她怀疑丹尼丝的拿手好菜是意大利面圈和速冻鱼条。

彼得在烧烤炉那里捣鼓时，谢莉儿正忙着烤饼干。她上来先研究食谱，边读边摆出各种原料，专注的样子有点儿滑稽。薇拉在她身后看书，告诉她要是再向面糊里多加四分之一杯牛奶，就能做速食饼干[1]了——比揉面切面团容易得多。谢莉儿却说：“我就是喜欢擀面切面。”接着从抽屉里取出一根看似非常专业的白色大理石纹擀面杖。

薇拉让她继续，自己则去帮助彼得收拾。彼得喜欢腌菜，他准备用来腌菜的材料都摆在橱柜上了：一瓶开了盖的醋、一瓶打开的红糖、一罐盐……“我真不敢相信，她连犹太盐都没有！”他抱怨道，“我估计要自己买杜松子的，但真没想到她

[1] 编注：Drop biscuits，一种配方、制作方法都很简单的饼干，称作“drop”，是因为没有揉面、切割的过程，只用勺子舀出面糊，倒在锅里烘烤即可。

连犹太盐也没有，天啊。”

银餐具——其实是不锈钢的——都在抽屉里的木质托盘架子上码着，每一格的夹缝里面都散落着一串面包屑、粗玉米粉和欧芹碎。薇拉很想把盘子拿出来，清空抽屉打扫一下，又担心这么做可能会冒犯丹尼丝。可转念一想，丹尼丝估计都不会注意到，所以她还是动手了。此时，谢莉儿正娴熟地把黄油剁进面粉里，她没穿围裙，T恤前面小肚子挺起来的地方已经全白了。

“大热天的，厄兰德为什么要戴针织帽子呢？”薇拉问她。

谢莉儿说：“因为他就是个呆子，我觉得。”

“他爸妈是什么样的人呢？”

“他没爸妈。他只有乔爵士。”

“谁？”薇拉问道，“谁是乔爵士？”她早就想问了。

谢莉儿说：“厄兰德的半兄，是这么说吗？反正就是一个男人和一个女人各有一个孩子，然后他俩结婚了。”

“继兄。”薇拉说。

“那就是了，然后他们不知怎么的都死了，乔爵士不得不照顾厄兰德。乔爵士有辆摩托车呢。”谢莉儿补充道。她语气里有几分崇敬。“他穿的衣服都是黑皮革做的，连长裤也是。”

“大夏天的穿皮裤？啊呀，看来这家人都这样。”

薇拉在调侃，谢莉儿却没笑，她把面糊留在橱柜上，然后去够擀面杖。显然，在她眼里，乔爵士和他弟弟是两类人。

彼得从后门进来，摩拳擦掌。“你妈妈有烤架刷子吗？”

他问谢莉儿。

“以前有的，但我不知道在哪儿。”

“上面都是煤灰和蜘蛛网。”彼得告诉薇拉，“一定好几个月都没用了。”

“以前是肖恩喜欢烧烤。”谢莉儿说道，“妈妈怕煤气。”

彼得发出了嘲弄的“啧啧”声，但谢莉儿不予理睬，开始切面团。食谱上说可以用玻璃杯的边缘切，可她却从抽屉里拿出了一个饼干切坯机。“装备齐全呀。”薇拉羡慕地说。

“我还有玛芬蛋糕模具，小的那种。”

“老天啊！”

“每次圣诞节和生日的时候，我都会要烘焙工具。”

彼得一直在水槽下面的一堆东西里翻翻拣拣，显然希望能找到烤架刷子，但现在，他又跪坐在地上，瞪着谢莉儿。“你在这边有朋友吗？”他问道。

“当然有啊。”她淡定地说道，“好多呢，等学校开学以后。”

“我是说，邻居里面。”

“哦，多尔卡丝路这边没有。不过我和布里斯科那边的帕蒂和劳丽·杜蒙经常一起玩，但她们去堂亲家了。”

谢莉儿正在往烤饼干纸上放饼干，每两块间隔0.5英寸，完美地排成一条直线。

“除了我和厄兰德，多尔卡丝路都是大人。”谢莉儿说，“但我不太算小孩儿。我比看起来可要成熟得多。”

“你现在是这么想呢。”彼得告诉她，“等你长大了，再回过头来看看。”

但薇拉能领会谢莉儿的意思，她小时候也有同感。她总是很谨慎，好像老练的成年人寄寓在了小姑娘的身体中。

不过，现在倒是反过来了，她常常觉得自己成人的表面之下，藏着一个十一岁左右的小姑娘，凝视着这个世界。

住在明顿太太家另一边的邻居晚餐后来访，那会儿薇拉、谢莉儿和飞机正在看《太空垃圾》。他们邀请彼得也来一起看——“求你啦！”谢莉儿恳求道。薇拉也说：“哦，试试吧，彼得——”但可以看出来，他的心思肯定不在这儿，依然在不停看手机。所以门铃响起时，彼得说：“我来开门！”接着就从沙发上站起来，如释重负。谢莉儿按下“暂停”键，两个外星人话说到一半被定住了，此时，彼得走向门厅，飞机跟在后面。片刻后，他同一位六旬上下的男人一起回来了。那人白发苍苍，瘦瘦高高，面色红润，穿着一件褪色的格子衫，袖子卷起，腿上套着一条松垮的灰色裤子。“晚上好。”他用粗哑的声音说道，“嘿，谢莉儿。”

“嘿，本！”谢莉儿说道。

他走过去向薇拉伸出手，薇拉站起来握手。“我是本·戈尔德。”他告诉薇拉，“你是那位大老远从亚利桑那跑来照顾这个小姑娘的女士吧。”

“我叫薇拉。”她说。本·戈尔德有双蓝眼睛，眼皮下垂，眼睛不大，冲薇拉笑的时候，眯得快看不见了，他戴着一副薇拉小学时班里男生常用的那种眼镜，透明边框泛着粉红色的光晕，镜片有些模糊。

“我去医院看了丹尼丝。”他说道，“我跟她保证会来看看你们，看看你们怎么样。”

“我们挺好的，谢谢。丹尼丝怎么样？”

“不错，不错……有专家为她治疗呢。我和她的手术医生是医学院同学，那是早些年前的事儿啦。他对病人态度不算好，但是看病很专业。”

“你是医生吗？”薇拉问道。她本想说他看起来不像医生，但瞬间发现他的确像，有一种幽默的隐忍气质。

“算是吧。”他说道。谢莉儿插嘴道：“他家后面有个小小的医务室。”

“所以如果丹尼丝回家以后有什么问题，可以找我。”他对薇拉说，“当然，我不希望她有问题。”

“想喝点儿什么吗？”彼得突然问道。

薇拉不确定彼得能拿什么出来——丹尼丝冰箱里能喝的只有一瓶霞多丽酒，但本说：“不用了，谢谢。我最好回家做晚饭啦，我好像又慢了几拍，一直都这样。”

“我们吃了猪排！”谢莉儿告诉他。

“哦，我要来罐辣味肉豆。”本说着，又告诉薇拉，“我就住在306，有事可以随时打我电话。”

“谢谢，明白啦。”薇拉说。

彼得送他出门——彼得和飞机。薇拉和谢莉儿坐回沙发上，谢莉儿又开始播《太空垃圾》。一个外星人告诉另一个，地球人对异性的态度看起来很奇怪。“我们把那个穿着高跟鞋的白发女性和那个脸粉扑扑、穿围裙的男性放在一间屋子里一个礼拜，他们并没有交配。”他说。谢莉儿承认，这一集她已经看过六遍了，但还是觉得特别好玩，她放声大笑。“你错过啦！”彼得回来的时候她说道，“你错过了最好玩的地方！”

“啊，我真有点儿失望。”彼得说道。

飞机跳上沙发，坐在谢莉儿身边，但彼得没有坐回去。“想回放吗？”谢莉儿问他。

“不用，没关系。”

接着，彼得的手机又“啾啾”响了起来，他从口袋里掏出手机，走到灯下查看信息。

“要是他总在做别的事情，就永远都看不出笑点了。”谢莉儿告诉薇拉。

“哦，我相信他能跟上的。”薇拉说。

“不过这一集演完了！这是结尾了。”

谢莉儿瘫倒在沙发上，把遥控器丢在大腿上。电视屏幕上出现了播放列表，然后滚向下一集——到底有多少集啊？不过谢莉儿没有点开。“我不喜欢别人老是看短信。”她告诉薇拉。

“我也不喜欢。”薇拉说。她连怎么发短信都不知道；要是没什么特别的事情，她连邮件都不会给别人发。

“妈妈一直都有好多短信。”谢莉儿说，“不过她的手机是‘叮’。”

“我倒是喜欢彼得的啾啾声。”薇拉说，“我爸爸以前就是这样叫我起床的。他会用口哨吹出和这个一样的声音——欢快的鸟儿音符。就像《迪克西》的前两个音符一样，我总是这么想。”

谢莉儿思索片刻。“或者是《嘿，朱迪》。”她指出。

“哦没错，不过当时还没有《嘿，朱迪》。”

“当时也没有短信。”谢莉儿说。

“嗯，那肯定的。”薇拉说。

她慢慢靠近，吸了一口气，嗅了嗅谢莉儿头发上好闻的奶油爆米花香味。

那天晚上入眠时，薇拉想起了父亲，一定是因为之前提到了他的口哨。“啾啾！”她又听到了，爸爸就站在那儿：亲切温和的脸，和善的微笑，站在卧室门前的模样，膝盖微弯，脑袋别扭地侧倾，看起来像一只长腿水鸟。

整个童年时代，薇拉最担心要是爸爸死了怎么办，但这件事真的发生后，她却很难仔细去想。他是在车道上从车里出来时倒下的——不是在地下室，谢天谢地。实际上，相比德里克的死，爸爸过世从某种程度上来说更令她震惊。从前的整个世界似乎都是爸爸担起的，他是情绪稳定的家长，安全可靠——妈妈情绪不稳定时，薇拉可以依靠爸爸。

可如今，就连想起妈妈，薇拉的心头都会被一阵痛苦的失落感撕扯，她常常想念妈妈希望被原谅时眉宇间流露出的羞怯，还有她小姑娘般没心没肺的大笑，还有她用空灵的女高音唱："给我写信，寄出来……"

哦，最容易唤醒往日记忆的就是声音啊！"握住我的手，"她又听见教室后排的男生们低声哼唱，"我是相貌奇怪的寄生虫……" 接着又传来一些声音，像那些传说在宇宙中扩散的古老收音机电波一样，很模糊，如同静电一般，然而这些声音的主人，她已然记不清楚。"一个土豆，两个土豆，三个土豆，四个。""约翰尼来咯喂！"[1] 还有"关节炎患者会本能地揉搓患处"。

彼得坐在屋里的床上，突然发出尖锐的叹气声，薇拉吓了一跳。愣了一会儿，她才想起来这人是谁。

5

周五早餐时丹尼丝打电话来说要做理疗，所以他们上午没去医院探望。"她要学怎么用拐杖。"谢莉儿挂电话后宣布道，

[1] 编注：均为薇拉年少时耳熟能详的歌谣：*One potato, two potatoes*，*Here's Johnny*。

“我们下午再去。”

“下午我有个电话会议。”彼得告诉薇拉，“你俩得自己去了。”

薇拉说:“哦，你不能一起来吗?我不认识路呢。”

“那你该认认了。”彼得说道。

对他来说，找路是小菜一碟的事情，但薇拉这方面就是不灵光，就算手机上有GPS也无济于事，最多只能看清前方两英寸。总之，她就是讨厌开车，尤其是开自己不熟悉的车。

但薇拉没提醒他这些事儿，只是温柔地说:“嗯，好吧，亲爱的。”

“这个电话会议几周前就定下来了。”彼得的话像是在为自己辩护。

“没事的，我知道我惹你烦了。”她告诉彼得。

“我没说你惹我烦，我只是说我有安排了。”

“我懂。”

片刻沉默。彼得抿了一口咖啡，然后他说:“这样吧，我结束以后带你们去，如果你们不介意等等的话。”

“哦，我们当然不介意！”她说，“没事的对吧，谢莉儿?”

谢莉儿说:“呃，没事的。”

“谢谢亲爱的。”薇拉告诉彼得。

“没事儿。”彼得看起来如释重负。但薇拉知道，他的心思并不在这里。

凭薇拉的经验，婚姻讲究的是灵活。

早餐后，她和谢莉儿带飞机去散步，这次走得很远。但她们用了牵引绳——谢莉儿说飞机过马路时容易紧张。

尽管天气预报说没有雨，但空气有些湿漉漉的，微风似乎带来了雨水的征兆。薇拉穿了凉鞋和棉布直筒连衣裙，谢莉儿还是继续穿短裤。不知道为什么，她右侧面颊贴了一张螃蟹贴花。

路过明顿太太家时，低掩的纸灯罩让屋子看起来面无表情。“明顿太太总是中午才起床，”谢莉儿透露道，“一口气把一整天的饭都做好，靠在助行器上做饭实在是太难了。”“那她怎么买东西呢？”薇拉问。谢莉儿说：“本帮她买呢，每个星期五晚上，明顿太太都会把购物清单给他。”（谢莉儿提到明顿太太的时候，听起来像是“米腾太太”。）

她们路过本家，见门口挂着一块漆面剥落的白色木牌：“本杰明·戈尔德医生，无须预约。”一对老夫妇正向屋后的办公室蹒跚走去，妻子两手抓着丈夫的臂弯。“关节炎，肯定是的，”谢莉儿很懂行地说，“打点儿可的松就能解决。”

本住处隔壁的那家，窗户上也有块标志：“拉伯恩侦查”。下面还有一行小字：“擅长处理家庭婚外恋。”“就是那个私家侦探，戴夫。”谢莉儿说。薇拉在想，是否还存在与家庭无关的婚外恋。（还有，戴夫知道肖恩和爱丽莎的事情吗？）

她们路过这片街区的最后一栋房子，大片蓝色绣球花在风中翻滚。“巴里和理查德。”谢莉儿说,“他们是同性恋,不过——这——没——什——么!”最后几个词从她嘴里蹦出来,似乎回环出了节奏感。转角处,她们给警车让路,警车闪着灯,却没有鸣笛。她们随即转向下一个街区。门窗上的小牌子多了起来:裱画框的、修电脑的,还有裁缝店。这些满怀着憧憬的小公司都挤在前厅或玻璃围出的门廊中。

后面的房子多半是实体店,熟食、干洗什么的,薇拉和谢莉儿右转,到了一片以住宅区为主的地方。“那边就是布里斯科路,帕蒂和劳丽住那里。”看到交通信号灯停下时,谢莉儿说,“她们太幸福了!她们奶奶的公寓楼里面有游泳池呢。”

“听起来是很幸福啊。”薇拉说。

“还有,她们都做过专业美甲。你能带我去吗?”

“哦宝贝,我不知道该去哪儿做。”薇拉说。

“她们的奶奶带她们去的。”谢莉儿说。

她把重音落在“她们”上,好像在说薇拉是她自己的奶奶一样,薇拉不禁有些美滋滋的,立即开始想象去哪儿给谢莉儿找一位美甲师。

“妈妈说我们没钱去做美甲。”谢莉儿边走边说,“我们只能自己来。”

“我也是。”薇拉告诉她。

“我们连头发都是妈妈自己剪呢。”

“啊,她剪得挺不错的。”薇拉说。

“你呢？”谢莉儿问她。

“我？”

“你也自己剪头发吗？”

“不呢，有人帮我剪。”薇拉说道。她都觉得自己应该为此道歉了。

“也有人帮你染头发吗？”

“嗯，他们会帮我打理一下。”

谢莉儿眯着眼睛细细打量。

“我的头发还没开始变灰，但有点儿褪色了。”薇拉告诉她。

“这没什么。”谢莉儿说。然后她又补充了一句：“你真的好美，在老年人里面。”

“哦，谢谢。”

“你九岁的时候也很美吗？”

“我九岁的时候？天哪，不呢。”

谢莉儿冲她微笑。

她们再次右转，开始朝家的方向走。飞机遇到了另一条狗，那条长毛小灰狗直接在人行道上兴奋地跳了起来，激动不已地大叫，但飞机只是冷冷地嗅了嗅，便转身离开了。那条狗的主人是一位驼背老妇，穿着一条黑色长裙。这似乎是老年人出门的时间，薇拉注意到，其他人都在工作。

回到她们那片街区时，薇拉问：“你认识街道那边的邻居吗？”

“不认识呢，我们都不认识，”谢莉儿说，“过了条街而已，那边的人就以为自己高人一等，觉得他们那边特别多元化，因为他们那儿有一户非裔美籍的人家。冲洗甲板的那家，他们儿子都在私立学校读书，虽然跟厄兰德差不多大，但他们都不屑于捉弄他。”

薇拉咂咂舌。

她们绕着环形路线走，所以现在从反方向回去。她们路过一户人家时，谢莉儿说那是哈尔家，前面的窗户上有张红色贴纸，写着“您可靠的安全居家保险代理人”，接着，她们路过考利家，再后面是厄兰德家。一个约莫二十岁的人从厄兰德家门口大步流星地走下来，皱着眉头，盯着手机——他个子不高，皮肤黝黑，肌肉结实，黑发很浓密。“乔爵士！”谢莉儿激动地喊道。那人抬起头，眉头舒展开来。“哦，嘿。”他说道。

乔爵士绝非薇拉想象的那种帮派小混混。穿的也不是皮裤，而是牛仔裤，停在门口的也不是摩托车，只是一辆镶着白色嵌板的卡车，车身上写着“四季暖通”。“塞尔焦·洛佩兹。”他对薇拉说，随即把手机塞进前面的口袋。

“哦，原来是塞尔焦。”薇拉说，这下她终于弄明白了[1]。

她的语气一定像极了女粉丝——准确地说，是像极了谢莉儿。塞尔焦悠悠地露出满意的微笑，从这一点就可以看出来。

---

[1] 译注：谢莉儿的“塞尔焦Sergio”，发音与“乔爵士/先生Sir Joe”相近。

“正是在下，美女。”他说道。

“薇拉。”谢莉儿坚持要纠正他。

“你妈妈怎么样了？”他问谢莉儿。

“还行吧，她今天在学用拐杖。”

“太可怕了。”他说，然后他转向薇拉，自以为是地用两根手指点着太阳穴敬了个礼。“回头见。”他对薇拉说，接着便悠然自得地向卡车走去，皱皱的皮靴发出沉重的嘚嘚声，腰带上的一圈铁链子当啷啷地响。

薇拉觉得这人很有趣。谢莉儿站在他身后狂热地行注目礼，嘴唇微张。连飞机也盯着他看。

“我们回家吧？”薇拉问。

谢莉儿叹了口气说：“回去吧。”

午餐后，彼得上楼等他的电话会议，薇拉和谢莉儿烤了一些花生酱小甜饼，打算给丹尼丝带去。谢莉儿有自己专用的特百惠饼干盒，饼干放凉后，她仔细地一层一层码进去。看到这一幕，薇拉一点儿都不感到惊讶。此时，薇拉正在查看邮箱，大部分是垃圾邮件，还有一封是圣地亚哥的一位老友发来的，宣布女儿出生。她一直在盼伊恩来信，嗯，也许周末会有。有时，伊恩周末会开车去某个小镇上，那时候他的手机就有信号了。薇拉写了一封简短的邮件，告诉伊恩自己在哪儿，以防他往家里打电话——不过他很少打。随后，薇拉又给妹妹写了一封内容差不多的信。就算薇拉和彼得几个月都不在家，伊莱恩也不会发现的，但薇拉依然想继续维持两人保持联系的幻觉。她就这一个妹妹，每次彼得问及她到底为什么要这样时，她都会这么解释。彼得只见过伊莱恩一次，是伊莱恩几年前路过圣地亚哥的时候,他说简直不敢相信伊莱恩和薇拉是一家的。“毫无魅力”，他拿这个词来描述伊莱恩。

彼得的电话会议出了点儿问题，好像是因为他们忘了彼得也要参加。问题最终还是解决了，但彼得却陷入薇拉所谓的“哼哼”情绪，他唧歪了好一会儿，抱怨在办公室引起一片混乱的那个小姑娘太无能。等他说可以去医院的时候，都快四点了——周五下午四点，人们都已早早下班了，三人到丹尼丝病房时，里面像是在开小派对，两位年轻女士在往塑料杯里斟酒，另一位略微年长的黑人女士站在抽屉柜前，她看起来像学校负责人，正往薄脆饼干上抹布里奶酪。“哦看啊，大家都来了！”丹尼丝开心地喊道，“这是彼得和薇拉！肖恩的妈妈。这是学校的金妮、莎伦，那位是我们校长安德森太太。”两位年轻女士只是面带微笑低声问好，安德森太太却转过身来，拇指和食指间夹着薄脆饼干。“哦，我特别喜欢见爷爷奶奶。这是我们的教学资源，你们有什么技能想和学生分享吗？”

“我们家不在巴尔的摩呢。”薇拉告诉她，轻巧地绕过了爷爷奶奶一说。“我们住在亚利桑那。”他们就这样跳出了安德森太太的雷达探测范围。金妮给他们各斟了一杯酒，谢莉儿在分她的小饼干。安德森太太提议大家敬丹尼丝一杯，祝她早日康复。但彼得连一小口都没抿，薇拉希望没人会注意。彼得放下满满的杯子对她说：“我去买张报纸。”

“我和你一起。”薇拉说。也许，路上能稍微安抚一下他的情绪。

薇拉放下自己的玻璃杯，和彼得一起走到走廊上。与丹尼丝的病房比起来，这里似乎更显宽敞宁静。向电梯走去时，彼得说：“你觉得她们中谁不能照看下谢莉儿吗？”

“她们都要工作，彼得。她们在谢莉儿的学校工作。”

“那也可以啊。”彼得不讲理地说。他按下电梯按钮。

彼得之前买巨人柱的礼品店其实就是楼下大厅里一片杂乱的凹室。这里卖报纸、名人杂志，还有一桶玻璃纸包裹的花束、一堆印着逗趣标语的马克杯……登记处后面的架子上摆着一排胡子拉碴的小巨人柱，跟彼得买的那盆一样。这些巨人柱晒不到太阳，连植物生长灯都没有。薇拉冒出一股荒唐的冲动，想把它们都买下来放生。

彼得买报纸的时候，一位身穿粉色法兰绒浴袍的大肚子孕妇走了进来，头发松散地垂在脸侧。她在店里四处游荡，满脸不快地盯着各种东西，一副心不在焉的样子。年轻的收银员小伙儿冲她喊道：“您需要帮忙吗？”

孕妇转过来瞪他：“为什么这么问我？”她严厉地问道。

“夫人？”

“为什么你觉得我要人帮忙？”

“夫人，我只是想问问您是不是要找什么。”

“你觉得我自己找不到？”她问道。

收银员满脸困惑地转向彼得和薇拉，薇拉同情地扬起眉毛，但彼得说：“咱们走。”他抓住薇拉的上臂，把她往门口推。

大厅里有一堆椅子和沙发，为方便人们聊天，摆成了一组一组的。彼得没往电梯走，却放开了薇拉的胳膊，瘫在了一张绿色乙烯基塑料沙发上。“我讨厌这个城市。”他说。

薇拉在他身边小心翼翼地坐下，她怀疑这坐垫不一定能承受自己的体重。“是因为刚才那个女的吗？”她问彼得。

彼得没回答。

“我不明白。”她说道。

“什么都讨厌。我讨厌热气，讨厌潮湿，这里人讲话听起来很凶……我不知道我们到底来这里是做什么的。”

“嗯？亲爱的，我们来帮丹尼丝几天忙。”

“我们都不认识丹尼丝呢！”

薇拉实在想不明白到底是什么让他如此沮丧。她开始细细回忆来这里之后发生的一切。她觉得自己一定忽略了某些重要线索。“是律所的事吗？”她问道，“是因为那个搅了你电话会议的人吗？”

“律所关你什么事？”

薇拉不吭声了。

“薇拉。”他说道，“我觉得你有点儿崩溃。”

“什么？”

他没说第二遍。

“我在想，也许是你有点儿崩溃。”薇拉终于说出了口。

彼得长吁一口气。然后，他用折起来的报纸轻快地拍了一下自己的膝盖，说：“唉，我们回那间奇幻小屋去吧。”接着他起身走向电梯。

薇拉也站起身来跟了过去。她感到胸口一阵沉闷。

电梯里，两人没有说话。他们在电梯的低声轰鸣中保持沉默，二层很快就到了，两人走出去。即便在电梯口，也能听见丹尼丝屋里那一片欢声笑语。

6

周六早上，薇拉被一阵电话铃声惊醒。不太可能会有人给她打电话，但电话响个不停还是让她紧张。铃声停下后，她依然无法放松——房间里的空调正开足马力地吹。她没听到是谢莉儿接了电话，还是打电话的人主动挂了。她躺在床上，眯眼盯着天花板，全神贯注去听。但楼下的声音还是无法穿透这永无止息的轰响。

抽屉柜上的老电子钟显示，快九点了。彼得的床是空的，被子掀开了，睡衣堆在床脚。柔和的金色光线从窗口照进来，并不是她习以为常的暗淡晨光。

薇拉坐起来，抚顺头发，两脚伸进拖鞋。她伸手拿和服睡袍时，彼得打开了卧室的门，探头进来。“你醒啦。”他说。

“我也不知道怎么睡了那么久。”她告诉彼得。

“丹尼丝刚打电话来了，医院说她今天就能回来。”

“哦，好消息啊！”

“她告诉谢莉儿医生看过后就可以走了。十点多的样子。”

薇拉站起身，系好和服的缎带。“那……你能开车带我们去吗？”她问道。

“我应该要去吧，我觉得。扶她上车，你们应该会需要我帮忙。”

薇拉如释重负，却不动声色。

“罗娜一上班，”他说，“我就给她打电话。”

哦，罗娜是旅行社代理。薇拉说：“也许我们应该等等。还不确定丹尼丝自己一个人行不行呢。”

“有什么行不行的？”彼得问，“她有谢莉儿，有邻居，天哪，只是伤了条腿而已。”

“没错，可是——”

“其实，我也许自己上网订票就好。”他说。

“哦，还是等罗娜来订吧。”薇拉说，“你总是跟我说罗娜很擅长升舱。”

“嗯，你说得没错。我等等吧。时区这玩意儿真是见鬼！”

彼得有时会说——她觉得应该是开玩笑——就算某些州要摸黑办公，全美国也应该统一时间。

至于丹尼丝能不能爬楼梯，薇拉很是怀疑,但尽管如此，她和谢莉儿还是换了丹尼丝屋里的床单，早餐后稍微整理了一下房间。谢莉儿开始霸道起来，先是一口咬定丹尼丝需要再加一个枕头，接着又清理了她梳妆台上的所有物品——按理说可以留在屋里的也不行，比如梳子和香水。“妈妈真邋遢。”她动情地说道。谢莉儿面颊上的螃蟹贴花已经褪色，变成了小小的橘色斑点。今天她穿了鼓乐队指挥的那种靴子，白色的，饰有流苏，还有平日穿的紧身短裤和紧身短上衣，露出了小肚腩。薇拉发现，自己对这孩子的率真甚是钦佩。

三人向车走去时，考利也在自己的院子中，轻快地向自己的车走去。考利冲他们挥手喊道:“丹尼丝怎么样啊？”

“我们现在去接她。”薇拉说。

“哦，代我跟她问声好，听见没？她需要从巨人超市带东西吗？”

“应该不需要吧，谢啦。”

考利抖了抖手指作别，钻进自己的车里。谢莉儿说:“我们应该给考利买一盆植物，谢谢她照顾我。”

“哦，这主意不错。”薇拉说。

“我告诉妈妈了，她说‘是啊’，但我担心她会忘。”

“我们可以帮她买。”薇拉说，“是吧，彼得？”

彼得只是“唔”了一声，随即打开车门。丹尼丝的车很旧，其实不锁也没事。薇拉坐前面，谢莉儿坐后面，谢莉儿把身体往前倾，说：“不过考利不喜欢我在她那儿，所以我觉得不用买太贵的。”

“要是这样，反而更应该买贵的。”彼得溜到驾驶座时说，“要是她乐意照顾你，什么都不给也没关系，像薇拉这样。”

薇拉转身想看看谢莉儿的反应，发现自己的鼻子几乎要和她的贴在一起了，谢莉儿扑闪着睫毛，一双眼睛正在打量她，表情似乎羞怯得出奇。“他说得没错。”薇拉说，“我愿意倒贴钱给你，很荣幸。”

谢莉儿小声咯咯笑着，坐回去系好了安全带。

去医院的路薇拉有点儿印象了——一排破旧的门廊，小小的泳池，堆满轮胎的院子，塔马库发廊还有弗雷德修理厂。天热起来了，开了一两英里后，彼得在倒车镜中盯着谢莉儿的脸，让她摇上窗户——他已经开了空调。谢莉儿照做了，这却没妨碍她继续说话，她正在畅想怎样开一家宠物图书馆。“你们知道，有些人不能长期养动物的，”她说，“比如，销售员经常出差，或总是不在家。这种人就可以来宠物图书馆，借一只可爱温暖的小狗或小猫养几天。”

“啊，这可要看运气了。”彼得告诉她，“想想法律责任的问题。”

“啊？”

“如果小狗咬人了怎么办？要打官司呢。”

“先让他们签合同，保证不起诉。”

“弃权？”彼得说。

“没错。”

薇拉说：“我倒是更担心宠物那边。你怎么知道借宠物的人会对它们好呢？”

“申请人得向我们递交三封推荐信。”谢莉儿立刻说道，“如果有人告诉我们，‘哎，我也不知道，这人算是个失败者吧。’我们就拒绝。”

“我倒是不担心失败者。”薇拉说，“有时候，失意的人才更需要宠物，而且会对它们非常好。”

“别理薇拉。”彼得告诉谢莉儿，“她心太软。”

“唉，这我知道。”谢莉儿说。

薇拉大笑起来。一瞬间，她好像回到了多年前儿子们还是小话痨的时候。

这时，医院停车场车更多了，兴许是因为碰上了周末。彼得只好把车停在后面一个新修的小停车场里，说：“你们两个去吧，我等你们带她出来。”

“你不来了？”薇拉问他，“有一会儿呢，你知道的。”

“没关系。我正好查查邮件。”

薇拉没有强求，从昨天起，她就更加谨慎了。“要是医生还没去，可别怪我们。”她边走出去边说。

但医生已经来过，都离开了。丹尼丝坐在轮椅里等她们，穿了套休闲装——一条白色牛仔短裙，一件系在颈后的露背装，还有一双坡跟凉鞋。她受伤的腿伸在轮椅抬高的搁脚板上，身后放着一副小巧的臂式拐杖。“你们怎么才来啊？”她立刻问道，其实也只是刚过十点，“我等了好久了！”她伸手去按床头垂线上的按钮，几秒后，一个声音问道：“什么事？”

“接我的人来了。”丹尼丝喊道。她松开按键对谢莉儿说：“手提袋你带来了吗？”

“哎呀。”谢莉儿说。

“谢莉儿！唉。”丹尼丝告诉薇拉，“我让她带一个手提袋装我的东西。”

她指的是床脚的那堆东西——杂志、字谜书、饼干盒、拖鞋、另一只鞋，还有一个米色的乙烯基塑料手袋。薇拉说：“哦，真对不起。我应该想到这个的。我们找护士要一个。”

“救护车里的那帮人又不是等我打包好才带我走的。”丹尼丝说。

谢莉儿打开抽屉，又重重摔上，接着又打开了一个小小的衣柜。衣柜里有一个青绿色的塑料床上便盆，装在透明塑料袋里，她利索地把袋子里的盆拿出来，放到床边，把丹尼丝的东西全都装进袋子里。薇拉完全被折服了，丹尼丝却说：“其实我想起来了。我要是愿意的话，可以把这个盆也带走。她们告诉我，病人离开后所有东西都会被立刻扔出去。”

“啊呀！太浪费了。”薇拉说。

“是啊，现代世界就这样。你来啦！”谢莉儿对走进来的护士说道。

“那么快就要走啦？”面色红润的红发护士问道，她身材娇小，穿着薰衣草色实习护士服，与她脸色相撞。“他们给你开处方了吗？”

“就一张，在我包里。”丹尼丝说，随后告诉薇拉：“他们要我吃止疼片，但我说：‘我不能吃止疼片！我会吐的。’”

护士咂咂舌，弯腰放开轮椅刹车。“你们的车停在哪儿了？”她问薇拉。

“在大门口等着呢。”

她们往门厅走去，谢莉儿拎着大包，晃得咔咔响。到了电梯口，护士按下按钮。“他们给我的用来走路的东西可不少。”丹尼丝对谢莉儿说。她扭头示意那副拐杖。“很可怕，不是吗？这玩意儿让我觉得自己像个老太太，我想要那种长长的经典木头款，否则人家肯定会觉得我在滑雪。”

“夏天滑雪啊？”谢莉儿问道。

“可以滑啊。”

电梯来了，护士转动丹尼丝的轮椅后退，把它用力拖进电梯。除了她们，电梯里只有一位老人家，病号服还不到他的膝盖。他仔细打量了谢莉儿一会儿后问道：“小姑娘，你怎么样呢？”

“我很好。”谢莉儿告诉他。

“你们有一大堆要忙活呢，我看出来了。”他说着冲丹尼丝点点头。

“就是嘛。”

丹尼丝瞪着他，谢莉儿坏笑起来。

到达一楼后，护士推着轮椅穿过门厅，推过自动门。彼得从车里出来，走上前和护士一起把丹尼丝安顿到后座上，薇拉则把拐杖和装着杂物的袋子放进后备厢。他们帮丹尼丝坐进后座时，她一直在喊“要命！”“该死的，真疼”还有“看着点儿！”坐下时，她猛地吐了一口气，护士帮她把受伤的腿扶直，她则慢慢往后滑动，直到完全坐上去。谢莉儿跟在她后面爬了进去，抬起丹尼丝的脚，放在自己大腿上。“谢谢你。”薇拉对护士说罢，坐到副驾驶座上。护士说：“祝你们好运！”薇拉在想，这话她是对所有人都说，还是看到病人脾气暴躁才对家属说。

彼得发动车子时，丹尼丝说：“天晓得我还要多久才能自己开车。”

“哦，你这是左腿。”彼得说，“这车是自动挡，你马上就可以开了，我觉得。”

“马上就开？不可能啊！我腿上这么大一片石膏呢！腿都放不进去！怎么开呢？”

无人回应。

让丹尼丝回多尔卡丝路,真是费尽周折。下车走进家门时,她一路倚靠拐杖,摇摇晃晃,不时倒在彼得身上,彼得勇敢地挣扎着扶她起来。薇拉尽力帮忙,却越帮越忙,有次差点儿从丹尼丝胳膊下面撞倒她一侧的拐杖。“该死的!”丹尼丝气喘吁吁地说道,“那个该死的理疗师!我只见过他一面,就一次。他们怎么就觉得我能用这些玩意儿了?”

还没走几英尺,厄兰德就出现了,依然戴着精灵帽,穿着千疮百孔的T恤,他只知道在路边摆手晃悠,不停说:“哦,糟了……哦,糟了……”

“快别说了。”丹尼丝告诉他。他说:“对不起啊,丹尼丝……”接着,又一个声音出现了:“要帮忙吗?”

是一个四十多岁的男子,穿着卡其裤,从考利家另一侧的院子走过来。丹尼丝用平平的调子对薇拉说:“这下好了。哈尔。”薇拉好奇地望着他,这一定就是爱丽莎那位郁郁寡欢的丈夫。

“我扶这边。”他宣布,这话令人宽心。丹尼丝冲薇拉扮了个哭笑不得的鬼脸。哈尔扶住丹尼丝没人扶的那条胳膊,和彼得一起扶她站直,向家门走去。可快走到门廊台阶时,丹尼丝开始呻吟。

“我觉得我上不去。”她说。

彼得说:“嗯,我们想想,现在……”

“等一下。”身后有人命令道。

谢莉儿说："乔爵士！"

薇拉转身看过来。今天他的确穿了皮裤，可能因为不是工作日吧。"站一边。"他对彼得和哈尔下命令，然后大步流星向前，一把抱起丹尼丝，轻而易举上了台阶，另两位男士手里空留着拐杖站在原地。丹尼丝从他肩头回望其他人，一脸震惊的表情，看起来有些滑稽。

"门。"乔爵士说道。

谢莉儿跳到门口给他开门，飞机像玩偶盒里的娃娃一样弹了出来，但看到丹尼丝后立即转头跑回屋里，认真地看着乔爵士抱她进来。乔爵士蹬着重重的靴子，"嘚嘚"地从门厅走进来，左转进客厅，把丹尼丝放在沙发上。丹尼丝"哎呀！"一声。乔爵士站回去，干脆利落地拍拍手。

谢莉儿说："妈妈这样子晚上怎么去卧室啊？"

她站在客厅过道上，把丹尼丝的大塑料袋抱在胸前。其他人围成一圈——彼得、哈尔、薇拉和厄兰德，现在本·戈尔德也来了，跟在他们后面步履蹒跚，说："她不能上楼。她没法安全地上楼梯。"

"嗯，我也觉得。"薇拉说。

"那我睡哪儿啊？"丹尼丝哀号道。

她坐在沙发上，两条腿向前伸直，飞机好奇地嗅着她的石膏。本走上前去，把她的脚放到沙发上让她躺下，她说了声"哎哟！"本说："谢莉儿，给妈妈拿几个枕头来。"

谢莉儿匆匆跑开，塑料袋还抓在手里。本对丹尼丝说:“我们得给你租一张病床。”

丹尼丝说:“我不用病床。”

“这没什么啊。你明白的，很多人租病床。”

“我不管，我会感觉很压抑。”丹尼丝说。

“不放在餐厅也不行？”

“怎么劝我都不行。”

“还有啊，”本说，“我们得想想便桶的问题。”

“恶心！”

“一两周就行了，等你换上行走石膏以后。”

“一两周？”彼得一脸沮丧地说。

丹尼丝说:“我就睡沙发，凑合着去盥洗室上厕所。”

“或者，”乔爵士说，“我每天晚上来抱你上楼。”

“绝对不行。”本说。

“为什么不行啊？”谢莉儿问，“他可以的，小菜一碟！”她已经回到了客厅，两只胳膊下各夹了一只枕头，崇拜地盯着乔爵士。

本却说:“现在她最要小心的是，别掉下来摔伤另一条腿。”

乔爵士耸耸肩，然后转向彼得。“嘿，”他说，“塞尔焦·洛佩兹。”

“彼得·布兰登。”彼得说，“这是我太太薇拉。”

“我见过她了。”乔爵士欣赏地冲薇拉扬起眉毛。

“如果把病床放在餐厅，”本固执地坚持，“即便有人来了，也不会看见的。”

“可我能看见啊。”丹尼丝说，“这让我感觉自己像个病人。”

“你就是病人。”谢莉儿对她说，“认了吧。”

丹尼丝怒气冲冲地瞪着她。“你听听这孩子的口气，”她对本说，“搞不好别人还以为妈妈们中枪是家常便饭呢。”

“可这是事实啊。”本说。他叹了口气。“好吧，你自己看。”

“这小姑娘有自己的主意。”乔爵士对他说。然后他又冲薇拉眨眨眼。

这时，哈尔转向彼得。“你是肖恩的爸爸？”他问。

薇拉僵住了。彼得说：“其实我是他继父。”

“我是哈尔·亚当斯，肖恩碰巧和我老婆私奔了。”

“很高兴认识你。”彼得愉快地说道。

薇拉也学彼得那样打招呼，向哈尔伸出手对他说：“我是肖恩的妈妈。”

哈尔犹豫了一下，但还是与她握了手。他双眼凹陷，下巴长长的，看起来闷闷不乐，和明顿太太的短腿猎犬倒是有几分相似，看起来像被推拉门夹过似的。

丹尼丝终于放松下来了，脑袋枕着一只枕头，受伤的腿搁在另一只枕头上。“不过有件好事。”她对着天花板说，“这里没有扩音广播系统，没人说：‘史密斯大夫，请快把这个死过去的家伙救回来。’这下我能好好睡觉了，耶！”

这在邻居们听来好像是应该告辞的信号。他们一个接一个地走到门厅，哈尔停留了片刻，试探性地拍了拍丹尼丝裸露的脚趾。丹尼丝烦躁不安地抽开了。“需要我的话随时打电话。”哈尔告诉她，“白天晚上都可以！我随叫随到。”已经走到门厅的厄兰德也说：“我也是，丹尼丝！”

丹尼丝只是回了句“哈”。

本问薇拉：“他们有没有给丹尼丝开处方？”

“有一张。”薇拉说，“我打算让彼得去拿。”

“我看看他们开了什么，也许我有样品。”

薇拉四处找丹尼丝的包，然后问谢莉儿：“那个大袋子你放哪儿了？”

谢莉儿跟在乔爵士和厄兰德后面，已经走到了大门口。她心不在焉地回头看了一眼说：“哦，呃，好像在楼上吧？”薇拉还是自己去拿了。“你还会再来吗？”谢莉儿问乔爵士，但薇拉没听到回答。

薇拉穿过楼上的过道时，听见彼得在客房里打电话。之前她并没有注意到彼得已经离开客厅了。“看看周一早上的吧。”他说，“直达的都行，不直达我们也能将就。”

她走到门口说：“彼得？”彼得正在两张床之间踱步，手机贴在耳朵上。“周一不行！”她尖声耳语道，“周一我们要和肖恩一起吃晚饭。”

“什么？等等，罗娜。”他放低手机，冲薇拉皱眉。

“丹尼丝也还需要我们呢，我几乎敢肯定。”她告诉彼得。

“如果她需要，我们再改变计划。”他说。但他不提肖恩那件事。

“那为什么现在就要订呢？”她问道。

不过，她知道这个策略不太妙。她绝不该和彼得发生正面冲突的。他说：“薇拉，我打电话呢。我们待会儿再商量。”然后又把手机贴到耳朵上。“不好意思，罗娜，你刚才的意思是？”

薇拉站在那儿，彼得没再朝她的方向看，她只好继续往丹尼丝的房间走。塑料袋在丹尼丝床脚，她在里面摸到了丹尼丝的包。返回时，她听到彼得说：“好，就订那个吧。”

本在楼梯下面等着。薇拉把那张处方从丹尼丝的手袋里拿出来递给他。“好嘞。”他说着，扶了扶眼镜，细细看起来，“常用抗生素而已，彼得不用去药房跑一趟了。”

“哦，谢谢你。”她说道。

但那一刻，她觉得这算不上给彼得省事儿。

7

丹尼丝说：“你不觉得谢莉儿对我受伤表现得有点儿冷血吗？”

“不，一点儿都不。”薇拉告诉她，“我一点儿都不觉得。”

她正在整理沙发上的床铺，将丹尼丝夜里揉皱的床单抚平。丹尼丝和她刚结束一段艰辛的旅程——穿过门厅走到盥洗室，现在，丹尼丝坐在轮椅里，拐杖靠在一边。

“好吧。那时候她站在院子里，”丹尼丝说，“她听到了一声巨响。她看过来的时候妈妈坐在地上，腿在流血。这难道不让人心疼吗？但她没有呢。哦，她没有呢。她居然说出了这种话：‘那我晚上能住乔爵士家吗？’”

“她比较理智，仅此而已。”薇拉告诉她，“她看出来你肯定会没事的，所以从容不迫。”

这么说好像还不足以说服丹尼丝。

薇拉觉得，丹尼丝应该更担心其他事情。比如谢莉儿对乔爵士的迷恋，还有她对肖恩的想念。这个孩子感觉到，自己生命中缺了一位男性。有时，她似乎也缺乏母爱——大部分妈妈是不会像丹尼丝这样指望一个九岁的孩子自己照顾自己的。但丹尼丝继续说：“大部分孩子遇到这种情况都该做噩梦了。他们会急着问妈妈是不是平安无事。他们会因为妈妈的伤痛感到难过，而不是在妈妈偶尔抱怨的时候翻白眼。”

薇拉忍不住露出微笑。的确，谢莉儿对丹尼丝的抱怨呻吟没多少耐心。

“她只有我！”丹尼丝说，“如果我被打死了，她该去哪儿呢？我真的不知道！”

薇拉说：“那……她爸爸呢？”

“哦，他啊。”丹尼丝轻描淡写地说道，“她爸爸都不知道她存在呢。”

“哦。”薇拉说。

“有天晚上喝了太多阿姆斯特尔淡啤酒，我大二那年。”

“你那时候在上大学？”薇拉问道。

“在陶森学院。你似乎很惊讶。”

“不，不，我是说……过得一定很不容易。”

“就是那样，该死的，真不容易。”

薇拉折起一张床单，向轮椅走去，帮助丹尼丝站了起来。昨天她们想了一个对策：薇拉面向丹尼丝伸出两只手，丹尼斯紧紧抓住站起来。然后薇拉带着她向沙发后退——几步之遥，用不着拐杖。

“我总是有点儿稀里糊涂的。”丹尼丝一坐进沙发就说，“怀孕五个月时我才发现，那时候太晚了。”

在薇拉看来，这绝不仅仅是“有点儿稀里糊涂”，但她还是默默弯腰，抬起丹尼丝的脚，把它们放到沙发上。丹尼丝叹了口气向后躺，把床单盖在身上。她穿着宽松的短裤和超大的T恤——白天晚上都穿同一套。这是前一天晚上睡觉前，她和薇拉商定的。

“我当时想：先要孩子，然后再读完书。”丹尼丝对着天花板说，“但行不通。”

“我也是。”薇拉说，“我怀上肖恩的时候辍学了，我想着他出生以后，我很快就能回去接着读完。但结果一直待在家里，直到两个儿子都长成小伙子，才有机会完成学业。”

“唉，可这很不一样呢。”丹尼丝说。

因为薇拉用不着自力更生，她是这个意思。况且当薇拉决定重新拾起学业时，资金充足，没什么好担心的。正如丹尼丝所说，的确毫无可比性。

彼得和谢莉儿出去买午餐要吃的菜，这是他们今天早上跑的第三趟。有事可做，彼得好像开心一些了，谢莉儿喜欢跟在他后面。（又是跟着一个男人。）

其实他早已预订好周一的机票，哪怕这趟班机需要在丹佛转机。他就是那么迫切地想要离开。尽管丹尼丝仍需要帮忙，谢莉儿尚小，无法独自打理家务，邻居中也没有谁能够担起全部责任，但彼得满不在乎。

此外，丹尼丝早餐后给家人打电话，也没怎么提到自己的情况。“哦，还不错。”她想让他们放心，“都很好！”显然，她不指望这些亲人照顾她。

薇拉说：“我真希望我们不用明天就动身，我担心你行动可能还不方便。”

“我也希望你们别走。”丹尼丝说，“但是，嘿，你们有自己的生活啊。”

“算不上吧。”薇拉说，“我没有。按理说，彼得应该退休了，或者说差一点儿就退休了。但情况是这样的：让他现在退休，他就是放不下。”

“唉，男人嘛。”丹尼丝说。

“没错。”

有时，薇拉感觉自己生命中有一半时间是在为某些男人的错误道歉。应该说,是她生命中的一大半时间。先是德里克，然后是彼得，他们总是迎头往前冲，留薇拉在身后尾随，收拾残局，道歉解释。

“该死，我忘了把冰激凌写到清单上。”丹尼丝突然说道。

“我给他们打电话？”

“不用啦，谁想加卡路里啊，对吧？”

“我给他们打电话就好。”薇拉说。她走向门厅拿自己的包。

“跟他们说要薄荷巧克力碎的,但不要绿色那种,听见没？我喜欢白色那种，没有人工色素的。”

“白色薄荷巧克力碎。”薇拉说。她拿出手机，拨通彼得的号码。

“怎么了？”他说。薇拉听到他身后传来收银台扫码仪的哔哔声。

“丹尼丝想让你们带点儿冰激凌回来。”她告诉彼得，“薄荷巧克力碎，白色的那种。”

“白巧克力？”

“白色冰激凌。”

“好。”他说，“我们已经在排队了，不过没事。”

“对不起。”

“没事。”

他现在和气多了，那么早就让薇拉跟他回去，他有点儿过意不去。薇拉一眼就能看透。

“谢莉儿知道是哪个牌子。”薇拉挂了电话之后，丹尼丝说道，“那孩子可不喜欢查克芝士[1]，我跟你说。”

“查克……”

“也不吃麦当劳或汉堡王。谢莉儿只喜欢红龙虾餐厅。”

“啊。”薇拉说。

“我不知道她跟谁学的。”

“嗯，你看，你就不喜欢有人工色素的食物。”

“我是怕得癌症。”

“总之不吃。”薇拉说。

“不管怎样，我真不该吃冰激凌。我躺在这里没法运动。”

“哦，我总是觉得紧张、疼痛和焦虑比运动更耗卡路里。”薇拉说着，把手机滑进包里。

丹尼丝说：“是啊，但你那么娇小，骨架也小。你新陈代谢跟我完全不一样。还有，你都结婚了，不用紧张了，我还没。我还在物色呢。”

“真的？你很想结婚？”薇拉问她。

---

[1] 编注：Chuck E. Cheese's，美国连锁餐厅品牌，融合了美式快餐、游戏和娱乐于一体的主题餐厅。

“当然啦，你开玩笑吧？人就应该结婚，就应该两两一对走过这个世界。”

这不是《我们的小镇》里面的台词吗？薇拉记得有这句台词，那时妈妈在剧中扮演舞台监督。她当时还小，却已经开始体会其中真意了。

她小心翼翼地问：“那……你和肖恩考虑过结婚没？”

与丹尼丝初次见面，她就在想这个问题了。丹尼丝和肖恩的大部分女朋友都不是一类人——不是那种高中啦啦队队长或大学姐妹会成员，那样的女孩时而彬彬有礼，时而活泼大胆，薇拉实在看不出她们的真性情。

“我是想过。”丹尼丝说，“肖恩可不一定。”

“哦。”薇拉伤心地说。

嗯，这也无妨。

下午，考利带了一罐火腿来访。“不好意思，我厨艺一般般。”她说着，把火腿递给薇拉。她穿了一条讲究的裙子，还佩戴了不少首饰，一进客厅，她就说早上去了教堂。“我替你祈祷了。”她告诉丹尼丝，“我说，‘我邻居丹尼丝中枪了，她女儿还是个依赖人的小孩子。’”她走向轮椅,重重地瘫在里面。

“实际上，我算不上小孩，应该说是快到青春期的孩子。”谢莉儿说。她盘腿坐在地毯上，抚摸着飞机。

“你看起来不像快到青春期。”考利对她说。

“等一月份，我就十岁了。还有，我不依赖人。”

“唉，随你怎么说。”考利淡淡地说道。薇拉发现，考利的头发在日光下是深深的金黄色，让脸更显老。她不停用手指拨开丝丝缕缕的卷发，好像对它们很不满。“你感觉怎么样了？”她问丹尼丝。

“我要疯了。”丹尼丝说。

“那就开电视，我真不懂你为什么不开电视。”

“我看电视看到快要斗鸡眼了。”

“想来一杯冰茶吗？”薇拉问考利。她想找个借口离开，但考利说：“不了，谢谢。你那个帅老公去哪儿了？”

“哦，就在附近哪儿吧。”薇拉说。其实彼得在客房吹空调,但她不想承认。薇拉说：“我还是……”她举起火腿罐示意，随后便逃进厨房。

她把火腿罐放在柜台上，看了看窗台上她那盆小巨人柱的土壤。然后她的目光移到了隔壁家后院，厄兰德正无所事事地用拍子颠羽毛球。另一侧的后院中，明顿太太单手扶着助行器站着，费劲地把衬裙往晾衣绳上搭。

谢莉儿走进厨房说：“薇拉，你明天就要走吗？”

薇拉转过身。“按理说是的。”她说。

“我觉得我还不够强壮，一个人没法儿扶妈妈去盥洗室。”

薇拉细细打量了她一番。“我也觉得你不行。”她说。

“我还要买东西什么的，还要做饭。”

“嗯，”薇拉说，“也许我应该问问彼得能不能改下行程。”

这样说本应足够，但谢莉儿依然满怀期待地望着她，薇拉只好补一句：“我还是现在就去问吧。”但她并不看好这次谈话。

离开厨房后，她听见考利对丹尼丝说：“没有他你过得更好，我觉得。摆脱达尔文以后，好像压在我胸口的大石头被拿掉了。自由啊！新鲜空气！我感觉吧，男人的重量被高估了。”

薇拉停下来，想听丹尼丝怎样回答，但没听到——只有考利吐气的嗖嗖声。她肯定又在抽烟了。实际上，薇拉能闻到烟味。路过客厅时她瞟了一眼，正好瞥见考利在向那株喜林芋里弹烟灰。

爬上楼梯，就像爬进了另一种气候带，越来越热。但客房门一打开，冷风扑面而来，空调的轰鸣声不绝于耳。彼得脱了鞋靠在床头板上，读着《时代周刊》。他抬起头问：“下面一切都好吧？”

“考利来了。”她告诉彼得。

“很好。”他说着，继续读杂志。

“彼得，”她说，“我在想我们也许还不能走。”

一开始，他继续看报，似乎不准备回答。但随后他却目不转睛地盯着报纸说：“我不同意，说实话。”

“但我真的不知道她俩无依无靠的该怎么办。”薇拉说。

“她俩不是无依无靠的。她们有邻居呢。还有丹尼丝的同事呢。”

“可那不够。”她对彼得说。

现在，彼得终于正眼看她了。“我是这么想的。”他说。

薇拉又开心起来了，可彼得接下来说的却是：“丹尼丝可以打电话找家政公司啊。雇人帮忙。”

“你知道她付不起的。”

“所以呢？也许你可以帮她请，如果只是一两周的话。”

“好的。”她说，“但是……”

薇拉对这个结果并不满意。尽管她知道这个方案也许的确更现实，但就是不够畅快。

“小家伙儿，”彼得最后说道，“听我说。”

她强迫自己迎着彼得的目光看过去，边看他边扭着自己的手表带。

“这到底是怎么一回事，你心里知道的。”他说，“你两个儿子都长大了，远走高飞，不管怎样，他俩都令你失望——”

“令我失望？！”她喊道。现在她不扭自己的手表带了。“他们没有令我失望！”

“唉，他们跟你没什么关系了，我们这样说吧。”

“有关系！我们明晚本来要和肖恩一起吃晚饭的！”

“薇拉，你没跟他取消吗？”

她沉默了。

彼得说：“共进晚餐是你的主意，不是他主动提的。至于伊恩——唉，面对现实吧，他几乎不联系你。”

“因为伊恩总是在没有信号的地方工作，所以很少联系！他一回文明社会就打电话。哦，你这么说是因为你自己没孩子。”她对彼得说，“孩子会长大的，他们应该长大。还有，他们是男孩，你不能指望他们成天绕在身边叽叽喳喳个不停，你知道的。”

“无论如何，”他说，“这还不是因为你怀念当妈妈的日子吗？我能理解。但现在这么看：你有我了。我们两个人可以自由享受金色晚年了。”

他说出这些词的时候带着讽刺意味，但薇拉没笑。

“比如，”彼得说，“我跟你建议过好几次，练练高尔夫。”

“我试了。”薇拉说。她甚至还上过几节课，买了一堆免烫迷你运动短裙和后面有小毛球的白色棉袜。

“但你放弃了。”他说。

“因为我根本就找不到感觉！不擅长运动，这不是我的错！不管怎样，”她感到被彼得带跑题了，所以说，“如果你坚持明天就走，我也许会自己留在这儿。”

她停下了，但彼得什么也没说。

“你自己回去，我先留在这儿，”她说，“等丹尼丝方便自己走动为止。本说她很快就能换上行走石膏了，然后她就能——”

“哪个本？”彼得问道。

“她的邻居，彼得。那个医生，记得吗？换上行走石膏她就能上下楼梯了，那时候我就能安心地回去了。”

糟糕的是，她立刻想起，本说了还要过一两周时间。但她觉得，还是不要提醒彼得为妙。

彼得说:“好吧，薇拉。如果你真想那样的话。”

然后他又继续读杂志。

薇拉站了一会儿。她有些不知所措。彼得还真的忍心让她自己一个人留在这里打理一切?

最后她说:“所以能不能麻烦你帮我取消机票?”

彼得只是点点头，又翻过一页。

她走出屋子，关上门。热浪打在脸上，像一块热毛巾盖上来似的，但下楼时渐渐凉了下来。

客厅里，丹尼丝正在把一根拉直的金属丝衣架滑进石膏里面。“给我做手术的医生说我比较走运。”她边挠痒边对考利说，“他说还有一种情况，是子弹会反弹到身体里面。‘走运!’我说，‘你说这是走运?’”

考利把脸侧到一边吐气，然后用一只手扇两下，去烟味，显然没什么效果，不过抽烟的一般都这样。“都这样。”她说。至于她讲的是手术医生都爱说病人走运，还是大家普遍都爱这么说，薇拉就听不出来了。

考利还没走，本·戈尔德就和明顿太太一起来了。薇拉为他们打开纱门，接着后退，把拖着腿的明顿太太让进来，本跟在后面看护。她已经将助行器留在门廊台阶底部了，显然这只是用于辅助平衡的。她不时自言自语道:“小心啊，得小心。”她穿着还没遮到膝盖的短裙，似乎很不合适，青一块白一块的小腿露了出来，无袖衬衫也露出了青筋直暴的胳膊。她没穿居家服，薇拉还是头一次看见。

一进客厅，她便停下来细细打量丹尼丝。“哇，你看起来很健康。”她说。

“我是很健康，”丹尼丝告诉她，“除了这该死的腿哪儿都好。谢莉儿，把那张椅子抽出来让明顿太太坐。”

“中枪是什么感觉？”明顿太太问。她正在向扶手椅慢慢走过去，本还在她后面看护着。“我一直很好奇。”

“刚开始什么都感觉不到，就像颠了一下似的。但现在痛起来一阵一阵的。这种痛好像跟重力有关系，站起来马上就从腿上消失了，溜进脚后跟里。”

明顿太太“啧啧”两声，抓着本的手坐进了扶手椅。“你一定帮了妈妈不少忙。”她对谢莉儿说着，猛拉了下自己的短裙。

谢莉儿说了句“没错”，然后跪在飞机身边，挠他的耳后根。

“有人想喝冰茶吗？”薇拉问，但明顿太太说:“不用啦，谢谢你亲爱的。”本说着“我也不需要，谢谢”，便坐进了摇椅。

“你丈夫呢？”明顿太太问薇拉。

“应该在楼上收拾行李呢。”薇拉说，“他明天早上就得回去。”

谢莉儿和丹尼丝都看着她，丹尼丝说:“你不回去吗？”

“我想着再多待几天，如果你同意的话。”

谢莉儿长长吐了口气，轻声道：“好啊！”丹尼丝说：“哦天哪，按理说我应该劝你，不过天哪，谢谢你了，薇拉。”

“哦，没关系的。”薇拉说，“我在家也没什么急事。”

“但你最好别忽略你丈夫。”明顿太太沉重地说。

“几天而已。”

“你得珍惜他。”

“哦，我珍惜呢。”薇拉向她保证。

“就拿我说吧，我丈夫许多年前就去世了，但很久后我才意识到，当初自己要是能更在乎他就好了。他死在了葛底斯堡。”

薇拉愣住了。“是……内战时期的葛底斯堡战役？”她问。

“就是那个，他喜欢穿南军军装，参加重大战役，这次本来设定他被打死，但是装死后他没爬起来，其他人发现他心脏病发作死了。”

“历史重演爱好者[1]。”本对薇拉说道。

“是啊，天哪。”薇拉说。

“但这是他想要的死法，这对我来说是一种安慰。”明顿太太说道。

“但还是让人心痛。”薇拉说。

---

[1] 编注：re-enactor，历史重演爱好者。文中明顿太太口中的葛底斯堡战役，实际上指代的是盛行于美国的内战重演活动，许多历史、军事爱好者出于缅怀先辈等目的，会组织战役重演，像当年的内战士兵一般穿着、扎营、煮食，甚至“阵亡”。

“我自己在那栋房子里游荡，丈夫不在了。街道这边的人都是自己一个人，大家好像都是一个人过。”

“我和妈妈不是。”谢莉儿说，“还有乔爵士和——”

“我是说没有小两口。”明顿太太说。她开始掰手指算，“哈尔的太太离开他了，考利离婚了，戴夫离婚了，本的太太去世了……巴里和理查德结婚了没？”

“据我所知还没。”丹尼丝说，“巴里和理查德是同性恋，”她告诉薇拉，“这——没——什——么！”

“所以每次看到丈夫在身边的人，”明顿太太说，“我都会说‘珍惜他，听见没？趁他还在身边，珍惜他’。”

薇拉说：“我失去过前夫。”

丹尼丝也许已经知道了，但其他人看起来都很好奇。她告诉他们：“肖恩上大学之前，他爸爸出车祸走了。”

“嗯，那……”明顿太太满意地点头道，“那就用不着我说那有多痛苦了。”

“没错。”

“有时候早上起来摆餐具，然后自言自语‘哦天哪，我好像摆了两人份’。”

“是啊。”薇拉说。她实际上没有这样的经历。但她理解明顿太太的意思。

“晚上坐着时就会想‘还没到睡觉的点儿吗？’，然后看看钟，还没到七点半呢。”

"还会自言自语。"本坐在摇椅上插话，"你说'唉！我该给自己做点儿吃的了'，声音听起来却好像锈了一样，因为很久都没用过了。"

薇拉望望他。他抱歉地耸耸肩，好像是一不小心插嘴了似的。"丽兹走了有十七年了。"他告诉薇拉，"我就一个儿子，在乌干达。你说我为什么要继续在傻乎乎的小诊所开处方、说是在行医呢？我需要一直见到人。"

"他儿子是'无国界医生'。"明顿太太告诉薇拉。

"哦，那很棒啊。"薇拉说。

"不过他在地球另一边。"本说。

"嗯。"薇拉说。接着她又说："我爸爸跟我说过，妈妈去世以后，他就把日子切分成一个个独立的时间。比如，不担心下半辈子该怎么过，只是享受电视上正在播放的棒球比赛。"

"要是管用，还真不错呢。"明顿太太说。

"没错，要是管用的话。我不知道，对我就不起作用。我觉得我不是活在当下的料。"薇拉说，"现在也不是，我度假的时候还会一直想烤箱有没有关掉，担心回去以后还能不能维持亲密状态。"

丹尼丝笑了起来，她说："哎哟喂，我只会想怎么把旅程拖得更长一点儿。"

"看到了吧？"薇拉说，"你天生就会。"

随后，明顿太太说："本，我得回去了。我得回去给我的非洲堇浇水了。”本拍了一下大腿站起身来，扶明顿太太从座椅上站起来。

晚餐本来说好彼得做烤鸡，但他没有掐好时间下楼预热烤架，薇拉直接用烤箱烤了。等薇拉喊大家来吃饭时，彼得也没说什么，只是坐下来，把餐巾铺在腿上，脸色阴沉沉的。尽管他自诩切鸡肉是他的绝活儿，也任由薇拉来了。显然，他又处于“哼哼”的情绪中了。

既然一共四个人，那就在餐厅里吃了。早上，本拿来一把带轮子的办公转椅给丹尼丝坐，这样一来，就连谢莉儿都能把她从沙发推向餐厅或角落里放电脑的小桌子了。据本说，椅子的扶手是一种安全设计,但晚餐时丹尼丝却抱怨它很碍事。“比如说，我要是想从沙发挪到椅子上去，它们碍我事儿，懂我的意思吗？”她问，“所以我在想能不能把它们卸了。”

她看着彼得。她等彼得回答。“该把螺丝拧掉还是怎么着？”最后，她提议道。

“我也不知道。”彼得说。他叉起一块鸡肉开始嚼。

丹尼丝看着薇拉。

“吃完饭我来试试吧。”薇拉告诉她。

彼得又叉起一块鸡肉。

对话主要靠谢莉儿在撑着。帕蒂和劳丽明天就能回家了，所以她特别兴奋。“我真是等不及了。”她说，“帕蒂总会想出最棒的玩法！我和劳丽总是懒洋洋地坐着，实在想不出什么可以玩的了，帕蒂却会说‘我知道啦！’，然后给我们表演她新学的扑克魔术，或给我们看她手机刚下载的应用程序。等她长大了，她要当一个游戏竞赛节目主持人。”

“那孩子太成熟了，我觉得。”丹尼丝对她说，“我简直不敢相信，她跟我们一起去看电影的时候会穿成那样。”

“那套衣服超棒！”

“看起来是想勾引人。”

彼得意味深长地盯着天花板。

“俗气的尼龙上衣，”丹尼丝告诉薇拉，“只遮了一边肩膀。露半边肩膀看起来像什么样儿呢？就像是‘哎哟，刚有人想把我衣服扒下来’。短裤也太短了，口袋垂在屁股上，漆皮高跟鞋。带跟的啊！十一岁的孩子！穿成这样去看电影！”

“那是踢踏舞鞋，”谢莉儿告诉她，“跳舞用的。”

“哦，我误会了，请原谅。看皮克斯动画电影，大家要一起跳舞，这可是常识。”

“还有人想再来点儿鸡肉吗？”薇拉问。

无人回应。

薇拉开始头疼了。

和谢莉儿一起洗完盘子后，薇拉看了看办公转椅，觉得可以把扶手拆下来。“你们家有十字螺丝刀吗？”她问丹尼丝。

丹尼丝说:“嗯，如果有，应该在杂物抽屉里，我记得是。”

听起来没什么希望，但薇拉还是在纠缠着一堆工具、强力胶带还有相框、铁丝等杂物的抽屉里面翻翻拣拣。不经意间，儿子们出生后父母来访的一段记忆浮现在她脑海中。爸爸常会发愁地摇着头，走到她跟前。“我觉得你客房厕所漏水了。”他会这么说。“但也许我能修好。”或“不知道你们有没有发现，食品储藏室的门歪了。我来修一下吧？”这就是他表达父爱的方式，薇拉懂的。虽然她会默默叹气，发现家里面又有什么没打理好，但还是会为父亲的努力而感动。

现在，摇头悲叹杂物抽屉杂乱不堪、好容易才翻出一把十字螺丝刀跪在办公转椅边上修修补补的，是她。

刚看完《60分钟》，彼得就准备睡觉去了，说叫了早上五点的出租车。他倒是向丹尼丝道别了，也说了祝她早日康复，还跟谢莉儿说要照顾好妈妈。丹尼丝说:“嗯，谢谢让我们借你太太，听见啦？”

但彼得并没说不客气。

接着，丹尼丝、谢莉儿和薇拉玩了几轮“我怀疑”——丹尼丝坐在沙发上，谢莉儿坐在地板上，薇拉把摇椅拖到咖啡桌边上，坐在里面。结果薇拉发现，如今人们已经不说“我怀疑”了，而是说“少废话！”。第一次，薇拉试着虚张声势，谢莉儿喊道:“少废话！”薇拉惊得张大了嘴。她瞟了一眼丹尼丝，丹尼丝依然吹着粉红色的泡泡糖，继续研究自己的牌，薇拉只好适应。不过，当她自己怀疑别人虚张声势时，只是清清嗓子，谢莉儿和丹尼丝都觉得这特别好笑。

此后，谢莉儿上楼睡觉，薇拉去遛飞机，然后帮丹尼丝安顿好在沙发上入睡，与她道晚安，最后自己再爬上楼梯。

她先去卫生间洗漱，接着蹑手蹑脚地走进客房，尽管空调不停地发出轰鸣声，她可以尽情弄出各种声响。灯全部关了，彼得要么睡着了，要么就是在装睡。她有点儿期待彼得提议，最后一晚睡到他的身边，但没有也没关系。她在黑暗中脱衣，在自己的床上睡下，盖紧毯子，抵御空调吹出的冷风。

她原本担心自己会难以入眠，但白天的紧张已经把她折磨得筋疲力尽。再次睁开眼时，彼得在昏暗的光线中四处走动收拾行李了。然后他溜出房间，出门时旅行包蹭在了门框上。她躺着，想象彼得在卫生间刮胡子、穿衣，想象他下楼、走到街上等出租车。不过，她当然只是猜测而已——空调开着，根本听不见这些。她好像被关进了一只盒子里——密不透风，她开始感到一丝丝恐惧。我在这里做什么？她想道。我到底在哪儿？

她终于鼓足勇气去关空调。空调抖了一下，静止不动了。她走到屋子那边打开另一扇窗，然后又爬回床上。房间里回响着蝗虫扇翅膀的声音，伴随着远处救护车的鸣笛声。几分钟后，她听见一辆车停了下来。两人稍作交谈后，车门打开又关上，车开走了。

只剩蝗虫的声音。它们窸窸窣窣、来来回回，好像有人在用砂纸磨木头，停一会儿，再继续磨。

8

肖恩来邮件了，上面写着："嗨，妈妈，今晚六点安东尼餐馆怎么样？"

"好啊，"她回信道，"但先跟你说一声，就我一个来。"她这么说，是希望肖恩能来接她。她早餐时回完邮件，就和谢莉儿带飞机去遛弯儿了。也许等她们回来，肖恩就回了。

这是一个美丽的清晨，几位邻居都在外面——明顿太太又靠在助行器上，催她家狗上厕所；乔爵士在冲洗他的卡车，看到薇拉却停下来，露出魅惑的微笑；侦探戴夫瞪着一堆杂草，满脸怒容。戴夫是个大腹便便的男人，穿着一套皱皱的运动服。前一天，他给丹尼丝送来一大袋乌兹薯片，薇拉已经见过他了。现在，薇拉冲他挥挥手，但他却垂头丧气，好像被困雨中的鸟儿。"他心情不好。"谢莉儿对她说，"周一他心情一般都不好。"

"周一怎么了？"薇拉问。

"周一他的Facebook就不再响了。"

"Facebook？"薇拉说。

“大家不需要他去跟踪谁了。”

薇拉大笑起来。

“这有什么好笑的？”谢莉儿问道。

“哦，我也不知道呢。”薇拉说。

她感觉今天无忧无虑的。当然，彼得不在是有点儿不习惯，但她至少可以在户外想待多久就待多久了，不用担心彼得会感到被冷落。

回到丹尼丝家中后，她查了邮件，但没有肖恩的回信。伊莱恩倒是发了点儿什么——一张照片，上面是一座尖顶山峰，在一圈缭绕的云雾之中。她就是这样子。伊莱恩觉得大家都想看她去了哪儿，从没想到别人也许想看她。她连文字信息都没写，只在主题栏写了“阿拉纳山”。

薇拉在谷歌搜了下安东尼餐馆的地址，要是不得不自己开车去，多少也有点儿心理准备。她看了下地址，在陶森。她只知道陶森在巴尔的摩北边。她走进餐厅，丹尼丝正在玩电脑。“我今晚去和肖恩吃晚饭，可以借你的车开吗？”她问。

藏着掖着毫无意义，她想见儿子是人之常情。

丹尼丝眼睛都没从屏幕上抬起来，说道：“随便用。”

薇拉和谢莉儿遛狗时，丹尼丝已经自己从沙发挪到了办公转椅上。她只用一只脚就把自己推进了餐厅，她自豪地宣布，自己是用手扶着墙和家具过去的。可见，她的确日渐好转。

“我们会在陶森的这个地方见面。”薇拉告诉她，“等你忙完，我能在你电脑上查一下路线吗？我不喜欢在手机的小屏幕上看地图。”

丹尼丝终于正眼看她了。“陶森哪里啊？”她问。

“安东尼餐馆。”

丹尼丝扮了个鬼脸。“这真……真是意料之中啊。”她说，“要不是我带他去，他才不会知道这个地方。”

“哦天哪。”薇拉无助地说。

“等着看他点什么吧。肯定是蟹肉碎。我先点的，我让他尝尝，结果他全给吃了。”

“真气人。”薇拉说。这的确气人，她一阵尴尬，为肖恩感到脸红，这种感觉非常熟悉。

“不过不管怎样，”丹尼丝说着，在键盘上敲了几下，然后指着屏幕上的一个小点说，“地图在这，看看吧。”

薇拉弯腰从丹尼丝肩头看过去。路线相当清晰，连她都能看明白。先向西，再向北。但陶森这座城市就像一座迷宫，小街道错综复杂。

丹尼丝的头发散发着洗发水的气息，闻起来像碰伤的水果，是昨晚薇拉在厨房水池里帮她洗的。薇拉本来不喜欢这种气味，可在丹尼丝身上闻起来却还不错。

“也许肖恩会开车来接我，”她说，“但我觉得还是准备一下，以防万一。”

“为什么不直接问问他啊？”丹尼丝说。

“哦……”

“她也去吗？”

没必要佯装不知道丹尼丝指的是谁。薇拉说:“我觉得也许会吧。”

“好吧，跟她说我希望她心满意足了。”丹尼丝说道。

一想到要说这话，薇拉就笑了起来，丹尼丝迅速扫了她一眼，还是勉强地微笑道:“要是说不到这个事情，还是别说啦。”

整个早上，薇拉有一部分心思好像跟着彼得一起向西飞了。这会儿，他飞过平原了吧；这会儿，他在丹佛落地了吧。她知道彼得在换机前会稍作停留，所以她在想，那时他会不会打电话过来，但她并不真心希望他打。

谢莉儿的朋友帕蒂和劳丽来玩了。三个女孩走到杜韦恩熟食店买了三明治回来当午餐，还给大人带了烤牛肉的，自己吃潜艇三明治。她们带上自己那份去露台的桌子上去吃了，薇拉和丹尼丝在厨房吃。坐在厨房里，薇拉都能听到帕蒂和劳丽争先恐后地尖声描述度假生活——和傻乎乎的堂亲们一起参加睡衣晚会，看了场恐怖电影，阿姨还带她们去大商场买耳环。她没怎么听到谢莉儿的声音。她本以为女孩们会讨论丹尼丝中枪的事情，但她们并没有。女孩们端着空盘子回来时，帕蒂被丹尼丝伸出的打石膏的腿绊倒了，丹尼丝龇牙咧嘴地说:“看着点儿！”帕蒂只是含糊地说了句“对不起”,就继续往前走了。

她是姐姐，的确穿着紧身衣——平平的胸口穿着平行绉缝抹胸上衣，还有之前丹尼丝抱怨过的超短裤——但薇拉看不出来这姐妹俩有什么危险，她们只是两个精瘦结实的金发小姑娘。

午餐后，她们三个上楼去谢莉儿房间了。听声音，她们是在砸楼梯，而不是爬楼梯。头顶传来碰撞剐擦的声音，好像在重新摆家具。她们接着又玩了一个游戏，不停争执，不停修改规则，然后某种音乐响了起来。“一定是帕蒂的手机。”丹尼丝说着，又扮了个鬼脸，“居然有人会给十一岁的女孩买手机，你信吗？”

薇拉说：“但她们好像玩得挺开心的。”她仰起头听，“从远处听，孩子的声音都差不多，这不是很有趣吗？我敢打赌，在非洲，孩子们取笑别人时也会说‘啊呀呀’，说‘不公平！’的时候也会用很尖、很崩溃的声音。”

“我敢打赌，帕蒂要教其他人跳脱衣舞。”丹尼丝说。但薇拉笑了起来，丹尼丝也挤出了一个局促的微笑。

随后，薇拉拎了一篮洗好的衣服上楼，穿过走廊时，她向谢莉儿的房间瞟了一眼，看看她们到底在做什么。帕蒂站在她面前，两条胳膊在体侧展开，劳丽和谢莉儿紧跟后面。劳丽和谢莉儿只露出了胳膊，也在体侧展开，看起来好像帕蒂有六条胳膊似的，她们僵硬地跟着音乐中的嘀嗒声走走停停。“这是时间之舞！”谢莉儿喊道，她迅速探头看了薇拉一眼，“你能看出来吗？”

当然可以：嘀嗒声模仿时钟。胳膊是指针，随着时间向前猛地摆动，就像小学教室墙上挂着的时钟一样，结结巴巴。

薇拉冲女孩们微笑："看得出来呢。"回到楼下，她告诉丹尼丝："要是你能看到她们跳的舞就好了，真可爱。"

"我在想我是不是永远都不能上楼了。"丹尼丝阴郁地说。

薇拉说："哦，一定会的。"

然后她看了看手表，下午3:45。彼得应该已经在飞第二段了，现在他不可能打电话来了。

她照着丹尼丝电脑屏幕上的地图画出了去安东尼餐馆的详细路线。她不仅记下了应该转弯的街道名称，还标出了转弯之前的街道，这样足够保险了。丹尼丝看着这一切，觉得很好笑。"这只是陶森而已！"她不停地说，"明明白白的小城陶森！"

"你不知道这是什么感觉。"薇拉对她说，"方向感很好的人绝对理解不了。"

"我还是不明白，你为什么不让肖恩来接你。"

"我希望他自己主动说。"薇拉说。

"但为什么只是希望啊？干吗这么小心翼翼的？你干吗这么绕来绕去的呢？"

丹尼丝说得没错。薇拉明白。她默默看着自己的图表。

"要么你就是在担心，他来这里，我会不好受。"丹尼丝说。

"不是，不是……"

“他要是现在过来，我真的一点儿都不在乎，我保证！他来拿东西的时候我没让他进来，但那只是一时的，我现在完全不想了。所以，耶！”

“我都没想这个。”薇拉说。（她都不知道肖恩来拿东西的时候到底是怎样一番情形，但想想也知道。）

“总之，该不好受的是他，跟那个一本正经的爱丽莎在一起。等你见到就知道了。那么淑女。她袖管里一直会塞张干净的纸巾。她也许已经让肖恩抓狂了。我敢说，他可能已经在咬头发了。”

“是‘咬牙’。”薇拉说着，笑了起来。

丹尼丝说：“管他什么呢。”

“咬发切齿。”薇拉说，然后两人都大笑起来。

薇拉没告诉丹尼丝，要是自己穿的衣服没口袋，也会在袖口里塞一张纸巾的。

她为什么要这么绕来绕去的呢？下午晚些时候，她知道彼得一定到家了，但没打电话给她，为什么就不能直接打给他问问：“到家没？旅途还好吧？”

不过，也许彼得在小睡，薇拉对自己说，他早上起得那么早。她可不想吵醒彼得。

但她明白这只是个借口。

她本打算穿着A字裙赴晚宴，但发现太热了，只好凑合着换上已经穿过几次的直筒棉布连衣裙。没有专门的熨板，她只好在丹尼丝的餐厅桌面上熨平褶皱。哦，她已经感受到了依靠一只行李箱生活的限制。（彼得还说她带的东西太多！）这天下午，她被迫洗了一轮衬衫和内衣，旅行装粉底液快用完了。她省着用，对着卫生间镜子皱起眉。然后，她又用双手抚平头发。在家时，她会去发廊用药水把卷曲的头发拉直，按理说这几天就该去了。

谢莉儿在附近晃了一会儿，看她梳妆打扮，但门铃响起时却说："我去开！"便蹦蹦跳跳地离开了。巴里和理查德说他们来照看小孩——这个说法让谢莉儿愤愤不平。之前他们带着一篮水果来过，听说谢莉儿和丹尼丝晚上要自己待在家之后惊恐万分。薇拉下楼时，看到他们正在餐厅里打开比萨——这两人看起来不太般配，有点儿滑稽：巴里矮胖，金发，留着胡子，穿着皱皱的抽绳束腰裤，理查德高挑、黝黑、优雅，还穿着工装（他是房地产代理，巴里是个木匠）。他们带来了拼词游戏板，准备晚餐后玩，可丹尼丝跟他们说自己玩不好拼词游戏。"我只能想到三四个字母的单词。"她说。谢莉儿说："没关系，妈妈，我帮你。"但丹尼丝还是摇了摇头。

"我打赌薇拉拼词很在行。"理查德说。

"其实我玩不好，"薇拉说，"不过我确实很喜欢玩。"

随后，巴里拿给她一块比萨（黑橄榄加蘑菇，看起来很美味），但她委婉地拒绝了，拿起包准备离开。"大家玩得开心！"她说。其实她有点儿想留在这里。

出门时仍是白天，开车更容易。她不紧不慢地坐进车里，让座位前倾，调整完所有镜子才开启引擎。广播响了起来——美国国家公共电台，彼得调的。她摸索到按钮把广播关了，以免分神。她将自己那侧的车窗打开一条缝，想减轻车里的霉味，然后从路边慢慢开走。

其实，真正开起来就没她想的那么恐怖了。在多尔卡丝路上，她只遇到了一辆车。鲁本路角落里有只毛绒兔子，已经在那里放了两天，手里举着一块卡纸板，上面写着："你丢了我吗？"所以她对这条路也已非常熟悉。接着，不知不觉就左转上了北部林荫大道，然后毫无阻碍地开了一会儿。这里确实有一些车辆，但不算多，所以无须担心自己是否会影响其他司机的速度。她稳稳地向西开，然后转向约克路——这次是右转，所以不会有问题。此后她放松一点儿了。她开过一片商店和快餐店，接着是一排普普通通的房子，最后终于来到一片商业街区，这一定就是陶森了。来到这里，她不得不查看街道标志，但有点儿堵，走走停停，所以有充足的时间查看路线——没错，过了这条街就要转弯，该转弯了……左转后，她立刻发现了那家餐馆，霓虹灯在竖框窗户上打出名字。但是门口没有免费停车场，哦天哪。她凭直觉在下一个十字路口右转，奇迹般地发现了一个带停车收费器的停车场。谢天谢地。她都用不着来回折腾，直接就停进去了。

她关掉引擎，坐在那里深呼吸片刻。然后她定了定神，拿起包下了车。她居然没忘记付停车费。

向餐馆走去，是最奇怪的感觉。她注意到一名男子从远处朝她走来，金发，穿着短袖T恤和卡其裤。刚开始，薇拉只是意识到这名男子往这边走，然而见他充满自信活力，薇拉很快就反应过来了，随即停下脚步。是肖恩。亲爱的肖恩，老样子，三十八岁了。他在这个陌生的小镇怡然自得，身旁伴着一位身着圆点背心裙的纤瘦金发女郎。见到薇拉，肖恩只是咧嘴一笑，举起一只手，他没像薇拉那样惊得一动不动。他来到薇拉面前说“嗨妈妈”，然后弯腰吻她的面颊。“这是爱丽莎。”他说着。冲身边的女人点点头。

爱丽莎向薇拉伸出手。“很高兴认识您，布兰登夫人。”她说。

“哎呀，喊我薇拉就行。”薇拉说。爱丽莎的手指纤长冰凉。她好像比肖恩年轻一些——快三十的模样，虽然她的太阳裙让纸巾无处可藏，却在肩上披了一件开衫，在薇拉看来效果差不多。

“我们进去吧？”肖恩说。他领她们穿过玻璃门，走进一间小屋，里面的大部分桌子已经坐满。“麦金太尔，六点。”他对服务员说。这一切都让薇拉产生了一种奇怪的感觉——她想起自己也曾是麦金太尔。

他们在角落的一张桌子前坐下——肖恩和爱丽莎坐一起，薇拉坐另一边，与他俩面对面。薇拉把手袋放在身边的空椅子上，双手紧握，搭在大腿上。“这么说来！”她说道，“我的车技没自己想象的那么糟糕。”

“嗯，没有呢。”肖恩说着。他告诉爱丽莎：“妈妈不太喜欢开车。”

爱丽莎发出同情的啧啧声。

“实际上，她的一些老朋友知道她考到驾照了都很惊讶。”肖恩说道。

“哦，快别说了。”薇拉说。“他瞎编呢。”她对爱丽莎说。瞬间她又回到了儿子们青春期时给她定位的角色——优柔寡断的可怜妈妈。她问爱丽莎：“你是巴尔的摩人吗？”

“哦不是，我几年前才搬来的。”爱丽莎说，“我是纽约的。”

不过她的口音在薇拉听来可不是纽约腔。她发音清晰，咬字清楚。她樱桃小口，勾着唇线。（谢莉儿一定会问她有没有用唇线笔。）她这件开衫的袖子织得松散，不算服帖，动肩膀时要格外小心。

薇拉已经开始想丹尼丝了。

服务员拿菜单来了，浅米色，上面有流苏。肖恩告诉薇拉：“我推荐蟹肉碎。”

“哦没错，蟹肉碎。”薇拉说。

“妈妈你喝酒吗？”

“应该不能吧，我开车。还是一杯冰茶吧。”她说。

“我俩来一瓶灰比诺葡萄酒。”肖恩对服务员说。

爱丽莎问薇拉：“你在这儿过得开心吗？”

儿子们在场时薇拉总会进入一种全神贯注的欣赏模式，她正在努力控制自己。肖恩与服务员讨论酒时，她在欣赏肖恩的侧影：他的鼻子精致笔挺，粗短的金色睫毛分外迷人。但她转向爱丽莎说："很不错呢，谢谢。"

"我真不敢相信丹尼丝中枪了。"爱丽莎说，"他们找出来是谁干的了吗？"

"没有，我觉得他们放弃搜索了。"薇拉说。

爱丽莎竟能如此轻松地谈起丹尼丝，薇拉吃了一惊。她在想，这两人是怎么成为朋友的——爱丽莎矜持，丹尼丝随和。

肖恩已经和服务员说完。他对爱丽莎说："我敢信。别忘了，那可不是城里最繁华的地段。"

"不过感觉还是挺安全的。"薇拉说，"晚上我出门散步一点儿都不担心。"

"唉，你得想想。"肖恩对她说，"看看那些邻居。一个骑摩托车的小混混，一个二流私家侦探，还有一个以前行医的开了个小诊所、来一堆病人……"

他看这些人的眼光不太对，薇拉想。他们不是那样的人。或者应该说，他们的确如此，但还有另一面。可她不想争。于是她试着转移话题说："工作怎么样，亲爱的？一切都还顺利吧？"

"什么？顺利啊，当然顺利。"肖恩说。

薇拉其实并不知道他具体是做什么工作的，但以前她也不知道肖恩爸爸具体做什么。她问："你打算在这里定居吗？"

“会吧。”肖恩说。他又开始研究菜单。

“爱丽莎，你工作吗？”薇拉问。

“我工作的，我是窗户装饰公司的销售代表。”爱丽莎说。

“哦，这样的工作很有趣！”

“这的确要对颜色和风格比较敏感。”爱丽莎说，“策略就更别提了，你简直没法想象有些人打算在自己窗户上放什么。”

“哦，我可以想象出来。”薇拉说。

服务员送上饮品，接下来该点菜了。肖恩和薇拉点了蟹肉碎——肖恩那份里面是薯条，薇拉的是卷心菜沙拉，爱丽莎点的是不加蛋黄酱的蛋黄酱去皮鸡胸肉，还有一份调味汁单独盛盘的沙拉。薇拉希望再点份头盘，延长吃饭时间，另外两人却都说不用了。

服务员离开后，谈话久久中止，他们都在看邻桌一个牙牙学语的孩子,躺在桌子下面,胳膊固执地抱在胸前。“小乔治？”孩子的妈妈不停问，“小乔治，宝贝？现在，小乔治……”

“很遗憾彼得这次来不了。”薇拉终于开口了。

“哦，我也觉得。”爱丽莎说，“要是能见见他多好。”

“他觉得应该回去了。”薇拉说。“你明白这是怎么一回事。”她对肖恩说。

“我以为他退休了。”肖恩说。

“没错，是退了，但……他还和办公室保持联系。”

“我都猜到了。”肖恩说。随即转头对爱丽莎说：“弟弟和我都说，彼得这个人，真叫人感觉惊喜不断。”

爱丽莎发出被逗乐的嘘声，但薇拉有点儿没明白。“这是什么意思？”她问肖恩。

“哦，你知道的：他总是有一大堆丰富的话题。他最近的抱怨啊、争执啊。”

薇拉说：“我真不知道你在说什么！”

“比如，要是今晚彼得来的话，”肖恩说，他转向爱丽莎，“他绝不会接受给他安排的第一张桌子。他会要求换一张，有时候还要再换一张。还有酒，服务员倒一些给他试喝，他大概会在齿间漱一下，然后皱眉头坐着，让所有人等候他的判词。”

“哦，肖恩，他没那么糟。”薇拉说。

“如果你觉得这已经够叫人大开眼界了，再等着看他点菜吧。服务员站那儿，站着，站着，手里拿着纸和笔——”

“他说得太夸张了呢。”薇拉告诉爱丽莎。

“最后服务员说‘干脆我过几分钟再回来吧’，但彼得说‘不，不……’，让服务员等得更久。然后问‘你们的芦笋是自家院子种的吗？是带着露珠采的吗？’。”

“肖恩绝对在瞎编。”薇拉对爱丽莎说，“彼得人很好，而且很有意思，只不过他有一种……讽刺式的幽默。”

“你们怎么认识的？”爱丽莎问。

“哦！”薇拉满怀感激地说道，“是这样的，我在邮局排队，正好拿了一瓶水。彼得从后面靠过来问，‘难道没有夏尔巴挑夫替你搬吗？’”

她边回忆边大笑起来。爱丽莎看起来却一脸不明白，肖恩对她说：“你懂我的意思了吧。”

“什么呀？”薇拉追问道，“这又怎么了？”

晚餐来了，静静摆在他们面前。服务员似乎也感觉到了这一刻的安静，便没有开口问他们是否还需要什么——似乎有些不合时宜。

“他是那种喜欢哗众取宠的人。”肖恩告诉爱丽莎，“他喜欢滔滔不绝。妈妈你记得吗？上次他居然能拿饼干盒做出那么多文章来。他研究那个饼干盒的背面，上面有个地方写着‘食用建议’。他们推荐做帕尼尼。不过‘帕尼尼’写的是复数。就是那种把三英寸左右奶酪、胡椒和绿皮西葫芦片啊什么的夹在里面的薄脆饼干三明治。彼得说：‘复数！他们用复数！你说他们觉得单数是什么意思？他们为什么会觉得人们能一口吃下那么多三明治？天哪，现在这些人一点儿都不在乎细节了，一点儿都不’。”

“天啊！”爱丽莎说。

“他就是那种‘难伺候的人’。”肖恩对她说。他正在狼吞虎咽蟹肉碎，看起来自己就很难伺候。

薇拉说：“这么说不公平，肖恩，每个人都有权表达自己的看法。”

肖恩只是接着叉了一口蟹肉碎。

爱丽莎微妙地清了清嗓子。她还没开始吃。“我没机会见肖恩爸爸了，这真是遗憾。”她对薇拉说。

“哦，我也觉得。”薇拉说。她的确希望换个话题。“你肯定会喜欢他的，我知道。他真是个好爸爸！肖恩出生的时候，他陪我在产房，他特别兴奋，说‘是个宝宝!’，其实他想说‘是个男孩’，你知道的，他太——”

“他有次开车的时候被激怒了，飙车死的。”肖恩告诉爱丽莎。

“是啊，你提到过。”爱丽莎含糊地说。

薇拉低头看盘子，吃了一口蟹肉碎，尝起来像油炸面糊似的。

“您的菜合胃口吗？”服务员问道。

“非常可口。”肖恩对她说。

薇拉情不自禁地想起，彼得对“合胃口”这个说法非常鄙视。

“哦，如果需要什么请告诉我。”服务员说完便离开了。

刀叉丁丁当当，冰块咔咔作响。爱丽莎终于开始吃东西了，每咬一口，她都要用餐巾细细轻沾嘴唇。肖恩已经吃完了蟹肉碎，开始吃薯条。他从小就这样吃东西——一样吃完再吃另一样，每次只吃一种。

薇拉说：“现在，你俩认识多久了？”

关于这个问题，她措辞十分谨慎。（她没问两人是怎么遇见的——他们知道丹尼丝肯定会告诉她的。）沉默片刻后，爱丽莎代两人回答了。“哦，”她说，“一年多吧，我记得。不过我的意思是，我们谈恋爱还没一年多。我们一直没谈，直到……前不久。”

“啊。”

“我不是坏人，跟你说吧。”

这句话突如其来，薇拉愣了一秒才反应过来。然后她说：“哦！当然不是。”

“我本来想和我丈夫一直厮守到老的，说实话。只是，唉，肖恩出现了。”

薇拉完全可以理解。肖恩绝对比哈尔强多了——如果她有权发言的话。

“我们搬到多尔卡丝路之后，我一直会在锻炼的健身房里见到肖恩。”爱丽莎说，“过了一阵子，我才知道他住在我们街区。丹尼丝从来不去健身房。哈尔也不去。只有我和肖恩，我们会并肩在跑步机上跑步。”

现在，薇拉明白这些年轻女人可以给她带来哪些好处了：瞥见儿子的日常生活。她明朗地点点头，尽量不打断爱丽莎说话。但毫无疑问，肖恩希望她不要再说了，他说：“至少——”

“比如，”爱丽莎告诉薇拉，“我敢打赌，你肯定不知道我周日晚上还是会去公公婆婆家吃晚饭。”

她一定是回到“自己不是坏人”的话题上了。薇拉说：“是啊，我的确不知道。”

“这是为了哈尔，他不希望父母知道。”

“知道……”

“他父母以为我们还在一起。他妈妈问我：‘告诉我亲爱的，你有没有用过我给你的那块桌布？’我说：‘哦，我一直在用呢，我们请我老板和他太太来家里吃饭那晚我就用过。’我还没想好感恩节到底该怎么办。以往，哈尔的亲戚都会来我们家过感恩节的。”

“啊，那时候你肯定都跟他们说过了。”肖恩对她说。

“为什么要我开口？他们是哈尔的爸妈。”

“没错，但你才是离家出走的人。”肖恩提醒她。

“我没离家出走！”她告诉薇拉，“我们本来打算一起向哈尔和丹尼丝说的，晚餐的时候。丹尼丝请我们共进晚餐，我对肖恩说：‘我们应该那时候告诉他们，一起说，冷静文明地说。’可那晚上丹尼丝把红酒炖牛肉烧煳了。”

薇拉又点点头，鼓励她继续说下去。

“所有牛肉块都粘在锅底了。她想把牛肉盛出来，但就是盛不出来。她只好把菜勺放在牛肉下面，用拳头敲勺柄撬牛肉，这样才能弄一块下来，有时候是直接从锅里飞出来的，锅可能也要在桌上滑几英尺。丹尼丝的脸越来越红，她说：‘该死的……’虽然牛肉都进盘里了，但还是硬邦邦的黑块，你明白的，叉子都下不去的，所以我用脚推了一下肖恩，跟他皱眉，我们不能选那种时候告诉她。那就是伤害加侮辱了。头盘做砸了，爱人又抛弃她了，一个晚上同时发生。对吧？”

“不对。”肖恩告诉她。然后又对薇拉说：“这两件事没关系啊。我的确明白爱丽莎为什么推我——准确说是踹我。我也知道她想说什么。所以我忍住了没说，但结果呢？这样只是推迟而已。我不得不第二天早上再跟丹尼丝说：‘别给我做早饭了，我要搬出去了。’然后去爱丽莎家，两个人再一起告诉哈尔。”

“哦天哪。”薇拉说。

她不禁从丹尼丝的视角想象这一出。甚至想象从哈尔的视角看——哪怕哈尔没什么魅力。

“我在想，也许我的感恩节可以照旧。”爱丽莎若有所思地说，“那周我会早点儿把购物清单交给哈尔，感恩节傍晚赶回去——”

“哦爱丽莎，拿起电话给你该死的公公婆婆打过去就行了。”肖恩说。

爱丽莎战栗着看了他一眼，开始扭自己的餐巾。

“那，告诉我吧。”薇拉急匆匆地说道。她一点儿都不知道要问什么，只是从爱丽莎的表情中感到了一丝焦虑。“你们俩，呃，住在别墅还是公寓里？”

“公寓。”肖恩说，“在拉文湖过去一点儿。”薇拉当然不知道是哪儿。“那里真的不错。”他说，“有阳台，独立的小餐厅，还有个书房，可以当客房用的——”

“伊恩会是我们公寓的第一个客人，我们在想……”爱丽莎插嘴道。

“伊恩！”

肖恩说：“是啊，我觉得我已经说服他了，他九月来玩。”

“来……这里？”

“他说过有一周的假期。”

“我不知道呢。”薇拉说。

“是的，嗯，他说如果再不用假期，就没有了。”

“这样啊。”薇拉说。

她早已打算主动埋单，但结账时（肖恩和爱丽莎拒绝了甜点和咖啡，薇拉挺失望的）肖恩说：“我来。”

“哦，不用你来，我想付。”薇拉说。

“哎呀，让彼得给自己没吃到的一顿饭付钱，好像不太好吧。”

“彼得？”她迷惑地问道，“我付钱啊，不是他。”

“你是说：你没在用这个有钱人的小金库或信用卡什么的？”

“不是，我没有。”她甩下这句话。她被惹恼了。“我有自己的钱，你知道的。我工作赚钱的时间可比你长呢。”

肖恩举起两只手。“对不起！”他说，“天哪。”

所以薇拉付了钱，还给了不少小费，算是公示独立，虽然肖恩并不知道这些。

三人走出餐馆，走上人行道，薄暮未至。薇拉问肖恩："你现在开的是什么车？"这只是缓兵之计，她注意到男人们好像都会对这个问题感兴趣，但肖恩满不在乎。他耸耸肩说："还是老一套。"

管它是什么呢。

"哦，我在那边拐角停车的。"她说。

"我们在这后面。"他说着，打手势指着反方向，"再见啦，妈妈，见到你真好。"他俯身吻薇拉的面颊。然后爱丽莎向前和她握手，但薇拉吻了她，毕竟这是程式。她到底吻别过肖恩的多少位女友？还有伊恩的几位。"保重。"爱丽莎对她说。

换彼得会说："保重什么？"

肖恩和爱丽莎向左走，薇拉向右走。

许多人自然而然就记得来时的路，薇拉却不行。她已经在指令图表背面写出了回程的所有转弯处，她先细细浏览了一遍，才发动引擎。

从倒车镜中，她看见眼角又长出了新的皱纹，毛孔中的粉底已经变干。一夜间，她似乎又苍老了许多。

她向商业区开回去，向住宅区和一堆乱七八糟的小商店开去。然后转向北部林荫大道，向东。与之前相比，现在遇到的车辆要少得多。房子越来越小，越来越简陋。眼前的一切越来越熟悉。

伊恩去看肖恩？

他可以来看薇拉和彼得的！

他和肖恩本来没那么亲密。

哎呀，很久以前，两个儿子仍是少年，薇拉带他们在街上走，突然发现没人跟在她身边了。她转过身去，看到伊恩平躺在人行道上，只剩内裤，肖恩俯视着他，手里胜利地挥着牛仔裤和T恤。距离她上次回头，还不到三分钟呢！

薇拉当时怒火中烧，但此刻她却拧了下嘴角，随即笑了出来。

哎呀，不管了。想想往哪儿开吧，想想多尔卡丝路。很快她就能在家玩拼词了。要是还有比萨，兴许还能尝一口。

9

周三，丹尼丝坐在楼下的台阶上，一点一点挪到了楼上。“又回到我自己的床了！”她开心地喊了起来。薇拉和谢莉儿把她的东西放回她的房间，屋子立刻又恢复了之前的乱象。她的梳子和化妆瓶又出现在梳妆台上，不穿的衣服丢得满地都是，一堆名人杂志散落在床上——还没过夜，屋子里就已经这样了。

那天下午，她说自己更灵活了，她想也许可以试试去上几个小时班。“你和谢莉儿可以开车送我去学校，”她告诉薇拉，“把我放下来，然后再去接我。”

“但你得告诉我往哪儿开。”薇拉说。

不过，帮丹尼丝坐上车其实很艰难。她得先拄着拐杖摇摇晃晃地走到门廊，再把拐杖放在一边，重重地靠在谢莉儿和薇拉身上,坐到门廊台阶最上面。等她一阶一阶挪到台阶底部，薇拉再抓住她的两只手，用力拉她站起来，谢莉儿把拐杖递给她，她再摇摇晃晃地走向路边。尽管这段路不长（薇拉用过的地毯都比丹尼丝的前院大呢），却花了很长时间，她走到车边上时，一群围观者已经聚起来了，他们都在乱晃，出谋划策，鼓劲打气，却一个都帮不上忙——厄兰德、明顿太太和戴夫·拉伯恩，还有一位去本医务室的老妇人，瘦小精致。“需要乔爵士的时候他上哪儿去了？”明顿太太大声说出自己的想法。不过，这是工作日下午两点，乔爵士开着卡车上班去了。“我在啊。”戴夫说，他看起来被冒犯了，可他的身材就像泄了一半气的气球，所以没人闪开让他去抱丹尼丝。

丹尼丝还是坐后面，好伸直腿，可一坐进去，她就想到手袋丢在屋里了，让谢莉儿回去拿。薇拉和丹尼丝安安静静地等她，无比惬意，车里只有丹尼丝缓劲的喘息声。薇拉在倒车镜里看见一位老妇人向本的医务室门口慢慢走去。她一定是坐公交车来的，附近没停车。也可能是从附近社区走来的。这一带有许多步履蹒跚、颤颤巍巍的老人家。

“彼得说我可以一只脚开车。”丹尼丝在后面说道，“但我敢保证，这绝对是说起来容易做起来难。我觉得一只脚还是不够。踩踏板的时候需要用另一只脚撑着的。”

“哦，唉，彼得怎么能理解呢？”薇拉说。

彼得回去后，薇拉只和他通过一次电话，还是薇拉主动打过去的。整个周一，薇拉都在等彼得打过来。周二下午，她终于主动打了过去，完全避开了早上可能在睡懒觉的时候。“喂？”彼得当然看得出来号码的主人是谁，却带着质问的语气。薇拉说：“嗨亲爱的！旅途顺利吗？”

“糟透了。”他空洞地说。

“哦，那太遗憾了。”

“你知道的，第一段我不得不在经济舱凑合。”

“不，我不知道呢。”

“罗娜没法儿帮我升舱。最要命的是，我夹在中间。窗边那家伙一直在睡，呼声跟麦克卡车一样，是那种断断续续的呼噜，一会儿一声不响，一会儿猛地来一声，把人吓出心脏病。靠过道的那个女人体重至少有两百磅，一坐下就从挤在我脚边的那个大手提包里掏出个一英尺长的意大利香肠潜艇堡，洋葱多得能熏死一匹马——”

“听起来真可怕。”薇拉说。

“——飞机安全带标志还没灭，她就按了两次呼叫按钮，问什么时候上饮料，最后推车来了，她点了两份血腥玛丽鸡尾酒——想想吧，这时候大部分人还没开始吃早饭呢——还要了一袋零食包。零食包！哈。绝对不是主食，相信我，那种像饼干一样的玩意儿，外面抹着劣质盐。吃完潜艇后，她又掏出了一块包着蜡纸的波士顿奶油蛋糕，不断有蛋糕屑从她的碟子里面吹到我大腿上——想都不用想，她当然要开头顶的电风扇啊，然后，飞到堪萨斯还是哪儿的时候，她又点了一个午餐盒，里面的沙拉太奇怪了，我敢保证一种蔬菜都没有，只有黏糊糊的白色调味汁和油炸面包丁，还有所谓的培根丁。我们飞过山脉附近时，她拆了一个——"

"你自己吃东西了吗？"薇拉问道。

"哦天哪，没有。"

然后彼得就说要挂了，该去打高尔夫了。他没有询问巴尔的摩任何人的情况，也没问和肖恩的那顿晚餐情况怎样。

丹尼丝也没问肖恩的情况，毕竟薇拉赴宴归来时，还有邻居在家。第二天，她只是说了句："那你见到爱丽莎了吧。"

薇拉也就说了声"唔"，然后转移了话题。

不过，正当谢莉儿肩上挂着妈妈的包，蹦蹦跳跳地走到门廊时，丹尼丝说："我猜肖恩和爱丽莎没说邀请你去他们家吧，有吗？"

"没呢，"薇拉说，"他们没邀请我。"

"你敢相信吗？我认识她那么长时间，那女的从来没邀请我去过她家。"

"天哪。"薇拉说。

然后，谢莉儿拉开门爬进车，这个话题就此打住。

实际上，开到学校并不难。丹尼丝先指挥薇拉在多尔卡丝路向南开三个街区，经过那个还在问“你丢了我吗？”的兔子，再路过“单车男孩”的标志，然后在一个棒球场左转，棒球场紧挨着一个空停车场。开过几个街区后，他们到达位于道路尽头的砖墙学校大楼，这栋楼是20世纪40年代建的。一块崭新的白色木牌上写着“中心小学”，几乎挡住了蚀刻在花岗岩大门上的字母，一些窗户上贴有海报和孩子的画儿，经过一个暑假，已经褪色。

薇拉尽可能就近停车。还没等她把丹尼丝从后座扶出来，两位年轻女士就冲上来帮忙了——薇拉在医院见过她们。“放松，放松！”“慢一点儿！”“我扶住这边了。”她们手忙脚乱，互相碍事。薇拉后退让她们来，谢莉儿则拿着丹尼丝的拐杖跟在后面。走到大门口时，门像变魔术似的打开了，安德森太太走出来喊道：“小心啊女士们！别挤着她了！”

是她从谢莉儿手中接过拐杖的，另两位则吵吵闹闹地将丹尼丝从门口台阶扶进去。“嘿，亲爱的。”安德森太太对谢莉儿说。“嘿，奶奶。”

“嗨。”薇拉说。

“你还在这儿呢。”

“是呢……还要一段时间。”

“离开学不到五个星期了，你知道的。到时候你还在吗？”

“在！”谢莉儿说着转向薇拉，但薇拉微笑着说：“应该不在啦。”安德森太太对她又不感兴趣了。“这样，金妮，”她对其中一位女士说，“你去锅炉房把劳伦斯叫来，跟他说丹尼丝来了。劳伦斯说他可以把你抬到我办公室。”她对丹尼丝说。

“我不需要抬。”丹尼丝说，“只要给我一把办公转椅就可以了。”然后她问薇拉：“要来接我的时候，我打电话给你？”

“好呢，什么时候都行。”薇拉说。

“你现在知道怎么回去了吧。”

“我跟她在一起呢！”谢莉儿愤愤不平地说道。

“哦，对啊。”

她消失在楼里面，身边围着看护人。

“不到五个星期就开学了。”向车那边走去时，谢莉儿对薇拉说。她用了连哄带骗的语气，好像说要请人吃饭似的。

薇拉说：“是啊，夏天总是过得飞快，不是吗？”

可这显然没和谢莉儿想到一起去，谢莉儿垂头丧气的，在前胎上猛踹了一脚才钻进后座。

厄兰德坐在厨房里，这时彼得打来电话。厄兰德说，他来看看薇拉带丹尼丝回家是否需要帮忙——一听就是捏造的借口。（厄兰德会不会是暗恋丹尼丝啊？）薇拉瞥了眼手机屏幕，厄兰德厚脸皮地问：“是谁呢？”薇拉懒得回答。看到彼得的名字，她胸口的大石头落下了。她按下手机说：“嘿，亲爱的！”

彼得说：“你在那儿怎么样？”他的声音非常友好。

“不错啊，”她说，“我正在写晚餐的购物清单。谢莉儿跟杜蒙家的姑娘们去她俩奶奶家的游泳池了，厄兰德在厨房。”

“很温馨嘛。”彼得说。

“我打算做鸡肉米饭。”

“我嘛，我去俱乐部吃饭。”他说，“还是那种什么里面夹着什么的，我觉得。吉姆和莎拉·伯恩斯邀请我去。”

“不错嘛。”

“唉，不过希望莎拉别没完没了地说他们家的天才宝贝们。”他说。

“家里还好吧？”

“嗯，马努埃尔早上来打扫了。我猜她问我你在哪儿了，但是你知道，我听不懂她说话。”

“不过你记得付钱了吧？”

“那当然了。丹尼丝怎么样了？”

“恢复得不错。”她说。

她不想让彼得知道丹尼丝能爬楼梯了，也不想提她已经回去工作了。

挂断后，厄兰德问：“谁啊？”

“彼得，肯定是他啊。”薇拉对他说，“我还能叫谁‘亲爱的’？”

“啊，也可能是肖恩啊。”

“不是。”薇拉说，然后她好奇地想厄兰德为什么关心谁打的电话，不明白他到底有什么理由要在这里逗留那么久，厄兰德瘦长的腿在厨房地板中间伸展开，耳朵上套着精灵帽。薇拉冲他皱眉，但厄兰德却依然急着窥探她的个人生活，连她皱眉都没注意到。他问："彼得为什么比你先走？你们吵架了吗？"

"没，我们没吵架。"她说，"他只是要回去工作。"

"他是做律师的，对吧？"

"对。"她说。她正在把垫脚凳往灶台那边拖，想去上面的橱柜找米。

"他是那种犯罪律师，还是别的？"

"不是，企业并购律师。"

"那是什么？"

她没回答——她实在无法想象厄兰德是真心想了解这些。她站到垫脚凳上，朝橱柜里面望望。

"如果他是犯罪律师，那就更方便了。"厄兰德若有所思地说道。

"什么更方便呢？"她问。哦，找到了，有米，在一个玻璃纸袋里面，还有一杯左右的量。她抓住袋子，从垫脚凳上下来。

"比如被捕的时候，"厄兰德说，"警察允许你打一个电话，你就知道该打给谁了。"

"这听起来是挺让人安心的。"薇拉对他说着，又把垫脚凳放回杂物间。

"要不然，碰到了该怎么办呢？比如说我吧，我都不知道能打给谁。"

“为什么不打给乔爵士呢？”薇拉问。

“乔爵士不是律师。”

“不是，但他可以找一个。”

“他哪知道找谁啊？”

“嗯，厄兰德。”她说，“那你得小心别被抓了。”

厄兰德重重在椅子上坐下。

“我那个菜谱主要用鸡胸肉，”薇拉更像是在自言自语，“但我在想也许可以换成鸡腿肉，多烤一会儿就行了，鸡腿肉更有味道。”

“我小时候，”厄兰德说，“会从连环画背面收集各种给罪犯看的小贴士。嗯，他们也没明说是给罪犯看的，但还有谁需要这种信息呢？上面有怎样盖住指纹什么的，还有怎样避免留下指纹。对了，你知道可以把钥匙按进加热的好时巧克力棒里面吗？如果你想偷别人家的钥匙，又不想让他们发现的话。我唯一没想明白的是，如果你让锁匠按一块好时巧克力棒上的图案来打一把钥匙，他不会好奇这是想干什么吗？”

“啊呀，就算他不好奇，”薇拉说，“他怎么能准确地把好时巧克力棒放进切割机器呢？”

“现在想想，我敢打赌那种很蠢的小贴士肯定是编出来哄孩子的。”厄兰德说。

他开始啃自己的手指甲。薇拉讨厌看别人啃指甲。她把目光移开，在购物清单上写上“鸡腿”。

“如果彼得现在想当犯罪律师，他可以立刻上岗吗？还是要再读书？”厄兰德含糊地问道。

“我不确定。”薇拉说着，又看了看他。“别啃了。”她说。

他从嘴里抽出手指，怯生生地看着她。

“对不起。”她对厄兰德说，“看到别人啃指甲，我就想咬牙。”

“好吧。”他温和地说。

“对不起。”她又说了一遍。她真的感到很抱歉，她知道自己刚才太鲁莽了。为了缓和一下，她说：“为什么不把帽子摘下来呢？你一定快被烤煳了。”

“不用了，我没事的。”

“对了，你为什么要夏天戴针织帽呢？”

“我头发特别卷。”他说。

“哦，我知道那种感觉。”

他显然不太相信。“不，我的大卷里面还有小卷呢。”他对薇拉说，“要是我把帽子摘了，我头上的每一根头发都会激动地翻滚起来，就像马戏团小丑粘在头两边的那种大卷卷一样。”

其实他戴帽子也还是能看到卷卷的，但薇拉没点破。她说：“我小时候，每晚睡前都会把脑袋挤进一截扎紧的尼龙袜里面。但不管用。现在我做头发。”

“做头发？”

“在美发店。”

厄兰德眯着眼睛，有些怀疑地看她。

“要是我在这里再待久一些，你就知道我说的意思了。”她对厄兰德说，“已经有点儿打卷了。”

她举起一只手，卷了卷头发演示，但厄兰德好像并不感兴趣。他又开始啃指甲了，随后主动停下。他说：“我想快点长大。”

“哎呀，孩子们也可以做头发的。虽然我倒不是说你应该做。”

“我就是讨厌自己的生活自己不能做主。”他说。

“哦，是啊，没错。”薇拉说。有些成年人会告诉孩子们年轻真好，薇拉却不是那种人。

“你有没有接到过警察的电话？”厄兰德突然问道。

“什么警察？”

“那个之前过来到处问有没有人看见开枪的警察。”

“没有，”薇拉说，“我印象里没有。”

“昨天晚上他给乔爵士打电话了。他说想问问，我们中有没有谁又想到了什么。”

“丹尼丝没说。”薇拉说。

他用手背猛地擦了擦鼻子，薇拉更仔细地打量他。“厄兰德？”她问。

他没回答。

“厄兰德？怎么了？”

他大声吸了吸鼻子。薇拉从桌上的篮子里抽出纸巾递给他，厄兰德看也没看她，就接过来擤鼻子。

“是我。”他含糊不清地说道。

“什么？”

他把纸巾折到干燥处又擤起了鼻子。“是我开枪打到她的。”他说。

薇拉从桌边拉了把椅子坐下。

“我不是故意的，说实话。”他说，“我只是想阻止拿枪的那个人挥来挥去，我不是故意打她的。”

“你最好从头说起。”薇拉对他说。

他吸了口气说：“嗯，我有个朋友，是吧？或者说算是朋友，叫马格努斯。跟我一起上化学课，他是锁柜轰炸机的成员。”

“那是什么？”

“但别跟其他人说，好吗？我是说，他已经不是了。所以不管怎么样，那天我在熟食店碰到他了。我们出去时，他走到我旁边，我在想，哇哦！锁柜轰炸机的马格努斯走在我边上！以前他从没那么友好过。所以我不想他跟我在下一个路口或什么的分开，所以我，我不知道，我碰巧提到了我哥有把枪。”

“乔爵士有枪？”

“没错，所以——”

“他要枪做什么？”

“你说做什么是什么意思？他就是有一把。差不多就是……我不知道，反正就是闲聊的时候跟马格努斯提到了。他说想看看。刚开始我还挺高兴的，因为这样他就会跟我一起回家了，我说‘行啊’。所以我们去我家了，我把前门打开，谢莉儿——”

“谢莉儿在场？”

“是啊，她出来了，因为门口有好多人，他们在看街对面吵吵闹闹的卡车，她和飞机也在那里看，但她不看了，冲我们走来说‘嘿，厄兰德，你要干什么呢？你带谁回来了？你们要去哪儿？’就这种话。但我告诉她：‘不关你事。’然后我和马格努斯就进去了。乔爵士把枪藏在他的海豹皮靴里面，所以——”

“在他的什么东西里面？”

“有年圣诞节，一个女孩送他一双因纽特人穿的那种靴子。他说把枪藏在床头柜最傻了，贼肯定上来就去那里找。所以我和马格努斯去乔爵士屋里，我把枪从海豹皮靴里面拿出来。马格努斯一把就抓住了。他玩起来特别专业，看来看去，再看看枪管里面……还把枪别在他的牛仔裤腰里面。我说‘好了，还给我，听见没？’，但他不理，走出房间的时候牛仔裤上还别着枪。‘马格努斯？’我说。我跟着他。我真的生气了。我说‘好了马格努斯，我说真的’，但他说，‘你紧张什么？’然后走下楼梯，大门开着呢，谢莉儿透过纱门往里看，飞机在她边儿上。”

“谢莉儿！”薇拉说。

“是啊。我都告诉你了。马格努斯说：‘让开，胖子——’你知道，他是说谢莉儿的——她很快就退开了，马格努斯走进门廊。我跟在后面，我说：‘我是认真的，马格努斯。’他却说：‘哦埃里克森，你真变态，放松点儿。’他端起枪，伸直胳膊端平，好像要瞄准街道。我知道他不会真开枪，他又不是白痴，但我真的很恼火，你知道吗？我感觉整个局面都失控了。你有过那种特别生气、耳朵里嗡嗡响的时候吧？我就听到了这种嗡嗡声，伸手把枪从他手里抢过来了。我都没想到自己会抢到呢！我以为他紧紧握在手里呢！但我觉得他没料到我会来抢，所以枪立刻就被我抢到手里了，然后它，就那样，你知道的，走火了。”

薇拉发出埋怨的叹息声。

“我不是故意的。”他说。

薇拉说：“你到底在想什么呢？你可能会打到谢莉儿的！”

“我知道，”厄兰德说，“也可能会打到飞机。”

“你这个傻瓜！”

“但它自己走火的！我发誓！我以为会锁着或有什么保险的！我惊呆了，所以枪掉了。马格努斯已经走到街上迅速走开了。我刚开始想，吁！没人注意，因为他们都在盯着卡车，只有谢莉儿盯着我。她差不多是，惊呆了。然后我看见丹尼丝坐在门口，我想，哎哟糟了。”

“你不应该让那个男孩来这里的。”薇拉说。

“我知道！我知道！我就是有点儿忘乎所以了。我想给他留下好印象。我是说，马格努斯·奥尔登，薇拉。你不知道我以前都过的是什么样的日子。我没有朋友。我只来了两年，学校其他人都从幼儿园开始就互相认识了。女孩不喜欢我，老师讨厌我，我唯一不算差的运动是棒球，但教练让我打比赛那次，决赛出局了，结果被罚背耻辱背包。”

薇拉茫然地看着他。

“粉色的，”他说，“粉缎子的。背面有人造水钻拼写的‘红皮土豆’。”

“这事绝对没有借口。”薇拉告诉他。

“没有，我知道的。”他毕恭毕敬地说道。

“所以谢莉儿知道她妈妈是怎么中枪的？”

“没错。”

“那她为什么谁也没告诉呢？”

“她不想别人知道乔爵士有枪，所以没说。你知道她多喜欢乔爵士。”

“但还是应该讲，”薇拉说，“在那种情况下……”

“但我担心的是乔爵士会自己发现。”厄兰德说，“我把枪放回原来的位置了，但他迟早会注意到打了一发子弹。”

“很好。”薇拉说。

“可他不能发现，薇拉。不能让他发现。乔爵士是我唯一的亲人。”

“所以呢？”

“他会告诉警察的。他会让他们把我送到少管所的，他会说我不能再和他一起生活了。他刚开始就不想收留我，你知道的。我求了他很久，他说他在家时间不多，不能好好照顾我什么的，但我跪下来求他，就连那样他都拒绝了，但我说没地方就要去寄养家庭了，大家都听说过那有多恐怖。”

他用纸巾擦了擦鼻子。薇拉转移了视线。

“也许你可以把枪清空重新装好。”隔了一分钟后，她说道。“要不还是算了，别那样。”她又想起报纸上说过有些人因为取子弹误杀了自己，“别这样。”她坚决地说。

厄兰德看起来放松了一些。

“也许他永远都不需要把枪拿出来了。”薇拉说，“说到底，为什么要用枪呢？”

“也许用来打贼？他扣动扳机，枪里没子弹，那贼就会打到他了？”

“但肯定有其他子弹，你觉得呢？”

“我不知道。”厄兰德说。

“有没有那种……转一下就能装子弹的弹膛？”

“我觉得那是西部片里的吧。”

薇拉沉默着思考了片刻。

“我觉得也许应该把它处理掉。”厄兰德对她说。

乍一听没什么毛病。“丢在垃圾里面。”薇拉赞同道，“埋进蛋壳和咖啡渣什么的。”

“可要是来了贼该怎么办？”

“可为什么贼要来偷这个……不算太有钱的社区呢？”薇拉问。

厄兰德耸耸肩。“也许贼不知道我们没多少钱？”他猜测道。

纱门砰的一声响，谢莉儿喊道：“薇拉？”

薇拉匆匆说了一句：“你得告诉乔爵士。”

“不行！”厄兰德说。

“没有别的办法。”薇拉说，“相信我，你必须原原本本地告诉他，求他宽恕。”

“我不能。”厄兰德说。

“我可以陪你去，如果你愿意的话。”

“那有什么用？”

但那时飞机已经蹦蹦跳跳来到了厨房，谢莉儿和杜蒙家的女孩们跟在后面，三个人的头发都湿漉漉的，鼻子被太阳灼伤了。谢莉儿说：“你知道吗……”随后改口道：“厄兰德？你怎么会在这里？”

“嘿，谢莉儿。”他阴郁地说道。

“你俩在说什么呢？”

薇拉说：“哦没什么。”而与此同时，厄兰德说：“我在告诉她你也知道的事情。”

谢莉儿倒吸了一口凉气。帕蒂和劳丽也是，薇拉惊讶地瞥了姐妹俩一眼。帕蒂用一只手捂住嘴，劳丽说：“糟了。”

“你告诉了她们？”厄兰德问谢莉儿。

“嗯，你告诉了薇拉。”谢莉儿说。

“那不一样！薇拉只是……哄我说出来了。天啊,谢莉儿！你干吗不在报纸上登个广告？”

“我们发誓到死都不说出一个字。”劳丽郑重宣誓，“我们绝不会说，我们会把秘密带进坟墓。”

薇拉轻快地说：“嗯，不管怎样，我们都会把这件事忘了，对吧？”

“对。”三个女孩含糊地说道，然后从厨房出去，挤眉弄眼。

“我死定了。”她们一走，厄兰德便低声呻吟道。

“那你更应该告诉乔爵士了。”薇拉说。

厄兰德好像还是没有被说服，但至少这次，他没有立刻拒绝。

晚上，他们一起看《太空垃圾》——丹尼丝、谢莉儿、薇拉和飞机，还有哈尔，最近他经常过来。丹尼丝坐在沙发一端，哈尔坐在另一端，丹尼丝眼睛紧紧盯着屏幕，哈尔总是往丹尼丝那边歪，说：“丹尼丝？你一个人晚上会睡不好吗？我就睡不好，我不介意说出来。”丹尼丝会说“哈”，谢莉儿会说“嘘”。

薇拉现在特别喜欢看《太空垃圾》了。单单是听到节目的音乐，她就会心情大好，满怀期待。谢莉儿和飞机当然也有同感。不过，丹尼丝在看，显然是谢莉儿哄她看的。哈尔连装都不想装，不时大声打哈欠，发出“哼哼”和“丹尼丝？”等声音。

“嘘！”谢莉儿对他说。

尽管薇拉在聚精会神地看电视，但还是不禁会想到厄兰德的供认。她一点儿都不担心厄兰德会被送到少管所——毕竟开枪纯属意外。但她的确明白这会给乔爵士带来很多麻烦。关于安全保管自己的枪支，一定有相关法律法规，不是吗？虽然她觉得乔爵士不至于会把厄兰德逐出家门，却也不敢百分之百肯定。

直到现在，她才开始想象厄兰德孤独的生活状态。无父无母，没有血亲……

她回忆起肖恩出生后的一段时间，她着魔般地想象如果自己死了会怎样。肖恩有段时间得了奶疹——躺在潮湿的毯子上，面颊起了红色的小疹子。这时候的肖恩没那么好看了，楚楚可怜，但薇拉也因此更爱他了——比完美的时候更爱。除了母亲，还有谁会有这种感觉呢？她想道。没谁了。连他爸爸也不会。一想到自己可能会一不小心死去、留下肖恩无人保护，她心里就一阵恐惧。

《太空垃圾》中的外星人不仅没注意到地球人的肤色、年龄和阶层，似乎也没注意到俘虏们说着不同的语言。西班牙语、英语、汉语普通话，等等，外星人会分别回应，看起来毫不费力。

节目连字幕都没有，制片人假设观众也能听懂各种语言。薇拉很享受。她问其他人：“如果现实世界也是这样，岂不是很棒？”

“啊？”谢莉儿说。

“要是所有人都能理解用不同语言说的话。”

“哎呀，也就你听得懂何塞对太空船长说了什么。”

“那只是西班牙语。”薇拉说。

哈尔又歪过去，向丹尼丝靠近，好像薇拉和谢莉儿谁都没说话一样：“也许你和我可以找机会一起去看场电影，让肖恩和爱丽莎嫉妒。”

丹尼丝目不转睛地盯着屏幕，说：“肖恩和爱丽莎才管我们去不去看电影呢。”

“才不管呢。”要是彼得在，一定会这样纠正她。

门铃响了，里侧门本来就开着，丹尼丝直接喊了声：“谁啊？”

“我。”本·戈尔德说着，开门走进客厅，“哦不错，《太空垃圾》。”

“嗨，本，”丹尼丝说，“坐啊。”

“我在找罗伯特。”他对丹尼丝说。不过，他还是走向了扶手椅。“还是待一两分钟吧。”他边说边坐下。

“罗伯特是谁？”薇拉问他。

“我的猫。”

“我都不知道你有猫！我在街上有时候会看到一只灰色斑猫，是那只吗？”

“估计是了。”本说，“应该在家里面，但谁知道在不在呢。在看哪一集呢？”

“李唐试着逃跑的那集。”谢莉儿说。

“啊，我最喜欢的之一。”

“我正在跟丹尼丝说，我和她应该去看场电影。”哈尔对本说，“能帮她从难过的事情里恢复过来，是吧，大夫？”

“嗯？是啊。”本说，但他似乎并没在听哈尔说话，“你们知道吗？演李唐的人其实是中国香港的电影明星。没人想到他会签《太空垃圾》，而且是他主动联系制片方的，不是制片方的想法。”

“他还演过什么？”薇拉问。

“要是你不问，我可能还记得。”他责备似的说。

薇拉笑道：“对不起。”

谢莉儿说：“我敢打赌你连中文都会，薇拉，对吧？”

“哦天哪，不会！”

“薇拉会说九十八种语言呢。”谢莉儿对本说。

“是吗？”本说。

“准确地说，五种。”薇拉说。

本透过眼镜凝视着她。“哪五种？”他问。

“西班牙语、意大利语……我想做语言学家的，很久以前，但最后学了ESL。”

谢莉儿问：“什么是ESL？”

“英语第二语言教学。教外国人英语。”薇拉说。

谢莉儿的注意力又回到了李唐身上，他正在太空飞船的门上摸索门闩，但本说：“你知道怎么教其他国家的人说英语？”

“我学的就是这个。”

“你真应该找个时间跟我去赐福之书教堂。”本对她说，“我们跟一些移民没办法交流。”

“你信教吗？”薇拉问。

她本不想表现出惊讶的，本咯咯笑了起来说：“哎呀，要是我信教，应该是犹太教。不过不是啊，我只是做义工。赐福之书的人都来我这家小诊所，讲什么语言的人都有，多到你不敢相信呢。”

“我敢打赌，薇拉每一种都会说。”谢莉儿对他说。

“不是所有的。”薇拉淡淡说道。

有人拍了一下纱门，考利语调平平地高喊：“丹尼丝？本在你家吗？”

“我在。”本喊道。

“你在找罗伯特吗？他跟着乔爵士的卡车出去了。”

“多谢。”本说道，他站起身来，步履蹒跚地走向门厅。片刻后，他们听见本在门口大喊：“罗伯特？罗伯特！快给我过来，你这个捣蛋鬼。”

“要是你不喜欢看电影，”哈尔对丹尼丝说，“我们也可以试试巴里克罗夫特那家新开的炸鸡店。”

“我一吃炸鸡就会胀气。”丹尼丝说。

李唐从太空飞船中冲了出来，飘浮在苍穹之中。

10

薇拉本以为她要费尽周折才能说服厄兰德，让他把枪的事情告诉乔爵士。但是没那么困难：明朗的周四清晨，正当她穿着和服在小门廊后面等飞机尿尿回来时，厄兰德从他家门廊里冒了出来，非常清醒，穿戴整齐。他先是大声打了个哈欠，伸了个懒腰，凝视着天空。然后转向薇拉，夸张地喊了一声：“哦！嘿！”

“早啊。”薇拉说。她从没在这个时候见过厄兰德。

“是这样，”他说，“顺便说下！我想了很久，也许我应该跟乔爵士说。”

“哦，很好。”

“也许他能理解我的，对吧？”

“我差不多可以肯定，他会的。”薇拉说，“说了你也好受一点儿，我敢保证。”

“嗯，没错，所以……我在想，你说你陪我一起，是当真吗？”

“当然。”

“那好吧。”他说着，重重叹了一口气。

“我早饭后过来可以吗？”她问厄兰德。

“早饭！你是说，今天就讲？”

“早说比晚说好。”

“是啊，但今天是周四。”厄兰德说。

薇拉等着。

“他周四总是特别忙。”厄兰德说。

“那周五呢？”

“周五。唉。你看这样行吗？我们等到周末吧。”

“等得越久，他越可能自己发现。”薇拉说，“那可就不妙了。”

“你看啊，我都愿意说了，好吧？”

“好吧，”薇拉说着，做出战略性让步，“你定吧。”

“周六？”

“我周六可以的。”

“先定周六早上十点吧。”厄兰德说，“我过来找你。”

“哦，不需要的。”

“如果你自己跑来了，他可能会觉得像是你出的主意。”他说。显然，厄兰德一直在仔细斟酌。

薇拉说：“哦，好啊。”

实际上这的确是她的主意，但她明白厄兰德的意思。

厄兰德拼命点头，那种果断看起来不同寻常，接着，他转身走回家。

让薇拉出乎意料的是，厄兰德在周六早上十点整敲响了门。可以看出来，他有点儿紧张，面色苍白，表情僵硬，薇拉说“早上好”时,他生硬地回了一句“早上好”。薇拉冲他微笑，他却没有回应。

薇拉用脚把飞机挡在一边——飞机以为自己也接到了邀请，他踏出门廊，想跟着厄兰德去乔爵士家。厄兰德双手插在后裤袋里，胳膊肘向外突出，走路时一副怒发冲冠的少年模样。薇拉连走带跑，才跟上了他的步伐。

她也很紧张，好像是她自己要去认罪一样。

他们走上乔爵士家门廊前的台阶，厄兰德拉开纱门先走进去了（厄兰德不会彬彬有礼地请女士优先），薇拉也跟着进去了。“看啊，”他喊道，“看我把谁带来了！”

乔爵士家有一股培根和咖啡的味道。门廊里只有一条木头长凳，上面摆着一只摩托车头盔，客厅简约整洁。里面只有一台巨大的平板电视、沙发和咖啡桌。没有地毯，没有台灯，没有小摆设，墙上也没有照片或画儿。屋里也没有乔爵士，但没一会儿，他从餐厅出来了，穿着周末的那套黑皮裤配白T恤，手里拿着马克杯。一见薇拉,他便停下脚步说:“哎呀,嗨,美女。”

“嗨。”薇拉说。

“是什么风把你给吹来了？”

“哦……”

她看着厄兰德。厄兰德正在扭动大脚趾和脚掌，手依然插在后裤袋里。遇上薇拉的目光时，他拼命咽了咽口水，然后转向乔爵士：“我刚告诉她我想告诉你的事情，她说她也许可以帮忙。”

乔爵士冲厄兰德扬起眉毛，等他继续。

“是关于，你知道的，你那把枪。”厄兰德说。

乔爵士迅速扫了薇拉一眼，无疑是不希望她知道那把枪的存在。但薇拉面不改色。

“是这样，有一天它，那啥，意外走火了。”厄兰德说。

“什么？！”乔爵士大吃一惊，“走火？走哪儿去了？”

“呃……”

“在哪走火的？”

“唉……门廊上？”

乔爵士吃了一惊，眨了眨眼。

“我当时在，给我认识的男孩看，就学校那个。他把枪拿到了门廊。我不让他拿，他还是拿了，我拼命从他跟前抢过来，一不小心它，呃……”

乔爵士说：“该死的，厄兰德，你可能会打到别人！”

厄兰德和薇拉都屏住了呼吸。

“哦。”乔爵士说，“你的确打到人了，是你打了丹尼丝？”

“这是场意外！我发誓，我当时拼命制止那个男孩拿着它到处挥。”

乔爵士说：“我不在家的时候你带朋友回来了。彻底违反规定了。”

“我只是——”

“你还从我的海豹皮靴里面把枪给掏出来了。”

薇拉差点儿就要咯咯笑出来了。

“还有你。”乔爵士说着转向薇拉，“你为什么想掺和这件事？”

“我过来是因为我知道厄兰德真的觉得非常非常对不起你。”她对乔爵士说，“我只是想确保你理解这一点。”

“我猜你现在要起诉什么的了吧。”

“起诉？”她问道。这个问题实在出乎意料，乍一听她以为是某个名叫“苏”的人[1]。

“你们这种人就是这样的，不是吗？”

“你在说什么呢。”

“那到底是什么？”他说，“你想要怎样？”

“我都跟你说了，我希望你明白，厄兰德觉得很抱歉。”她顿了一下，然后补充道，“他怕你告诉警察。”

“警察啊。”乔爵士说，“哦，这个啊。”

[1] 译注：英文名字“苏”和“起诉”为同一个词。

一片沉默。

“告诉警察吗，我不太放心。”他终于开口了。

又一阵沉默。

“我是说，据我回忆，我把枪弄回来有一段时间了，没登记过的那种。”

“我明白了。”薇拉说。她摆出一脸不置可否的表情。

“我不是说这是偷来的啊。”

“我当然明白。”

“但我没有许可，我觉得最好还是别烦他们了。”

“说得过去。”薇拉说。

她瞥了厄兰德一眼。厄兰德在咬下嘴唇，眼睛一直盯着乔爵士。

“还有，”薇拉对乔爵士说，“厄兰德怕你不让他继续在这儿住了。”

“哈。”乔爵士说。他看起来似乎很惊讶。他拿着杯子抿了一小口。“是啊，我要考虑下。”他说，接着夸张地深思熟虑了约十五秒，然后说，“算了算了，真该死。”

薇拉不确定他是什么意思。

“这就是惹麻烦的年龄，十五岁。”他终于说道。

“哦！是啊！就是这样！”薇拉激动地附和。

“天哪，这孩子现在连驾照都不能拿呢。”

薇拉发出啧啧声。

厄兰德说:“那我能继续住啦?”

乔爵士耸耸肩。“我想是吧。”他说。

厄兰德摘下帽子——一圈圈焰火般的头发像玩具娃娃那样贴在头皮上!他“吁”了一声。

“但别告诉丹尼丝。”乔爵士对他说。

“哦,为什么不能啊?”薇拉问道。厄兰德则说:“我还在想应该跟她道个歉呢。”

“不行。”乔爵士不屑一顾地说道。

“我早就想道歉了。”

薇拉说:“我敢打赌,要是她知道别人不是有意打她的,她心里会好过许多。”

“她为什么要那样想呢?”乔爵士问。“现实点儿吧,”他对厄兰德说,“她才是最可能找警察的。”

“你觉得她会?天哪。好吧,乔爵士。”厄兰德温顺地说道。

薇拉想争辩,但她觉得乔爵士能坦然面对这个消息已经值得庆幸了。

周二下午,薇拉和谢莉儿开车送丹尼丝去骨科医师办公室。丹尼丝期望赶紧把石膏绷带换成行走石膏,她宣布这个想法的时候,薇拉心里感到一阵刺痛。一旦换成行走石膏,丹尼丝就不需要她了,这似乎有点儿太突然了。

不知怎么的，薇拉在巴尔的摩的时间神不知鬼不觉地延长了。客房已经有了家的感觉，略显破旧，但住得心里踏实；清晨散步相遇时，人们会冲她微笑；每天路过丹尼丝家门口两次、被三只西部高地白梗牵着跑的那个男人开始和她谈天气；角落里的毛绒玩具兔子终于被人领走了，也可能被人悄悄扔掉了。她和丹尼丝好像相处已久的室友一样，她知道丹尼丝要等吃完早餐后才会活泼健谈，还知道两人都喜欢在晚上来杯霞多丽葡萄酒，丹尼丝还开始指望薇拉接她的话茬儿了。“街那边的人都特别以自我为中心，”她会这样说，“特别傲慢、膨胀，太……太……”薇拉则说：“太霸道？太自负？”要是再住久一些，薇拉想，也许她俩就要开始互相纠正逸闻趣事了。

“你就打算这样偷偷摸摸地离开我吗？”最近一次电话中，彼得质问道，“我们要变成那种妻子永远待在乡村、丈夫一直住在城市的那种夫妻吗？”

“老天啊！没那么夸张吧。”薇拉对他说，“你应该享受属于自己的时间。”

大部分时候是彼得给她打电话。只有这样才方便一点——她不知道彼得什么时候要去打高尔夫或去俱乐部吃饭，等等。不过，一旦薇拉接通电话，彼得就会变得乖戾暴躁，爱答不理，好像是薇拉主动打来烦他似的。所以，尽管薇拉在屏幕上看到彼得的名字时会很开心，她却发现对话难以维持。可她假装一切正常，努力让自己听起来轻松愉快。她跟彼得分享了谢莉儿的烘焙新计划，并开玩笑似的说，他不在这儿，飞机感到很孤独。

关于丹尼丝，她说得没那么清楚。她还没告诉彼得，丹尼丝现在可以去工作了，也没提行走石膏的事情。

丹尼丝从检查室出来时，绑着厚重的蓝色帆布靴，到小腿一半处。一个穿着粉色实习医生制服的年轻姑娘帮她拿着手袋和拐杖，但丹尼丝自己在走。“快看我啊！”她对薇拉和谢莉儿说。走近后她又说：“这是用维克罗粘扣绑的，洗澡时可以拿下来。我要剃腿毛了，等不及了啊。”

“给。”实习医生说着将丹尼丝的东西递给薇拉。“你现在要小心点儿，”她对丹尼丝说，“别走太多路，听医生的话。”

“好啊好啊。”丹尼丝吐着气说道。她把两只手举过头顶。“终于自由了！”她兴奋地喊起来。

不过，离开那栋楼时，她还是需要扶着薇拉的胳膊，上车时也要重重地依靠在薇拉身上。

“丹尼丝开始用行走石膏了。”那晚，薇拉对彼得说。

“那她可以开车了吧？”

“还不行，但她走路可以不用拐杖了。”

“她能上楼吗？”

“嗯，只能坐下后一点一点挪上去。”薇拉说，“还是颤颤巍巍的，爬楼梯太冒险。”

其实，丹尼丝坐下来一点一点挪上去已经有一段时间了，但薇拉现在才说。

但再待一段时间也用不着感到内疚——丹尼丝目前还不能开车，光是在房间里活动都还很费劲，拿取大件物品也需要薇拉帮忙。

“至少可以说快了吧。”薇拉对彼得说，“过不了多久，她就能自己打理了。”

“那你还不赶紧给罗娜打电话订你的机票？”

“哦，这个，”薇拉说，“我再等等。”

第二天晚上薇拉做晚饭时，理查德和巴里按响了门铃。是谢莉儿开门的，她大声喊着：“我来开！我来开！”她冲到门口，飞机紧紧跟在后面。她将两位男士带向厨房，薇拉在那里切面包，丹尼丝在摆桌子。

“看看你啊！”理查德对丹尼丝说，“当真在走路呢！”

“更像是在晃悠。”她说。

理查德难得穿便装，牛仔裤和Polo衫，但一只手拿着写字板，看起来有板有眼的。巴里则穿着宽松的抽绳束腰裤，带着巨大的卷尺跟在理查德后面缓步走进来。

“我们有个任务呢，”理查德说，“我们来量一下你的盥洗室。”

“为什么啊？”丹尼丝问道。

“明顿太太在卖房子，我帮她处理。我跟她说了，要是有个盥洗室，就能卖更好的价钱。”

“明顿太太要搬走了？”谢莉儿问道。

“没错。她房子楼下居然没有卫生间，你敢相信吗？”

薇拉说：“天哪，她这是怎么过的？”

“我不知道。”理查德说，“所以巴里想看看你家的情况，你们两家房型一样。”

“看吧。”丹尼丝说，巴里费劲地走回门厅。他先是打开了一扇门，又关上了，接着打开了另一扇。“有意思。”他喊道，“在楼梯对面的凹室里，不在下面。”

“楼梯下面是我的衣柜。”丹尼丝说。

“我也看到了。”巴里说道。他的声音含糊不清。接着他们在厨房里又听见了巴里伸缩卷尺的声音。

“明顿太太要搬到哪里去？”丹尼丝问理查德。

“我记得是新泽西。”

“如果放在楼梯下面，你还能多出来两尺空间。”巴里喊道。

丹尼丝说：“我哪儿也没放啊。一定是房东太太放在那里的，我们搬来的时候就有了。”

她一瘸一拐地走向门厅，其他人也跟了过去。她越过巴里肩头向盥洗室看过去。“明顿太太的这片空间是怎么用的？”她问。

“就是大大的旧抽屉柜，我记得。”巴里说，“对吧，理查德？”

“没错，上面大概盖了六块小桌巾。”

巴里啪地关上卷尺，对丹尼丝说：“我真想知道你房东是从哪儿弄来那个超小的水池的。”

“跟我们去看看吧。”理查德对大伙儿说，“我很赞成像丹尼丝家这样利用楼梯下面的空间，但我觉得还要看看水管是怎么接的。”

“谢莉儿会想她的。”丹尼丝说。他们都向门口挪过去了，显然，大家都准备去隔壁看看。“对吧，亲爱的？你知道她的，”她对薇拉说，“她老是希望有自己的奶奶。”

薇拉心如刀绞，却强作笑颜。

他们向门廊走去，下台阶，丹尼丝扶着巴里的胳膊走台阶。飞机毫不犹豫地在前面带路，向明顿太太家走去，似乎很清楚他们的任务。“我在想，灌木丛也应该整整了，”理查德对薇拉说，“这样路边会好看点儿。”

现有的灌木不伦不类，凌乱粗糙，杂草丛生。门前道路满地裂缝，在众人脚下被压开裂。

“某些小夫妻估计会感兴趣的。”巴里说，“也许可以当他们的第一套房。”

这真叫人难过，薇拉想，老太太住了大半辈子的家，只配给年轻夫妇做第一套房。

明顿太太正好站在纱门边上和本聊天。“你们回来啦。”她对理查德和巴里说道，“你们看见本的猫咪了吗？哦，丹尼丝！你把拐杖扔啦！”

“丹尼丝的盥洗室在厨房左边的凹室里。”理查德对她说，“根本不在楼梯下面，楼梯下面是衣柜。”

“啊呀，我没有衣柜也凑合的。”明顿太太说，“以前家里来人，都会把衣服搭在楼梯下面的栏杆柱上。”

她倚在助行器上，迈着重重的步子，转身带他们走进昏暗的屋里。楼梯下面那片空间空空如也，看起来怪怪的。门厅铺着栗色地毯，很厚实，像是毛毡，屋子里弥漫着一股浓浓的羊毛味道，薇拉直想打喷嚏。

理查德说：“如果我们能找到一个像丹尼丝家那样的迷你水池，就可以安在这里了——把你的盥洗室放在凹室里面，楼梯下面变成衣柜。买家都希望一楼有盥洗室的。”

“为什么要去新泽西啊，明顿太太？”薇拉问。

她很怕听到回答，担心她会说出养老院什么的，但明顿太太立刻高兴起来了，说：“我有个女儿，玛丽。她在后院建了座很不错的小屋，和她那栋完全分开，但是才几步路。”

“哦，多好啊！”薇拉说，“真希望我也有个女儿。”这些话她不假思索，脱口而出。

丹尼丝说：“呀，薇拉，我永远都可以当你女儿！”

薇拉很是感动，谢莉儿依偎在她身边，两条胳膊环住她的腰，更是让她动情。

“我女儿对我特别好。”明顿太太自豪地说，“她一直劝我住过去呢。”

“哎呀，你真是好福气。”薇拉说。

“但你家孩子一定也这么想，我猜。”

“哦，这个嘛……”

谢莉儿说：“薇拉，你是个有钱人吗？”

“什么？不算吧。”

丹尼丝说：“谢莉儿·卡莱尔，你到底为什么这么问？”

“我在想，也许她可以在我们后院建一座小屋。”

薇拉感动地捏了她一下，但是本嘟哝道：“不知道保罗意下如何。”

丹尼丝和薇拉一起问：“谁啊？”

“保罗……哦，是彼得……你们明白，她丈夫。”本说道，他不屑一顾的腔调让薇拉不禁好奇地瞥了他一眼。

“我跟女儿推了很久。”明顿太太告诉薇拉，“我看重自己的独立，你明白的。我也担心搬家会让我可怜的狗受不了，他现在也老了，都习惯了。但某天我转念一想，干吗不去呢？为什么不住到玛丽家附近呢？最近是有点儿不方便了。”

“我能想象。”薇拉说，“你每次都自己爬上楼去卫生间，真是不容易。”

“哦，那个问题不大。我只要用两只手扶着栏杆，慢慢挪上去就好了。然后楼梯上面还有另一个助行器——这是我的小奢侈，保险只管第一个助行器的费用，他们跟我说的。不是楼梯的问题，更是……你懂的，弄清楚自己为什么而活。我这个年龄，这才是大问题。”

一阵沉默，气氛有点儿诡异。然后薇拉说——她实在忍不住了——“那么，你为什么而活呢？”

“啊呀，老了吧，有一个问题，那就是所有事情都需要花更多时间去做。洗澡、数药片、滴眼药水……一天做做这些事，差不多就过去了，这很让人惊讶的。”

“啊。”薇拉说。

不过，这对薇拉来说并不太受用。她腿脚依然灵活。

“但有时候吧，感觉生活太重复了。明白我意思吗？比如我穿衣服的时候会想，又是老一套的颜色，我想穿新的颜色，可这世界上颜色就这么多种，怎么都找不到新的了。还有蔬菜，都是老一套。晚饭吃菠菜，或者西红柿、玉米……为什么不能发明点儿新蔬菜呢？好像我把所有东西都用了个遍。”

“还有西蓝苔[1]。”谢莉儿说着，胳膊突然从薇拉腰间松开。

“什么呀，宝贝？”

“一种新蔬菜呀。”

---

[1] 编注：西蓝花与芥蓝杂交选育而成的一种新型绿色蔬菜，又称小西蓝花、青花笋、芦笋青花菜。

“哦，这样啊。”

本转身对薇拉说：“薇拉，你为什么而活呢？”

“我？”薇拉说。

“亨利走了，日子就不好过了。”明顿太太若有所思地说道。“意义都是男人给的，你发现没？”她问薇拉。

“是啊，”薇拉说，“我也发现了。”

“这样，我打算这么弄。”巴里对明顿太太说，“我有一位专业的水管工朋友，我俩明天回来打理下你的水管。”

“嗯，如果你觉得可以的话。”明顿太太将信将疑地说。

随后，他们就朝门口走去了。没进门的飞机在门口晃悠，剪影映在门廊上，鼻子贴在纱门上。见众人过来，他立即转身冲向台阶，打着转迎接他们，激动地摇着尾巴。

从门厅的浑浊空气中走出来，户外的空气显得格外清新。丹尼丝一条胳膊勾着理查德，另一条勾着巴里，夹在两人中间一瘸一拐地走着。谢莉儿给飞机扔了一根小木棍，飞机飞一般冲了过去，耳朵快乐地扇动。本对薇拉说：“你还没回答我的问题。”

“什么问题？”她问，摆出一脸迷惑的神情。

本没有重复，而是说道：“我一直在想你父亲的建议。把日子切分成独立的小时刻。你觉得这样做，方向会不会错了？”

薇拉皱起眉头。

“我是说，要是有时候自己可怜自己，为什么不试试相反的法子？放大范围，把自己看成地球上许许多多人中间的一个。”

“嗯，”薇拉说，“但这难道不会让人感觉自己很……渺小吗？”

“我本来就很渺小。”他说，“我们都很渺小。我们只是无穷宇宙中浮游的微小有机体而已，至于能不能记得关掉烤箱，不会产生多大影响的。”

他这样自我安慰，薇拉听罢大笑，本也冲她微笑，看起来并没觉得被冒犯。他接着冒出一句“他在这儿！”说完立刻向街上蹒跚走去。“快给我过来，你这个小坏蛋。”他喊道。回来时，他胳膊上挂着罗伯特，像搭了一条披肩似的，两人的对话就此结束。

晚餐后，薇拉和谢莉儿、丹尼丝一起玩“我怀疑”，这时彼得拨打了座机电话。是谢莉儿接的。她说：“喂？”然后是“哦，你好啊彼得！”接着是“让我看看”，随后便把听筒按在胸口，对薇拉说：“他问你现在是不是方便说话。”

“谢谢。”薇拉说。她挪开躺在脚背上的飞机，走到客厅里。

“她来了。”谢莉儿对彼得说，“不过我们正在玩游戏呢。”然后把电话交给薇拉：“下一步是你走，记住啦。”

薇拉说：“喂？”

“你哪儿去了？”彼得说，“我一直在打你手机。”

“哦，我肯定把它放我屋里了。对不起。家里一切都好吧？你今天过得怎么样？”

“不算好吧。”他说。

“怎么了？”

“你觉得呢？我一直在这栋房子里自己打转转；我有个太太，但连她长什么样我都忘了；今晚要去吃饭，我不知道该带谁去，家里也没有想吃的东西。”

“冷冻柜里不是还有海鲜炖菜吗？”

“我不想吃，我说了。”

“哦，太遗憾了。”薇拉说。她在电话线圈之间绕着手指，往客厅望去。谢莉儿和丹尼丝都在看她，一脸期待，希望她快点儿回去。

“你就这么说？”彼得问。

“什么？”

“薇拉，你心思在这儿吗？”

“当然在。”她说，实际上她只有一半心思在听。但等她回到其他人身边时，心思也只有一半在纸牌游戏上。

11

大家一致认为，最近天气好得出奇，热，却在可以承受的范围之内，也没有平日那般潮湿。不过，他们的确需要雨水。薇拉来这以后，还没见过草坪喝饱水——多尔卡丝路上的草坪也不多。星期四黎明前下了一场阵雨，雨水降临前的雷声听起来很新鲜，醒来时薇拉恍惚以为是图森高尔夫草坪的自动浇灌系统。有那么一刻，她甚至在紧张地回想，自己是在什么时候、什么情况下飞回去的。

早餐时，丹尼丝宣布，下雨就不去上班了。谢莉儿也推测，她和薇拉不能照常带飞机去散步了。尽管如此，薇拉还是从衣柜里拿了把伞出发，结果发现飞机和谢莉儿想法一致。他心不在焉地在树篱边上抬起一条腿，然后就转身有所诉求地看着她了，意思是希望现在就回去。"你真像小女生啊。"薇拉对他说。现在，她很期待每天清晨的散步时光。这已经成了她开启新一天的方式。但她还是让步了，任由飞机蹦蹦跳跳地回到门廊台阶上。

下午雨早早就停了，即便如此，丹尼丝还是不想去上班，而是说："也许我该试试能不能开车了，你说呢？"

"哦，好主意。"薇拉说。

不过说实话，她心中有一丝抵触情绪油然而生。

她们用塑料袋包住丹尼丝打石膏的部位，怕踩在地面弄湿。两人走出去坐进车里，丹尼丝先把座位和所有的镜子都重新调整了一下，之前薇拉用车的时候动过了。接着，她又小题大做地考虑了半天该怎么放受伤的那条腿。空间完全够，她却说："感觉太别扭了！要是突然踩刹车，它好像会碍我的事。"

但她最终还是缓缓地把车开上了路，以平稳的速度开到了街区尽头。她们先费劲地右转一次，接着再右转三次，最后停在了家门口，丹尼丝立刻来了句“吁！”，然后把钥匙从点火开关拔出来递给薇拉。“先就这样了，”她说，“你还得再给我当一段时间司机，薇拉。”

想到自己可以给别人当司机，薇拉就觉得很好笑，但这些日子以来，坐在驾驶座上的确更自在了。常走的路线已经熟了——去超市、学校、自动取款机等地，她也摸清了丹尼丝这辆老车的怪脾气。其实，她可以说是很享受开车了。

次日，她又开车送丹尼丝上班，却渐渐明白很快就不需要她来开了。她开始恋恋不舍地看每个人，就像儿子们要去上大学前那样。丹尼丝那头深金色秀发，哪怕别到耳后看起来不太合适，也像缎带一般闪耀；谢莉儿胖嘟嘟的面颊可爱而柔软；还有飞机鼻子上优雅的小卷毛——她无比钟爱，发誓要把它们刻入记忆。她甚至觉得自己会想念厄兰德的精灵帽、哈尔追随着丹尼丝的凝视，还有本·戈尔德说话时，总是冲着对方突出浓密的白眉，像伸出的天线。

但她还是没动手预订返程机票，彼得提出要帮她给罗娜打电话时，她推阻的理由明显就是借口。丹尼丝还不算真正能开车，她上来就这么说；彼得说：“所以呢？她可以找个邻居帮她开，我敢肯定你那个医生朋友会乐意的。”

“我那个医生朋友。”薇拉重复道。

“记不得他的名字了。”

薇拉叹了口气。

“不光是开车的问题，”她对彼得说，“她也不能做重的家务活，走不了地下室的台阶。”

“她为什么要去地下室呢？”彼得问。薇拉说：“洗衣机和烘干机在那里啊，记得吗？”

“谢莉儿完全可以自己操作的，记得吗？”彼得问。

“嗯，没错，但是——”

“小家伙儿。今天是周五。如果你周末回来，我可以去机场接你。”

“哦，你不需要跑去接我的。”

“可是我想接你啊。”他说，“还有，那样我才能确定你不会落地后又转身飞回去。”

“哈哈。”薇拉说，“家里怎么样？”

“寂寞。”他说，“连你的巨人柱都寂寞了，看起来不怎么样。”

“哦，不是吧！它怎么了？”

“有点儿……我说不好，有点儿苍白。”

“苍白？你说苍白什么意思？它一直是苍白的。”

“皮上有点儿皱。”

他在瞎编，薇拉敢肯定，仙人掌科植物生长缓慢，绝不会那么快就蔫的。“哦，唉，太糟了。”她冷血地说道，向彼得的谎报军情叫板。

“啊，”他说，“那我该跟罗娜说周六还是周日啊？”

“你说得好像自己是上班族一样。”她说，“对你来说是不是周末有什么区别呢？”

现在是下午，近傍晚，她的心思已经飘到了晚饭该吃什么上面，所以也没注意措辞。彼得刻意保持沉默——薇拉差不多可以感觉到空气中的寒意。接着他说：“是啊。好吧，我不打搅你做事了。”然后就挂了。

周六，薇拉接到了妹妹的电话。亏得她在楼上、手机就在近旁，否则就要错过了。“伊莱恩？”她接起电话，“一切都好吧？”

“你在哪儿啊？”伊莱恩问道。她听起来很生气。“我一直在打你电话。”

“你打电话了？你打我手机了？”

“不是，你家号码。”

“但我跟你说过了，我在巴尔的摩。”薇拉说。

“你老早前告诉我的。你还在那里？”

“没错。”

“唉，该死的。我在凤凰城开会。”

“你在凤凰城？在亚利桑那？”

伊莱恩不屑于回答。

“我不知道你在！”薇拉说，“你给我留言了吗？”

“没。”伊莱恩说，“我直接挂了，我怕要和德里克说话。”

“跟……”薇拉说。

“我是说彼得。对不起。彼得、德里克，有什么区别呢，对吧？”

不管薇拉对妹妹的直白多么习以为常，还是会不时被震惊到的。她突然坐在床边，手机贴到耳朵上。

“喂？你还在听吧？”伊莱恩问。

“在听。”

“你似乎赶不回来。我明晚就走。”

“唉，要是我早点儿知道就好了。”薇拉说。

“为什么？知道的话你会早点儿飞回来吗？”

“可能会呢。”薇拉说，“我真的好久没见你了。”

实际上，现在一想到伊莱恩，薇拉就需要提醒自己妹妹已经成年——发间有了灰色，体态也已定型。

伊莱恩说：“唉，我也拼命打电话找你了呀。”

“是呀。”薇拉说，“太遗憾了，碰不上了。”

而她想念的是很久以前坐在早餐桌边的六岁小女孩，不是电话那头粗声粗气的女人。

正当薇拉把手机放回包里时，她看到有条新信息。点开后，伊恩的照片出现了。他和一位身着护林制服的老人还有一位穿着登山服的健壮女青年一起，站在小木屋前。伊恩自己穿的是牛仔裤和已经褪色的防风夹克。几年前他就长胡子了，不过薇拉现在看到，还是会吓一跳，短短的胡须直立，让他的脸显得更加瘦削；他还配了副新眼镜——那种曾被称为老奶奶眼镜的样式。“嗨妈妈，来这儿拿补给，希望你一切都好。”他写道。至于“这儿”是哪儿，他没说。她细细从照片上寻找线索：木屋一定是家小店，门上写着“伯内特商店”，两端各有一个可口可乐圆盘，像图钉似的。按年龄看，那个女人有可能是伊恩的女友，不过，他们站在一起，却明显没有身体接触。仔细看，这个女人神态自然，看起来漫不经心，一副懒洋洋的样子，表情平淡，也许只是伊恩的熟人而已。

薇拉倒是想好该怎样回复了。“收到你的消息真好，还在巴尔的摩。”她写道。然后她走下楼梯，把照片拿给丹尼丝看。“这是伊恩，”她说，“肖恩的弟弟。”

“天哪，他俩看起来一点儿都不像，是吧？”丹尼丝说。

“他俩一直都不像。我看不出来这是不是他的女朋友。你觉得呢？”

丹尼丝仔细看照片。“不像。”她终于说道，“我觉得不像。”

“这些年他交过几个女朋友，但都是没多久就吹了。”薇拉说，“我真的开始担心自己还能不能当奶奶了。”

“哎呀，这么看吧。”丹尼丝说着，把手机还给她，“要是你没有孙子孙女，就永远不用担心他们会遇到世界末日了。”

听到这话，薇拉笑了起来。“就是啊。”她说。

周日下午，丹尼丝接到了帕蒂和劳丽妈妈的电话。

薇拉从来没见过她，所以当丹尼丝说“哦，嗨，弗朗”时，她本以为说的事情和自己没关系。“你知道了？”丹尼丝接着问道，然后又说：“你说什么？”

薇拉和谢莉儿正一起烤姜饼，听到她尖厉的声音后都望了过去。她说：“你开玩笑吧。”

她们想不出来电话那边说了什么。

“还有谁知道？”她问道。然后又来了一句：“你开玩笑吧。”她一只手像没边沿的帽子似的扣在脑袋上。“唉，谢谢你，弗朗。谢谢告诉我。我在这里问问。再见。”

她挂了电话，转向薇拉和谢莉儿。“所以，”她说，“弗朗·杜蒙说开枪打我的是厄兰德。”

薇拉和谢莉儿僵住了。

“你知道这件事，谢莉儿。还有你，薇拉。你们一直都知道。”

薇拉说：“唉，不是一直……”

“你俩知道却不告诉我。”

薇拉感到自己脸红了。她看见谢莉儿嘴巴边缘绷出一条白线。

“我居然被迫从另一个人那里听到实话。”丹尼丝说，“你俩到底有没有打算告诉我？”

两人都没回答。

“还有谁知道？”丹尼丝问薇拉。

“我觉得没了。”薇拉说,“哦,当然,还有乔爵士,但是——”

“乔爵士知道了?”谢莉儿说。

薇拉点点头。

“他怎么说的?”谢莉儿问。

“他怎么说又怎样?”丹尼丝质问道,“我才是当事人。天哪!好像大家都知道,只有我不知道。我就跟个傻子似的。”

“哦,请别那样想。”薇拉说,“我们不是……同谋或是什么。我保证!我们不想让谁陷入麻烦。”

“‘我们,’”丹尼丝愤愤说道,“你和谢莉儿。你心里倒是舒坦了。我早就该想到你会夹在我们中间,你总是装出一副淑女范儿,乐呵呵的,礼貌,温柔,表……表……”

“……表面工作?”薇拉悲伤地提示道。

丹尼丝怒视着她。“表面之下多管闲事。”她说,“用你那忙忙碌碌的精致小手指管闲事。”

然后她转过身,砰地打开后门,打石膏的腿迈出步子,哐啷哐啷响,纱门在她身后摔上了。

薇拉和谢莉儿面面相觑。谢莉儿说:“她气坏了。”

“你应该去跟她谈谈。”薇拉说。

“你跟我一起。”

“我不能掺和,必须是你们两个。”

谢莉儿看起来并不高兴,但她最终还是转过身,艰难地向后门走去了。

薇拉回到她屋里，走向打开的窗户，听声音。她不想偷听，只是想知道丹尼丝和谢莉儿有没有聊起来。但这是侧窗，她听不到后院的声音。

她感到自己很凄惨，从包里掏出手机坐在床上，想给彼得打电话，但还是理性地克制住了。她知道彼得要说什么。“我不是告诉过你吗？”他会这么说的，“夹在别人的生活里面你还想怎样？还是不认识的人呢，老天啊！”

所以她还是自己动手搜索返程航班了。回家！光是想想这个词，她就感到一阵欣慰。她不想等到周一罗娜上班，她想立刻飞回去。要是有票，今晚就走。

但今晚的订不到。也许她动作太慢了，她从来没自己在网上订过票。无论如何，她能找到的最早一班是次日清晨的——6:45。她觉得，这还能忍。只要熬过今晚就好了。如果她早早上床，那么在接下来的几小时中就不必与丹尼丝互动了。

输好信用卡信息后（耗时很长，以至于页面刷新，重来了两次），她给彼得打了电话，但她拨打的是座机，指望被转入留言。令她欣慰的是，的确转成了语音留言。“嗨亲爱的，”她说，“是我。就是跟你说一下，我明早回家，11:20到，要是你还想接我的话。”然后她又留下了航班号，故作欢快地来一句“先不说啦！”，差不多可以确信，自己听起来很正常。

不过，电话一挂她的表情就失控了，猛地倒在床边上。

自始至终，她想，她就没做对过一件事。她应该立即告诉厄兰德，他该和丹尼丝坦白，但她又把焦点转移到了乔爵士身上——他会有何反应，该怎样保护厄兰德。还有，面对现实吧：她还可悲地暗暗高兴自己成了个保密者。真是感情用事。她最没有考虑到的就是丹尼丝本人，丹尼丝出离愤怒完全可以理解！

在薇拉眼中，没什么比发怒的女人更恐怖了。

唉。管她呢。她起身走向衣柜，拖出行李箱。

她把当晚不穿的衣服打包好，将明天路上要穿的裙子整齐地摆在另一张床上，然后抹平头发，补了补口红，振作精神下楼去。丹尼丝在客厅的沙发上看报纸，薇拉只能看见她打开的是《巴尔的摩太阳报》。薇拉继续穿过门厅，走向厨房，发现谢莉儿在桌边无所事事。她两手抱在胸前，桌上摆着一盘新出炉的姜饼。

“哦，看起来很不错！”薇拉说。

谢莉儿说：“还行吧。”

“看起来很好吃。”

谢莉儿沉默不语。

“晚饭你觉得我们该做什么？”薇拉问她。

“我不知道。”

“魔鬼蛋？金枪鱼沙拉？”这是个星期天，她们中午已经吃了一顿大餐。

“培根生菜番茄三明治？”

“我讨厌培根生菜番茄三明治。”

“天哪！我还是头一回听到有人说讨厌的。”

“会让我长溃疡的。”谢莉儿说。接着她又说：“煎芝士三明治也许还不错。”

“哎呀，我讨厌煎芝士三明治。”薇拉对她说。

“也许我们可以热一下比萨饼。”

“好主意。”薇拉说，“我们有比萨吗？”

她很希望家里没有。这样就可以去趟超市，耗完尴尬的时间。然而事与愿违，她在冰箱的冷冻室里发现了一块意大利辣香肠比萨。“我们可以做一份沙拉当配菜。”谢莉儿说。她看起来开心一点儿了，从椅子上溜下来，去冰箱看保鲜储藏格里有什么。“我可以自己拌我的调料吗？”

薇拉说：“当然啦。”

她刚才好像演了一出呆板的业余校园剧，唯一令人满意的就是演员们多多少少都没忘台词。

直到晚餐时，薇拉才宣布自己明天离开。她们在厨房餐桌前，坐在平日的位置上——丹尼丝稳坐在椅子上，端端正正，前所未有地拿出了餐桌礼仪，无可挑剔。谢莉儿警觉地看着两个大人，自己也一声不吭。“是这样的。”薇拉终于开口了。她把一块新月状的比萨饼搁在一边，在纸巾上擦了擦手指。“明天，我一大早就要飞回图森了。我觉得我最好现在就说一声，明早我会在你俩起床前出发。”

丹尼丝不嚼了。

谢莉儿说：“你要走？”

“我订的机票是6:45的。”薇拉说，“我会踮着脚尖像老鼠一样悄悄出去。”

丹尼丝说：“你不需要走的。”

“哦，我知道！”薇拉欢快地说道，“但再住下去，彼得会觉得我抛弃他了。”

“唉，别反应过激啊。”丹尼丝说。

“不，当然不是，不过……我能在你打印机上打登机牌吗？”

沉默许久，丹尼丝似乎不打算回答，但她后来还是说：“当然可以啊。”

“谢谢。”薇拉说。

用餐时，大家都保持沉默，随后丹尼丝端起自己的碟子放在水槽边。薇拉和谢莉儿清理桌子时，她先是站在那里看，后来还是离开了。她一走，厨房里就飘荡着一股荒凉的气息。

薇拉往水池里放满热水，把洗洁精挤进去。谢莉儿从抽屉里拿出一块新洗碗布。她说：“薇拉，你能再住一段时间吗？”

“我也希望可以。”薇拉一边对她说，一边用海绵擦拭手里的一大把叉子。

“我都在想，也许你可以在我们后院盖一间小屋。”

薇拉听后微笑起来，她说:“那彼得呢？”

“彼得也可以过来住啊，你还可以变成我们学校的教学资源。安德森太太可想要教学资源了！”

薇拉转身，把洗好的叉子递给谢莉儿，发现她正满怀期待地望着自己。那表情让薇拉想起维多利亚时代情人节卡片上的小姑娘们——面颊微露粉色，上唇弧线像丘比特的弯弓，眼睛是闪闪发光的灰色，还有长长的厚睫毛。她真是最美的小孩，薇拉想。

她在哪里读到过，人类的宝宝生来认为自己有权拥有一双父母——这就能解释孩子为什么会对离婚产生如此激烈的反应了。来巴尔的摩后，薇拉开始想，也许人类也认为自己有权拥有祖父母。反之亦然——她一想到自己没有孙子孙女就觉得无法接受。

哪怕这样就得考虑世界末日的问题了。

打印好登机牌后，谢莉儿提议玩一局“我怀疑”，可薇拉说:“玩‘疯狂八点’可以吗？”——“我怀疑”最好有三人或三人以上的玩家，而丹尼丝已经不客气地向薇拉要回了自己的电脑。薇拉和谢莉儿玩游戏时（说话声很大，夸张地甩牌），餐厅里始终能看到丹尼丝徘徊的剪影，跟着她们转悠，电脑屏幕上映出她石头一般的侧影。

八点半，谢莉儿的睡觉时间还没到，对薇拉来说更是为时过早。最后，薇拉还是早早道了晚安，称明天要早起。“我要不要先带飞机出去？”她问道。她希望丹尼丝主动提出晚一点儿的时候自己去——她现在已经完全可以站在门廊上等飞机尿尿了，可丹尼丝却说了句“要是你乐意的话”，接着继续盯着屏幕。

“他现在就要去吗？”谢莉儿说。

薇拉瞥了飞机一眼，他站起来摇着尾巴。“嗯，我猜你要去。”她对飞机说，“我们走吧。”

门外，夜晚微风荡漾，闲逛的云朵擦过月亮表面。薇拉跟着飞机从门前走到路边，飞机对着灯柱尿尿，然后继续晃悠，追踪吸引他的气味。

高跟鞋踏在水泥路上的声音，薇拉想起了儿时多么渴望有人行道。她梦想生活在一座真正的城市里，窗下每晚都有陌生人鞋底摩擦路面的声音，伴她入眠。现在，她走在这里，轻车熟路地向一座城的人行道走去。

乐呵呵的，礼貌，温柔，表面工作。

要是让薇拉来编排时间之舞，绝不会是三个小姑娘给她展示的那样。不会。她的版本会是一名女子在舞台上从左向右一路旋转下去，观众只能看到一团飞旋的模糊色彩，然后她便消失在侧幕中，呼呼！就那样。然后消失。

飞机仰起头，听起来在嗅什么，他在明顿太太家门口的树篱边上发现了一只猫。“罗伯特？”薇拉说。那只猫停下，冲她的方向瞥来，薇拉开始向他走去，并假装自己的心思在别处。她避开明顿太太门前吱吱作响的步道，避免踩出咯吱声。她悄悄靠近那只猫，然后猛地冲上去捉住他。让她惊讶的是，猫咪任由她捉，既没有抵抗，也没有依偎在她怀里，而是像玩偶似的挂在她臂弯上，等着看她要带自己去哪儿。“送你回家。”薇拉对他说。

她路过明顿太太家，然后转到本的家，飞机一路跟在后面。罗伯特开始打算逃跑了，但薇拉抓得更紧了，她走上门廊台阶，按响门铃。顶灯亮了起来，本出现在纱门后面。“罗伯特。”他不耐烦地说道。“谢谢。”他对薇拉说，“我都不知道他出去了。”

他开门接过猫，薇拉拂去衣衫上的灰毛。“他在明顿太太家门口的树篱里面。”她说。

“你不进来吗？”

“不了，谢啦，我得回去。你知道的，我小时候，猫咪一直都会往外跑。有的还住在外面呢，散养的猫。”

“我小时候也是。”本说，“但现在，据说在美国，猫咪每年大概会弄死三十亿只鸣鸟呢。”

“真的吗?！哦，那我明白你的意思了。”薇拉说。

“我不应该养猫的，可我不能养狗，病人一来狗会大吼大叫的。话又说回来，我实在是喜欢猫咪。”

“哦，”薇拉说，“我总觉得男人喜欢猫是个不错的苗头。这说明他没有很强的控制欲。”

“唉，我当然不指望能控制罗伯特。”本和蔼地说道。他转身放下猫，猫咪像流水似的从他手上滑了下去，静悄悄地溜进屋里。

“不管怎样，他给了我道别的机会。”薇拉告诉他，“我明天回家。”

本扬起眉毛。“那么快！”他说。

“我觉得丹尼丝受够我了。”

“哦，我可不相信会有那种事。”

“真的。”她说，“你得信我的话，我和她该各过各的了。”

“唉，你大老远地跑来照顾她，真是好心肠。”本说。

他听起来那么友善，薇拉眼泪都要下来了。“我不觉得这是‘好心’，”她对本说，“这主要还是为了我自己，我当时闲得没什么事情可以做，说实话。”

“哦，还是好心啊。”他说。然后又说：“哎，我还想了一套狡猾的方案呢：你可以把露辛达·明顿家的房子买下来，然后过来帮助这里的移民。”

“那应该会很有意思的。”薇拉说。

“啊，我们这儿连叙利亚人都有呢！”他对薇拉说。

他听起来像小男生吹牛一样，薇拉不禁微笑。“真的吗？”她问。

“他们好像发不出P的音。”

“发不出P的音？”她饶有兴致地重复道，“真是这样吗？”

随后却戛然而止。“嗯，下辈子再说吧。”她说，“所以，还是再见吧。”她伸出手。

本握住她的手，问道：“你怎么去飞机场？”

飞机在本的球鞋附近嗅来嗅去，这时竖起了耳朵看着他，也许因为听到了自己的名字。“打车吧。”薇拉说。

“我开车送你吧，你看怎么样？”

“哦，谢啦，但我很早就要走，你肯定不敢相信是有多早。”她说。

“多早？”

“呃，4∶45左右？我一赶飞机就紧张。”

“那更好，”本说，“我还能赶回来给人看病。”

“这样啊……”

“就这样说定了，”本对薇拉说，“到时候见。”然后冲飞机吐了吐舌头，回到屋里。

等薇拉回到丹尼丝家，谢莉儿已经不见了踪影，丹尼丝转移到沙发上浏览杂志。她面前的咖啡桌上放着半瓶酒。“飞机回来啦，平平安安！”薇拉对她说。丹尼丝说：“唔？哦，谢谢！”接着翻了一页。

薇拉爬楼梯回到自己屋里，心隐隐作痛。

她看见谢莉儿门底下透出一丝光亮，便穿过走廊轻轻敲门。“谢莉儿？”她低声道。

她听见谢莉儿双脚踏在地板上，噔噔跑了过来，片刻后打开门。谢莉儿穿着睡衣，却还没上床，枕头还竖着靠在床头板上。

“我就是来说声再见。”薇拉对她说，“明早我去机场的时候你肯定还没起来。”

谢莉儿没吱声，只是把胳膊环在薇拉腰间，小脸贴着她。“她不是……”她说，然后嘟哝着听不清的话，薇拉上腹部感受到了她温暖的呼吸。

“怎么了，宝贝？”

谢莉儿松开，望着她说。“她不是真心那样想的，说你表面什么什么的。”

“哦，嗯。”薇拉说，“就算她真的那样想，也没关系。”

“真的，她不是那么想的。她会改变主意的，一两天的事，你看吧。你没发现她没告诉警察吗？”

薇拉还没来得及想这个问题，但这似乎只是证实了丹尼丝总是不急不慌的——比如喝多了阿姆斯特尔淡啤酒以后意外怀孕，却迟迟未发现，最后不得不退学。薇拉告诉谢莉儿：“嗯，挺好，我猜厄兰德犯不着担心了。”

她吻了谢莉儿的额头说：“再见宝贝，我会想你的。替我照顾巨人柱，好吗？”

“怎么照顾呢？”谢莉儿问。

“时不时浇点儿水就可以了，但别浇太多。它耐力很好的，记住：不能溺爱。”

“那你过段时间会回来看看它长得怎么样吗？”

“当然会啊。”薇拉说。她并不想承认自己无意再回来。

她本打算睡前给肖恩打个电话，告诉他自己要回去了，表示见到爱丽莎很高兴。可究竟为什么要打呢？晚餐后肖恩都没联系过她，也许肖恩并不在乎她是否还在这里。实际上，见到爱丽莎她并不高兴，至少算不上高兴。

这么想不合礼数，薇拉明白，于是便立刻压制下去。尽管如此,她还是没给肖恩打电话。她也没试着再给彼得打电话。她已经给彼得留言了，至于他来不来机场，无所谓。她自己回家完全没问题。

她设好抽屉柜上的闹铃,4∶15。起床穿衣不会超过半小时，咖啡到机场再买就行。她换上睡衣,把白天穿过的衣服收拾好，洗脸刷牙，关灯溜上床，合上眼，谢天谢地。

这真是漫长的一天。

12

薇拉不确定本会不会守时。他也许会迟到，也许根本就不会出现。但4∶45整，正当她蹑手蹑脚拎着行李箱下楼时，隐隐约约传来敲门声。她将行李箱放在楼梯最下面，打开门。

“早上好。”她含糊地说道，本低沉地说了句“早啊”，喷出一股薄荷牙膏的气息。

外面比里面亮——在浅灰色的晨雾中，只能看出他模糊的身形，分辨不出表情。“你就这点儿行李？”本指着薇拉的箱子问道。

还没来得及回答，客厅便传来一阵动静。两人转身，只见一个白色圆柱逼近：丹尼丝裹着被单来了。她只露出椭圆的脸蛋，但从她的脚步声可以听到石膏和鞋子的碰撞声，一定是已经穿好了白天的衣服。她身后传来飞机脚趾甲着地的嗒嗒声。“嘿！”她对本说，声音听起来有些粗哑。

“哦，早啊。”本说。

丹尼丝转向薇拉，正面对着她，无比郑重。“听着，”她说，“你用不着因为我离开。”

薇拉说：“哦，时间真的差不多了。我该让你享受自己的家了。”

“哦，你为什么总觉得什么都是在针对你呢？”丹尼丝问她，“我觉得我们处得很好！我甚至都在想，你能不能一直住在客房里。我是说，我是很冲动，有点儿，但从我的角度想想吧！你和谢莉儿那么亲密，你们有小秘密。我讨厌别人背着我隐藏秘密！在我背后说悄悄话，狡猾地说这事我们别让丹尼丝知道……我就是讨厌这样！我最讨厌这种了，尤其是肖恩做了那些事情后！这很伤人，薇拉。”

为什么？薇拉想，人们为自己的愤怒道歉时为什么会重新燃起怒火呢？她说：“哦，对不起，丹尼丝。我不想伤害你的。请原谅我。”

她又走近一步拥抱丹尼丝，可丹尼丝并没拥抱她——不过这可能是因为她裹着床单。然后薇拉弯腰把面颊贴在飞机散发着旧毛衣气息的脑袋上，他发出哀鸣，薇拉理解成他舍不得自己，随后她不情愿地直起身来。“我们可以走了吗？”她问本。

本犹豫片刻，最终却还是点头应允，他后退让薇拉从门口出来。“再会，丹尼丝。”本说，“我会来看你，如果可以的话。”

丹尼丝没说话。可薇拉和本向街上走去时并没听到身后关门的声音，丹尼丝应该是一直目送他们离开的。

本那辆小小的丰田花冠停在路边，亮着前车灯，引擎也开着。尽管引擎轰鸣，薇拉还是能听到树上传来睡意蒙眬的鸟鸣，但除此之外，周围一片寂静。窗户都是黑的，路上也没有车开过。她觉得，哪怕低声细语也会打破这宁静。

本把她的箱子放进后备厢，她钻进乘客后座。本的车里有一股发霉的旧报纸气味，仪表盘上贴着一张便签条，上面写着“挡风玻璃清洗液”。等他坐到驾驶座后，薇拉借着车顶灯看到他还没刮胡子，龇须让他饱经风霜的脸上闪着白色的小光点。他穿了一件格子衬衫，袖口卷起，看起来更像农民，不像医生。

“你和谢莉儿有秘密瞒着丹尼丝？”他从路边开出去，问道。

在此之前，薇拉其实惊讶于他居然能忍住不问，他会好奇也是人之常情。“就是枪击的事情。”她说，“结果发现是有人意外走火的，但谢莉儿不想告状。”

本发出哼哼声。“当然是意外，”他说，“谁会故意去打丹尼丝那样的姑娘呢。”

他没问是谁引发了这场意外，薇拉舒了一口气。

他们路过考利家，然后是哈尔家。这条街上，那么多人独自入眠，独自醒来，起床后各做各的事。薇拉现在就知道，自己一定会想他们的。她想象考利一路轻快地奔向工作，小脚穿着亮闪闪的鞋，手里拿着一杯外带咖啡；想象哈尔缓缓向丹尼丝家走去，盼着她哪天接受邀请跟他出去；想象丹尼丝郑重地宣布某件事情，句子结尾来一句“所以……耶！”，好像贴上自我肯定的标签一样。

“现在，你确定要这样吗？”本说。他好像读懂了薇拉的心思。

薇拉却说：“没错，我确定。”

他们右转驶入鲁本路。这里的房子同样没亮灯，门廊空空如也。本的收音机一直在低声播放着什么——是新闻节目。但随后，他伸手关了。

薇拉从包里取出登机牌。不知为什么，丹尼丝的打印机每隔九行就会出现一条水平方向的白色划痕。有一条划痕直接就在条形码上，这让她很担心。(旅途中，她总是能找到让自己担心的事情。)她逼迫自己再次望向窗外，怕晕车。他们已经离开了住宅区街道，在琼斯瀑布高速上风驰电掣。然后他们转向高速出口，开往市中心，在那里，人群已经开始涌动。送货员从并排停放的卡车上卸下蔬菜，一位女士哐啷啷地打开咖啡店的铁门，一个围着红色围裙的男子在安全岛上兜售报纸。

“你随时可以改变主意。”本说。好像他们紧接着上一次说的话似的。“我可以现在开车带你回去。”

薇拉露出微笑。她说:“哦,哎呀,丹尼丝一定不会开心的。”

“丹尼丝会很开心的。”本说。

“你开玩笑吧？她刚才还说我偷走了她的女儿。”

“她绝对没讲这话。”本说。

“从某种程度上是这个意思。”

“我当时在场，我听到了。”他说，“记得吗？她只是反感你们瞒着她，仅此而已。”

“她说我总是偷偷摸摸的，说我在她背后说小话。”

“唉，爱信什么信什么，你自己选。”他说。

“我没得选。”

“你可以偷偷溜走，一副温顺、被冤枉的样子，也可以说‘你说得没错，丹尼丝。我应该更直接一点儿，我保证以后绝不会这样了’。”

“我不温顺，”薇拉僵硬地说道，“我也没被冤枉。”

“好吧。你自己看。”

城市已被甩在车后。天空渐渐变亮，晨光笼罩在一片荒地上，仓库、油罐和电缆塔稀稀落落地散落其间。薇拉不时转头望望飞速而过的风景，借此掩饰无法继续对话的尴尬。

“我太太以前总是说，最糟糕的事情就是嫁给甘地。”本说。

“为什么？”

“想想吧：甘地是圣人。和他比起来，其他人看起来都很粗鲁，大嗓门，都以自我为中心。”

薇拉坐在座位上思考这句话。他们超过了一辆加长型豪华轿车，车窗刷了深色，看起来里面好像一个人都没有。

“我觉得我妈也许就是嫁了甘地。”最后她说道。

本瞥了她一眼。

“我爸是个温文尔雅的人，他总是觉得电话铃一声没响完就接很不礼貌。”她说，“他总是等一声响完再接。”

“哈！”本说。

“要么嫁给这种人，要么自己就是这种人，以前我是这么想的。”

“你也许该重新考虑下。”本对她说。

“抱歉，我没听清？”

“这种不需要二选一的，你知道的。”

“嗯，但我十一岁的时候感觉是这样的。”她说。

“嗯，十一岁的时候？”

“反正就那样。”薇拉说。她把登机牌放回包里。

他们早已置身于乡间，地平线慢慢变成粉色。车里的寂静开始让人感觉气氛不对劲，就像大吵一架之后那样，但薇拉不知道该如何打破。无论想到哪一个话题——风景、天气或交通——都有没话找话的意思。本可能也有同感，到机场转弯处时他说道：“这下快啦！”好像是因为不用再忍受薇拉而感到欣慰，他点亮转向灯左转。停车场、汽车旅馆和租车公司的标志逐渐出现在眼前。“哪个航班？”本问。

听起来像陌生的摆渡车司机在问话，而薇拉也像陌生乘客那样答得简短。

他们路过第一航站楼，上方闪耀的灯光让两人都眨了眨眼。他们路过一排停着的车。人们从后备厢里搬出行李，紧接着是巴士，呼哧呼哧地停下来，出租车鸣着笛，所有人看起来都匆匆忙忙的，但个个都很清醒。

他们停在一辆旅行车后面，车里的女士正对着丈夫刚从后备厢里拿出来的宠物箱抛飞吻。“不麻烦你出来啦。”薇拉对本说，“打开后备厢就好。”但本还是打开自己那侧门，好像薇拉没说似的。薇拉也打开自己那侧的车门，走进一片喧哗之中。

本从后备厢取出她的箱子，竖直放在地上，拉出拉杆。她说：“谢谢，本。谢谢开车送我。”

本穿着黑色高帮球鞋，像学生一样，薇拉这下注意到了。

这个细节让她牢牢记住了自己多喜欢这个人。她上前一步想给本一个拥抱，但本已经伸出了手。“再会，薇拉。”他说。

她说：“再会，本。”两人握了握手，但本随后又抓住了她的手。“你知道的，”他说，“我总是想告诉你，我喜欢你看别人的样子。”

“什么……？”

“比如谢莉儿说话时你盯着她的脸，你知道吗？你嘴角弯曲，好像忍不住要微笑。或者丹尼丝说气话时，你只是瞪大眼睛看她，一脸无辜。乔爵士自以为是万人迷的时候，你给他一个嘲讽的眼神。”

薇拉感到有些失望。许久后她才明白这种失望感从何而来：刹那间，她以为本会说喜欢她的模样。

“那。不管怎样，”本说，“就这样啦。”然后迅速放开她的手，好像急着要把它丢掉一样。接着他转身走向自己的车，留薇拉一个人站在人行道上。

薇拉也喜欢他看人时的模样，她应该说出来的。

安检队伍很长，蜿蜒曲折，却在迅速移动着。不过，就在薇拉快要靠近扫描仪时，一切都因为一个人慢了下来，他好像没坐过飞机。他要等工作人员告诉他脱鞋子、摘皮带、从包里取出电脑，每听到一条新指令，他都会惊讶不已。后来发生的事情更是让人意想不到，他通过X光检测门时，还是触发了报警器，他不得不转身回去，清空口袋里的硬币、钥匙和健胃咀嚼片。

要是彼得在，一定会小声嘟哝，薇拉则不得不偷偷报以同情的微笑来安慰他。

她的登机口在一条亮闪闪的走廊尽头，边上是一片候机区。她偶尔会路过一个盯着手机的孤独旅客，偶尔会路过一个百无聊赖地推着垃圾桶的清洁工，此时此刻，这个航站楼里还没有太多人。也许是因为她来得太早，她的候机区只有寥寥几名乘客。她找了个地方坐下，周围都是空椅子，然后从手袋里掏出手机。她在想要不要给谢莉儿发一封邮件，好让她醒来后看到那种自然而充满关爱的问候。

但她的屏幕亮了起来，一个未接来电。是彼得的，她看到了。他昨晚8∶40打来的电话，一定是在她遛狗的时候。她生自己的气，昨晚居然没有想到看看手机。但彼得留言了。她按下“播放”键，将手机举到耳畔。

“薇拉，”他说，“我是彼得。”他的声音很尖，薇拉把手机从耳边拿开了一两英寸，“明天我很忙。毕竟，不管你有没有意识到，我有自己的生活。所以你知道吗薇拉？你得自己回来了。再见。”

咔嗒一声。

薇拉放下手机，看着屏幕。

五点半不到。图森还是晚上，但她还是拨了回去——她知道彼得睡前会关机。她听了几声铃响，彼得的声音响起，这次却平和而热忱，指示她留言。“请缓慢清晰地留言。”他缓慢清晰地指导着，好像在做示范。

“嗨，亲爱的，”她说，“是我。很抱歉，之前没想到问问你忙不忙，我自己叫辆车就可以了，一点儿都不麻烦，回家见。爱你！”

接着她又把手机塞回包里，伸手拉住箱子，打算去买咖啡。

箱子在身后缓缓滑动，这种感觉像是心脏病人拖着氧气瓶到处跑。

她的座位在中间，好在左右两边的人应该都不会找她麻烦。窗边的人靠着充气护颈枕，像是充气枕上凭空出现了一颗脑袋，起飞后，这人很快便睡着了。过道边的那位女士有一头灰发，身材丰满，但还在座位空间允许范围之内，她只是冲薇拉笑了笑，然后就打开手工杂志读了起来。因此，薇拉用不着和身边的人说话，不必担心扭头导致脖子痉挛。

她凝视窗外许久，看着下面慢慢缩小的乡村，屋顶连成线段，好像一条条蜈蚣。但很快窗外便空无一物了，只剩下白色——不是一朵朵云彩，而是无尽的空白。于是她拿出了飞巴尔的摩途中读的那本平装推理小说。开头已经忘了，她不得不重新开始。其中有许多看似重要的小细节，按理说应该仔细留意，但她觉得这很费劲。读完几章后，眼皮开始打架，薇拉终于闭上眼睛，脑袋后仰。

薇拉以为自己不会睡着。旅途中她很少入眠。可这次，没过多久她便置身于一座陌生的城市中，她看见了铺着鹅卵石的街道，布满青苔的古老建筑。有个孩子在前面独自走着，是个身穿方格布裙的小姑娘。薇拉觉得，倘若知道自己走在她身后，这个孩子一定会很开心的，于是便想开口喊她，却只发出了断断续续的高音——“咿咿——咿咿——咿咿——”，她醒了。自己那尖厉的声音仍在耳畔回响，好在身边的女人没注意到，或只是假装没听见而已。

薇拉赶紧闭上眼睛，那个梦境却已不在。

她一定睡了很久，一觉醒来，身边那位女士正在小口抿一杯冰水。乘务员显然已经推着餐车来过了。薇拉坐直身子，想看看推车现在在哪儿——她觉得飞行途中应该补水——但她没看见推车，好在她也不渴。她向后靠去，听身后的一对夫妇争论一个名叫丁克的人可不可以连被子都不叠就拿到零花钱。妻子宣称：“所有的书都说，小孩子的零花钱不应该取决于做不做家务。”而丈夫的回应薇拉没听见。妻子一定是没听见，或说了“那是怎么一回事？”等等，丈夫大声说：“胡说八道。”

薇拉身边那位女士将她的纸巾塞进空杯子，起身朝飞机后面走去。隔了一分钟左右，薇拉才站起来。她不想给人感觉自己在“学人家”，但还是希望把上厕所的时间安排在不给别人添麻烦的时候。

可等她回来，那位女士已经回到座位，还是要起身让她。不过，那位女士至少有了心理准备，她并没系上安全带。

窗边的男士依然熟睡着。看到长途飞行中不用去卫生间的人，总让薇拉感到惊奇。

至此，她已开始觉得旅程长得无止无休。轰鸣的引擎，封闭空间中停滞的空气，西装革履的年轻人嘴里蹦出的“邀请”“主动出击”还有“开会”，她快忍无可忍了。她想象自己按铃告诉乘务员，愉快地宣布：“我现在就想下飞机。麻烦帮我拿一顶降落伞，我马上就走。”

但这种心绪终究还是过去了，她合上眼睛，半醒半睡，却一直能感觉到自己眉头紧锁，一道道皱纹。

终于，终于，她感到飞行高度悄然改变，引擎声也变了。她坐起来向窗外望去，下面是亚利桑那州沙漠。这不是她的风景，不是她喜爱的自然景观，但还是暂且将就吧。

飞机落地那一刻，所有乘客都打开了手机。薇拉听见周围一片“叮”“啾啾”和“丁零零”。她也看看自己的手机，以防彼得改变主意又发了新消息。她盯着屏幕等了几分钟，都没看到新来电，也没看到邮件或短信。什么都没有。

她发现，心里并没有失落感。其实她显然是觉得……很满足，她不得不这么说。

她放下手机，盯着前面的椅背。

走进航站楼，好像身处幻境：离开的这几周里，一切都定格未动。那些衣衫褶皱、疲惫不堪、带着爱闹脾气的小宝宝的妈妈；那些穿着巨大跑鞋的老夫妇；那些斜挎着电脑包的商人……他们一定是被画在这里的，好像被固定在玩偶之家中一般。

薇拉路过一排排土黄色的椅子，它们的斜靠背看起来带着慵懒的气息。她又路过亮着白色灯光的巧克力店和电子产品店。她来到通往机场出口的移动扶梯，前面的人一个接一个迈了上去。但最后一刻，薇拉转向一边，差点儿绊倒一个藏在大背包下的小男孩。"对不起。"她嘟哝一声，四下寻找售票处。

开启新生活后，她要找地方租一间屋子。或者搬进明顿太太家，也可以找一处带游泳池的公寓，谢莉儿可以来玩。她要教本提到的那些移民说英语，也可以教谢莉儿的同学们说西班牙语。还可以试试从来没有想过的新东西。无限的可能在等着她。

她觉得自己像女盥洗室门上那个身着短裙的小剪影，掠过地球表面，在宇宙中穿梭。

附录：一些有趣的思考

1. 你认为安·泰勒为什么要从薇拉小时候的故事开始写起？第一次读到薇拉小时候的样子时，我们对她会有哪些了解？

2. 你对飞机上的陌生人有什么看法？如果你是薇拉，你会作何反应？如果你是德里克呢？你有过这样的经历吗？你希望你的家人和朋友做出什么反应？

3. 你怎样看待巨人柱对薇拉的重要性？在你自己的生活中，有没有什么符号或地方会给你如此强烈的感受？

4. 如果这本书写的是另一个主角或巴尔的摩的某位邻居的生活，你最希望是谁？他们的个人生活轨迹会是什么样的？

5. 比较一下薇拉的两次婚姻，以及她对两个儿子的感情。照顾不同的男人，如何塑造了她自己的生活？你认为这些关系对她在书的后半部分所做的选择有何影响？

6. 读完这本书，你觉得作者为什么会选择薇拉生命中的这些时刻来进行强调？这些时刻如何塑造了薇拉？最后，你觉得薇拉会怎样结束自己的一生？[1]

---

* 经版权方同意，本页内容摘自作者的同名官方网站。

安·泰勒作品一览

If Morning Ever Comes

The Tin Can Tree

A Slipping-Down Life

The Clock Winder

Celestial Navigation

Searching for Caleb

Earthly Possessions

Morgan's Passing

《思家小馆的晚餐》(*Dinner at the Homesick Restaurant*)

《意外的旅客》(*The Accidental Tourist*)

《呼吸课》(*Breathing Lessons*)

《伊恩的救赎》(*Saint Maybe*)

Ladder of Years

A Patchwork Planet

Back When We Were Grownups

《业余婚姻》(*The Amateur Marriage*)

Digging to America

Noah's Compass

The Beginner's Goodbye

A Spool of Blue Thread

《凯特的选择》(*Vinegar Girl*)

《时间之舞》(*Clock Dance*)